Paris le 1/ Mars 1884.

Mon cher confrère,

J'ai bien autorisé Catulle Mendès, quand il était rédacteur en chef de la _Vie populaire_, à reproduire mes chroniques et nouvelles aux conditions ordinaires de la Société des gens de lettres.

Cette autorisation s'est continuée naturellement à m. Piègu ou à m. d'Hervilly, successeurs de Mendès au journal.

Une fois, il y a de cela neuf ou dix mois, j'ai eu l'idée d'aller toucher le prix de mes reproductions.

Il m'a été répondu qu'on ne

tenait compte que des six derniers mois
précédant la réclamation, afin de ne pas
s'éterniser dans les écritures;

« que on allait faire mon compte de lignes,
« et que je n'avais qu'à repasser dans
trois jours. »

Au bout de trois jours, je me suis
présenté au bureau de la Vie populaire.

Mon compte des six derniers mois
s'élevait à 45 f. mais le caissier
était sorti.

Deux jours après, j'ai trouvé
le caissier qui m'a rendu 45 f.

Trois dérangements, trois heures de pose
pour 15 f. — le jeu n'en valait pas la
chandelle.

Depuis, La Vie populaire a continué les
reproductions, mais je me suis abstenu
d'aller en toucher le prix.

J'ai déjà réclamé auprès du comité
au sujet de ces journaux en brandon,
et je lui adresse de nouveau ma réclamation.

La Société doit percevoir nos droits
partout où a lieu la reproduction,
sans quoi nous serons toujours frustrés.

Recevez, monsieur ami, mes
cordiales salutations

Aurélien Scholl

Observatio
de Mr Aurélien Sch
à l'endroi

La vie popu

avisé
le 19 mars 84

AURÉLIEN SCHOLL

Paris
en Caleçon

PARIS

A LA LIBRAIRIE ILLUSTRÉE

7, RUE DU CROISSANT, 7

PARIS EN CALEÇON

AURÉLIEN SCHOLL

PARIS

EN

CALEÇON

PARIS

A LA LIBRAIRIE ILLUSTRÉE

7, RUE DU CROISSANT, 7

PARIS EN CALEÇON

I

Cartes postales.

« Paris, le 1er décembre.

» Monsieur, je ne suis pas de ceux qui cachent
leur façon de penser. Vous êtes un lâche, un grec et
un mouchard. Si tous les honnêtes gens se mettaient
à vous traquer comme je me dispose à le faire,
vous seriez bientôt obligé de quitter Paris, que
votre présence déshonore.

» UN HOMME QUI A LE CŒUR
BIEN PLACÉ. »

« Paris, le 3 décembre.

» Après avoir laissé mourir de faim la pauvre
fille que vous avez séduite et les enfants provenant
de votre crime, vous êtes notoirement entretenu

par une ouvreuse du théâtre Beaumarchais. C'est à la folle passion de cette femme, qui s'ôte le pain de la bouche pour vous le donner, qu'est dû tout le luxe dont vous faites parade. S'il y a une justice, vous mourrez à Mazas.

» Un de vos anciens amis qui vous méprise profondément. »

« Paris, le 5 décembre.

» Monsieur, personne n'ignore que vous vivez de l'inconduite de votre épouse. Non seulement vous fermez les yeux, mais vous l'encouragez dans le vice. Elle-même l'a déclaré en pleurant dans une maison honorable, où elle avait rendez-vous avec un riche Péruvien. Vous êtes le dernier des drôles.
» Un magistrat. »

« Paris, le 8 décembre.

» Sale mufle, je te ferai casser les reins par deux zingueurs de la Butte. C'est tout ce que tu vaux. Je rigole d'avance. On te cognera le dessus du plafond et on te défoncera ta boîte à dominos. Oh ! la ! la !
» Un homme du monde. »

*
* *

« Vieux pignouf, apprends à saluer les femmes. Tu faisais ta tête au Divan Japonais quand Malvina t'a dit : Paies-tu un litre et six *reculantes ?* C'est pourtant une femme qui t'a fait du bien. Mais tu seras salé, pas peur.

» UNE DAME DU MONDE. »

*
* *

Ce ne sont là que de faibles échantillons des aménités que l'administration des postes dépose gravement chez des particuliers qui ont payé leurs contributions. Après quoi, les facteurs viennent demander leurs étrennes !

Le parquet, qui poursuit les publications obscènes, aurait souvent le devoir de faire saisir les cartes postales. On m'en a montré qui portaient des *illustrations* qu'eût savourées le marquis de Sade, et une concierge de la rue Pigalle, remettant une de ces dépêches à un de ses locataires, lui dit en humant une prise de tabac : « Monsieur, voilà une horreur que j'ai reçue pour vous. J'en ai rougi, quoique j'aie deux filles au Conservatoire ! »

*
* *

« La réputation, a dit Chamfort, est une sorte de diffamation générale. » L'important est donc de se créer une majorité sympathique dans le public. L'attaque est toujours passionnée, la défense ne l'est pas, et un haussement d'épaules ne pare pas un coup de couteau. Depuis qu'il y a des lettres, il y a des lettres anonymes. L'offense sans responsabilité, l'injure sans péril sont du goût de toute une catégorie de gens qui n'aiment pas à être troublés pendant leurs repas. Quand Mme Kalergis en voulait à quelqu'un, elle voyageait pour le diffamer. De notre temps, elle n'aurait pas eu besoin de se déranger.

La carte postale s'est mise au service de la lâcheté et rend les plus grands services aux personnes qu'étouffe leur venin. Le point de départ est facile à trouver, mais l'accusation risquerait de s'égarer. Le gredin quelconque, banqueroutier, escroc de profession ou échappé de Poissy signe avec satisfaction : « Un honnête homme. » De même l'ex-pensionnaire de Saint-Lazare, la cocotte plus ou moins mûre qui éprouve des besoins de vengeance a soin de se dire : « Une honnête femme. »

Toutes ces petites infamies débitées par morceaux n'ont guère de prise à Paris, mais elles font de grands ravages en province. Une vingtaine de cartes ouvertes, adressées aux principaux cafés, annoncent, par exemple, la prochaine faillite d'une maison de commerce. Un homme marié ne pourra mettre les pieds au cercle ou dans un établissement public sans que le valet de pied ou la dame de comptoir, avec un sourire sardonique, lui remette une carte anonyme lui affirmant que sa femme le trompe, qu'on l'a rencontrée avec un officier, ou qu'elle a des rendez-vous avec le sous-préfet, le percepteur des contributions ou l'entreposeur de tabacs. Le pauvre homme ne sait bientôt plus où donner de la tête, il s'affole, montre le poing à l'invisible, soupçonne ses meilleurs amis et tourne à l'hypocondrie. Et tout cela pour économiser cinq centimes d'affranchissement à quelques commerçants. C'est une bévue administrative et non un progrès.

Il va de soi que les hommes qui appartiennent à la publicité, ou qui en relèvent, sont plus exposés que les autres à l'envie, à la rancune, à la calomnie. Dumas père s'amusait beaucoup des lettres anonymes, mais j'ai vu Ponsard en pleurer.

Un homme pratique, très en vue et très persécuté par les insulteurs anonymes, a trouvé la contre-partie des embuscades postales. Il emploie le même procédé que ses calomniateurs, mais en sens inverse.

Ainsi, on lui remet le matin chez lui et, le soir, au café, deux cartes postales identiques :

« Monsieur Adolphe, vous êtes complétement brûlé sur la place. Vous ne trouveriez plus un sou de crédit chez n'importe quel fournisseur. On sait que vous ne vivez que d'expédients et l'on se raconte tout bas vos nombreuses escroqueries. Croyez-moi, faites-vous garçon de magasin, homme de peine ou paveur. C'est le seul moyen de relever le nom que votre père vous avait laissé sans tache.

» Un vieil ami de votre famille. »

Aussitôt Adolphe prend la plume et s'adresse en double exemplaire la dépêche suivante :

« Monsieur Adolphe. Est-ce que vous vous mettriez à faire des économies ? Vous dépensez à peine

la moitié de votre revenu ; pourquoi cela ? Je sais
combien vous êtes généreux. Vous donnez à tort et
à travers, la plupart du temps à des ingrats. Mais
vous n'ignorez pas que, si vous étiez gêné, les
premiers tailleurs et les plus grands bijoutiers de
Paris se mettraient immédiatement à votre disposition. Les hommes comme vous, monsieur, sont
trop rares pour qu'on ne s'applique pas à les traiter
avec toute la déférence qu'ils méritent.

» UN BIJOUTIER DE LA RUE DE LA PAIX. »

Le lendemain, Adolphe, qui a des ennemis, reçoit
sur trois points différents trois cartes postales de la
même écriture et conçues dans les mêmes termes :

« Décidément, Adolphe, vous êtes un sale bonhomme. On vous voit tous les jours baisser d'un
cran. Vous ne fréquentez que de la crapule ; on ne
voit que vous dans les brasseries de dernier ordre,
avec les plus sales filles de Paris. C'est bien là votre
affaire et c'est tout ce que vous valez. Qui se ressemble s'assemble.

» UN AMI DE LA VÉRITÉ. »

Adolphe n'hésite pas une minute et il jette à la
boîte trois exemplaires d'une missive destinée à le
relever aux yeux de ceux qui avaient reçu la première :

« Cher monsieur Adolphe, vous devenez tout
simplement l'homme à la mode. Tout Paris a les
yeux sur vous, et le faubourg Saint-Germain vous
admire. Cependant, croyez-moi, ne vous montrez
pas si souvent avec le prince de Galles, quand il

vient en France. Quoiqu'il ait une bonne position dans son pays, le prince pourrait vous compromettre par le décousu de son existence.

» D'un autre côté, je ne saurais trop vous conseiller de répondre à l'invitation de l'empereur de Russie qui tient beaucoup (l'ambassadeur nous le disait hier) à vous avoir à ses chasses. Que vous importe d'accepter son hospitalité pour une huitaine de jours ? Ce souverain est très bien posé dans le Nord ; un voyage à Saint-Pétersbourg serait un déplacement digne de vous. Adieu, croyez à toute l'estime de celle qui vous envoie ses meilleurs compliments.

» UNE JEUNE FILLE DONT LA FAMILLE
» REMONTE AUX CROISADES. »

C'est ainsi qu'Adolphe détruit le mauvais effet des injures anonymes que lui adressent de pâles envieux. Il se calomnie en bien et se tire de la diffamation par une moyenne savamment calculée.

J'ai usé hier du procédé d'Adolphe et je m'en trouve fort bien.

Un garçon du glacier Vénitien m'avait remis une carte contenant les aménités suivantes :

« Affreux manant, tu vis des bienfaits d'une pâtissière de la rue Moncey, mais comme elle ne t'en donne pas assez, tu as recours aux attaques nocturnes ; tu as pris trois montres cette semaine et la

police a l'œil sur toi. Tu ne tarderas pas à partir
pour la Nouvelle.

> Un bourgeois qui désire
la tranquillité. »

Je me suis immédiatement envoyé chez le même
glacier une petite note dont voici les termes :

« Monsieur, vous êtes un grand citoyen. Si tout
le monde était comme vous, il n'y aurait plus de
pauvres. Aristide, que les Athéniens avait surnommé le Juste, n'avait pas un caractère plus élevé
que le vôtre. Continuez et vous serez bientôt l'idole
du peuple.

» Un citoyen indépendant. »

J'ai pu constater que, après cette dernière carte
postale, le garçon m'avait rendu son estime.

*
* *

L'effet des cartes postales sur les concierges est
indiscutable. Dans une grande maison de la rue de
Rivoli, une « dame » qui tire le cordon depuis 1867
disait à une voisine : « Les gens qui ont l'air le plus
comme il faut, c'est tous de la canaille. Ainsi, chez
nous, le monsieur du premier a empoisonné sa
tante et il paraît qu'il est l'amant de sa belle-sœur.
Celui du second, un homme marié avec trois enfants, a des mœurs qui feraient rougir une pelle ;
on l'a arrêté quatre fois dans la nuit aux Champs-
Elysées.

» On ne l'a pas condamné parce qu'il est cousin

du secretaire d'un commissaire de police. Au troisième, j'ai une dame anglaise qui a été pendue dans sa jeunesse pour avoir fabriqué de faux billets de banque. Le jeune homme du quatrième, c'est encore pire. Il dit qu'il est employé au ministère des affaires étrangères, mais, par le fait, il est chef d'une bande de voleurs des Halles. C'est pour cela qu'il a été décoré si jeune.

» — Et d'où tenez-vous ces détails ? demanda la voisine.

» — Des cartes postales. Vous pensez bien que si ça n'était pas vrai, ce qui est dessus, le directeur des postes n'enverrait pas ses facteurs, qui sont des hommes de confiance, remettre cela chez les particuliers. C'est de l'histoire, voyez-vous, c'est de l'histoire. J'ai une dame, au fond de la cour, qui paie deux mille francs de loyer et ne me donne qu'un louis pour mes étrennes. Je me disais : Ça doit être une pas grand'chose. Eh bien ! il y a deux jours, elle a reçu une carte postale où il était *marqué* qu'elle avait laissé Angoulême à la suite d'un infanticide. M. Granet lui a mis ça dans la main, v'lan ! »

Observez la portière qui vous remet une carte ordurière ou simplement injurieuse. Sa démarche a une solennité inaccoutumée ; son pas est lent et mesuré. Elle vous regarde en dessous, elle cherche à « éclairer sa religion ».

Puis, elle examine sur votre physionomie l'effet

1.

produit. Si elle vous voit rire, hausser les épaules
et jeter la carte après en avoir fait une boule, il y a
chez elle une déception évidente. Elle comptait sur
un effet qui lui manque.

Si, au contraire, elle surprend sur vos traits une
marque même légère de mauvaise humeur, un in-
dice quelconque d'indignation où de colère, elle
savoure son succès, et l'air réfléchi avec lequel elle
se retire indique qu'elle se demande s'il n'y aurait
pas quelque chose de vrai là-dedans.

Rien de concluant comme un fait. En voici un qui
résume la question.

Mme Mouchefin, qui occupe l'un des cordons les
plus importants du quartier Vivienne, achetait
depuis plusieurs années le *Petit Journal*.

Tout à coup elle a renoncé à cette dépense.

— Comment! madame Mouchefin, lui disait un
boursier qui demeure à l'entresol, vous avez renoncé à vos chères lectures ?

— Ma foi, monsieur, à vous parler franchement,
je ne lisais guère que le feuilleton... J'aime les émotions. Eh bien! j'ai les cartes postales qui ne me
coûtent rien, et, soit dit entre nous, c'est aussi fort
que *Rocambole !*

II

Comédiens adorés. — Ce que coûte une Exposition. — Paris
encombré. — Début de M. Renan à la Comédie-Française. — Un mariage princier.

Samedi 6 mars 1886.

Tant qu'il n'y avait que les pauvres qui manquaient d'argent, les riches en prenaient facilement leur parti. Les pépites se font rares, et les
classes dirigeantes ne savent trop de quel côté se
diriger. Les boursiers jouent entre eux et finiront
par remplacer la rente par des haricots, comme
les joueurs décavés. Le théâtre a décidément
adopté le sytème des prix réduits, et les dernières
fortunes s'épuisent en toilettes que dévore le feu
de la rampe. La comédienne seule joint encore
deux bouts, quelquefois trois. Ce n'est pas la
femme qu'on aime, c'est la profession.

Sérieusement, Paris appartient aux comédiens.
Le comité du Théâtre-Français tient dans les journaux autant de place que la Chambre des députés

et plus de place que le Sénat. Le renvoi d'une tragédienne belge préoccupe aussi vivement la presse que la perte d'une bataille, et trois ou quatre comédiens qui se mettent en grève déplacent l'intérêt que portaient les âmes sensibles aux mineurs de Decazeville. On confond Coquelin et Soubrié, Claretie et Petitjean, Watrin et Delaunay.

En ce moment tout est déplacé en France et, au contraire de Figaro, on s'empresse d'en pleurer pour ne pas être obligé d'en rire.

Après l'expédition du Mexique, l'Empire nous a donné l'Exposition de 1867.

Après l'expédition du Tonkin, on nous prépare l'Exposition de 1889. « *Eadem sed aliter* », a dit Schaupenhauer, ce brasseur d'idées noires qui se débitent concurremment avec la bière de Munich et la choucroute de Francfort.

L'Exposition projetée montre combien il est facile de créer en France ce qu'on appelle un *courant d'opinion*.

Qui voulait de l'Exposition? Personne. Exceptons, bien entendu, les limonadiers, les restaurateurs, les courtiers d'annonces et les gens qui espèrent y trouver des positions lucratives ou y décrocher des timbales de décorations.

Les industriels savent ce que leur coûtent les Expositions, qui excitent l'émulation de l'étranger et favorisent la contrefaçon.

Les restaurateurs et les limonadiers y trouvent seuls leur compte. Chaque Exposition sert de prétexte à une élévation de prix des denrées alimentaires — et ces prix restent acquis.

Le bifteck, qui coûtait un franc cinquante centimes dans les grands restaurants en 1866, s'est vendu trois francs en 1867. Il est monté à quatre francs en 1878 ; nous le verrons à six francs en 89, et les jacobins, qui ne le payaient que *six sols* un siècle auparavant, seraient certainement surpris de voir que la Déclaration des droits de l'homme a surtout consacré les droits du bifteck.

La demi-tasse à soixante-quinze centimes, le petit verre à deux francs, les huîtres à quatre francs la douzaine, sont autant de bienfaits des expositions.

De plus, chacune de ces solennités attire à Paris un grand nombre d'ouvriers des départements. Maçons, menuisiers, serruriers, plâtriers, peintres décorateurs, manouvriers de tout genre, accourent de tous côtés. Il n'y a plus d'Auvergnats en Auvergne, plus de Savoyards en Savoie. Ces ouvriers trouvent du travail tant que dure l'Exposition, après quoi ils restent sur le pavé, augmentant le nombre déjà si considérable des bras inoccupés. C'est la territoriale de l'émeute. Et quand, une fois, ces immigrants ont tâté de la grande ville, de l'assommoir et des bonnes fortunes des boulevards extérieurs, ils ne peuvent se résigner à retourner au village. Il leur faut le gaz et les trottoirs, le cirque Fernando et les réunions publiques. Plusieurs rêvent la députation, mais, pour un qui devient ministre, combien échouent dans les attaques nocturnes !

Autrefois, on avait les grandes guerres qui enlevaient le surcroît de la population. La guerre, mal définie jusqu'à présent, n'est que la vraie lutte pour la vie! Mais l'école du carnage perd chaque jour du terrain et si, à la mort de Guillaume, la Prusse veut recommencer ses râfles d'horlogerie, elle aura sans doute piteuse mine en face d'une armée commandée par Basly et Camélinat.

Les grandes Compagnies, dont les conseils de surveillance sont des foyers de conspiration autrement redoutables que le château d'Eu avec tous les princes des Aubrais réunis, les grandes Compagnies sont en ce moment sur la sellette. Il y a des députés qu'on n'achète pas et des journaux qui ont encore une conscience.

Il faudra se décider à traiter le peuple français comme la nation la plus favorisée... en France. Les chemins de fer trouveront une compensation dans l'augmentation rationnelle du prix des transports de la librairie. En présence de la surproduction inquiétante du roman naturaliste, psychologique ou schaupenhauerdant, l'exportation doit donner des bénéfices considérables, et notre littérature se répand à tous les bouts du monde. Que sera-ce quand le volapuk aura conquis ses droits de librairie? Déjà un jeune auteur (il a dix ans) vient de présenter à M. Ollendorff le manuscrit d'un roman volapuk.

Un écrivain, dont les débuts remontent à 1840, m'a dit hier en soupirant : « Les jeunes m'empêchent d'arriver! »

Et tristement, il me montra le numéro d'une *Revue* qui contient le plan d'une société destinée à centupler tous les mois le nombre des célébrités littéraires. C'est comme une entreprise de drainage pour favoriser l'écoulement des Chateaubriand de Pézenas sur la *Nouvelle Revue,* et des Zola de Perpignan sur la librairie Victor Havard.

La société commence par des statuts et finira par des statues.

Voici un aperçu de ses projets :

Art. 1. — La société organisera des concours littéraires et distribuera des récompenses.

II. — Elle éditera à ses frais les douze ouvrages de prose et de poésie qui lui auront été signalés pendant l'année courante.

(Signalés par qui?... par la gendarmerie?)

IV. — Elle se chargera de *déposer* les œuvres de ses membres chez les libraires qui auront adhéré à son traité.

(Cet article me rappelle une lettre de faire-part que j'ai conservée et dont voici le libellé :

« M. et Mme X... ont l'honneur de vous faire part du mariage de M. Léon X..., leur fils, auteur de *la Fille de Voltaire,* comédie en 5 actes, *déposée* au Théâtre-Français. »

VI. — La société fera représenter sur son Théâtre les drames, comédies, opérettes, qui lui seront soumis.

VII. — Ceux des membres dont les romans ou les pièces auront obtenu le plus de succès, seront nommés chevaliers de la *Légion d'Ohnet.*

— Que pensez-vous de cela? interrogea le membre de la Société des gens de lettres.

— Je pense que, dans vingt ans, tous les Français seront célèbres, et ce sera justice, car ce sont tous des hommes de talent!

Ce n'est pas le dialogue des morts de M. Renan, si bien interprété par les artistes de la Comédie-Française, qui découragera les aspirants à la scène. L'intrigue en est facile et l'action peu compliquée. Ce genre de théâtre est à la portée de tous les membres de l'*Union provinciale*.

Depuis longtemps la Comédie-Française faisait au théâtre du Palais-Royal une concurrence déloyale. La scène illustrée par Sainville et Grassot semblait de plus en plus délaissée du public. Cet abandon venait évidemment de ce que la maison de Molière usurpait le répertoire de la maison de Clairville. Le *Député de Bombignac, Un Parisien* s'étaient trompés de porte... à ce point que les directeurs de la petite salle du coin avaient conçu le projet d'engager Mlle Dudlay pour jouer la tragédie et rendre tout leur prestige aux alexandrins du grand siècle.

Le début de M. Renan va changer tout cela. Les comédiens repentis du cloître de la rue Richelieu ont commandé, à M. de Lesseps un petit acte en vers pour l'anniversaire de Corneille, et à M. Pasteur un à propos pour le centenaire de Crébillon,

Malgré ces bigarrures de l'esprit, Paris, à aucune époque, n'a été plus à la mode qu'aujourd'hui. Le roman historique, le roman colonial ont fait leur temps. Seul, le roman parisien a quelque chance d'arrêter l'attention du public.

Un autre signe des temps, c'est la façon bourgeoise dont s'accomplit le mariage du duc de Bragance et de la princesse Amélie d'Orléans.

— Jadis, disait un démocrate, le prince de Por-

tugal eût envoyé un ambassadeur chargé de le représenter à Paris. L'ambassadeur aurait pris pour
lui toutes les charges du cérémonial et, finalement,
il eût ramené la princesse à son royal époux sur la
rive du Tage.

— Vous ne savez pas tout, répliqua un académicien connu pour son scepticisme et son regret du
passé. Le duc de Bragance avait remarqué la princesse au Jardin de Paris. Un soir, il la suivit pour
savoir où elle demeurait. Ayant appris par la concierge qu'elle était d'une bonne famille et que ses
parents passaient tous pour des gens aisés, il se
dit : Je veux me conduire en honnête homme...
et il demanda sa main !

III

Roi ne puis, propriétaire suis. — Le vol par suggestion.
— L'emprunt forcé. — Pudeurs germaniques. — A quoi
rêvent les jeunes filles... au coin de la rue du Helder.

13 mars 1886.

S'appeler Rohan-Chabot et réclamer des gants à
une femme, c'est le monde renversé. Potel et Chabot en ont rougi, et le dernier de ces marchands de
volailles va certainement adresser aux journaux
une lettre de protestation, déclarant qu'il n'a de
commun avec M. de Rohan que le nom de Chabot.
Après l'affaire du collier, l'affaire des gants. Les
Rohan auront toujours maille à partir avec les tribunaux.

Cagliostro étant mort et enterré, M. de Rohan a
dû renoncer à faire de l'or autrement qu'en louant
ses boutiques du passage de l'Opéra. Dans le bail
passé avec une gantière qui ne descend pas de
Mme de Lamotte, M. de Rohan-Chabot avait sti-
pulé que sa locataire serait obligée d'offrir chaque

année deux douzaines de paires de gants à Mme de
Rohan. On affirme que dans chacun de ses baux,
ce propriétaire, qui ne peut être roi et prince ne dai-
gne, introduit une petite clause de ce genre, sorte
de dîme légalement rétablie, qui lui assure la vie à
bon marché. C'est un Shylock blasonné qui s'est
mis à la hauteur des temps.

C'est ainsi que, si l'on en croit les bonnes lan-
gues du passage, M. de Rohan-Chabot recevrait
vingt-quatre pains de savon et douze flacons de
Bully de sa boutique de parfumerie, douze pince-
nez de l'opticien à gauche, deux cents cartes de
visite du lithographe. De plus, il aurait droit à l'emprunt gratuit d'un habit noir chez Albanel, aussi
souvent qu'il aurait à se montrer dans les salons du
faubourg Saint-Germain.

M. de Rohan-Chabot peut encore faire cirer et
vernir sa chaussure chez le décrotteur du fond,
sans débourser un sou; c'est, au contraire, le frot-
teur qui lui doit dix centimes de pourboire.

M. de Rohan-Chabot ressemble à certains de nos
hommes d'État; on ne peut les faire reluire sans
cracher dessus.

Après M. de Chabot, les honneurs de la semaine
reviennent sans conteste à Annette Gaudin, qui a
introduit au Palais un nouveau genre de justice —
la justice scientifique. On a souvent parlé de re-
fondre les codes, c'est désormais une affaire faite.

Condamnée pour vol par la 10e chambre, Annette
Gaudin déclare qu'elle n'a agi que sous l'influence
de la suggestion hypnotique.

En avant, Charcot et Brouardel !

Ces deux pasteurs rédigent aussitôt un rapport qui vaut son pesant de Sarah Bernhardt.

« A la suite d'émotions éprouvées pendant la Commune, Annette Gaudin, disent-ils, a été atteinte de troubles nerveux. »

(C'était, en effet, un moment de troubles.)

« Réfugiée avec ses camarades dans les caveaux de l'église Sainte-Marguerite, elle aurait assisté à l'exécution de plusieurs insurgés dans le jardin de l'église... A quinze ans, Annette eut du strabisme convergent. Elle fut prise d'accès de rire que rien ne pouvait arrêter. »

(Je ne m'explique pas trop que le souvenir d'une horrible scène de carnage puisse pousser une jeune fille à la gaîté.)

Les pasteurs continuent :

« On lui donne du musc; le strabisme cesse, mais elle devient sourde. »

(Pas de veine! Il est vrai qu'on m'a parlé récemment d'un remède qui guérit la migraîne, mais laisse au client une maladie de peau.)

Ici commence le drame.

M. Charcot essaye d'hypnotiser Annette en lui faisant regarder fixement un de ses doigts. (Œdipe et le Sphynx.) Cette tentative ne détermine qu'une crise d'hystérie. Sans s'arrêter à cette bonne fortune, M. Charcot continue son examen, à la suite duquel Annette va tranquillement faire appel du jugement qui l'a condamnée.

« C'est dans l'abus de la morphine, continue le rapport, qu'Annette Gaudin a cherché et trouvé un peu de calme.

» Chez Annette, arrêtée et conduite au Dépôt, la suppression de la morphine fut brusque... »

(Il serait à désirer — et j'espère que le conseil municipal comprendra son devoir — que désormais chaque sergent de ville fût porteur d'une certaine dose de morphine et de l'instrument qui sert à faire la piqûre. Avant d'arrêter un voleur ou un assassin, l'agent lui demanderait, le képi à la main, s'il a l'habitude de se morphiniser. Sur la réponse affirmative, il s'empresserait de le soulager et ne l'arrêterait qu'après avoir accompli cet acte de convenance.)

Finalement, les docteurs Charcot, Brouardel et Mottet déclarent que :

« Dans ces conditions, le vol pour lequel Annette est poursuivie, commis au plein d'un désarroi intellectuel et moral, *sous la pression de la misère et de la faim*, ne doit pas être considéré comme un acte librement exécuté... »

Les juges ont acquitté Annette Gaudin, et ils ont bien fait. Mais, que j'aime mieux la conclusion philosophique des médecins que toutes leurs raisons scientifiques. La pression de la misère et de la faim est autrement atténuante à mes yeux que l'usage de la morphine. Et où en arriverions-nous avec la suggestion? Si un assassin se plaint qu'on lui ait *suggéré* l'idée d'un crime que, livré à lui-même, il n'eût jamais commis, les juges et les jurés pourront déclarer de leur côté qu'ils eussent certainement acquitté l'accusé sans une suggestion qu'ils ont subie et qui les a entraînés à le déclarer coupable.

Le code pénal tomberait de lui-même, si nous avions l'adultère par suggestion, l'escalade et le bris de clôture par phénomène hypnotique, etc. Où s'arrêteront les progrès de la science?

Quoi que fassent d'ailleurs les savants, chimistes, biologistes ou astronomistes, ils n'arriveront jamais à la cheville des naufragés de la vie parisienne qui s'ingénient à trouver toujours du nouveau. L'un d'eux a inventé un truc qui lui rapporte sept à huit cents francs par mois, sans fatigue et sans danger. Vous allez voir comme c'est simple. Cet ennemi du travail a naturellement ses entrées dans la plupart des théâtres. Ami du secrétaire, d'un ou deux artistes et du contrôleur, il passe un peu partout. Il ne s'assied que lorsque la salle est à peu près vide et se contente généralement d'un coup d'œil sur les spectateurs. Son attention se porte particulièrement sur les baignoires, dont il sonde les profondeurs et scrute l'obscurité.

On le rencontre surtout dans les petits théâtres où, après un dîner en tête-à-tête, les hommes mariés vont terminer la soirée et cacher leurs bonnes fortunes.

Dès qu'il a reconnu un de ces messieurs, le chevalier écrit à la hâte quelques mots sur une de ses cartes et la fait remettre par l'ouvreuse. La carte dit :

« Cher monsieur, pardonnez-moi d'avoir osé vous reconnaître en pareil lieu ; nécessité n'a pas de loi. Je me trouve à plusieurs kilomètres de mon domicile et obligé de payer une note au restaurant voisin. Ayez donc la gracieuseté de remettre à l'ouvreuse deux ou trois louis, que je m'empresserai de vous restituer à la première occasion. »

Le monsieur fait la grimace, mais il réfléchit aux inconvénients d'un refus et il s'exécute.

Que penseraient de cette morale Messieurs les étudiants de l'université de Greifswald? Car — vous ne savez pas? — la société de *high-choucroute* est en liesse.

Deux cents étudiants de Greifswald ont adressé une pétition au ministre de l'instruction — en Prusse — le priant de les protéger contre les tentatives des blondes filles de la ville. Impossible de s'adonner sérieusement à l'étude parmi tant d'œillades assassines et au milieu de sollicitations incessantes. Les demoiselles de Greifswald ne connaissent aucun obstacle. Un étudiant ne peut faire un pas dans la rue sans qu'une Greetchen ou une Charlotte lui emboîte le pas pour faire de lui un Werther immédiat.

Qu'adviendra-t-il de la pétition de ces jeunes gens pudiques — honneur de la vieille Allemagne? Qu'en pense le chancelier, quel parti prendra le ministre? Pourvu qu'on n'aille pas nous enlever Camescasse, le fléau de Dieu, le Gengis-Khan des parfumeuses, le persécuteur des marchandes de cravates? N'ayant pu forcer l'entrée du Sénat, il accepterait peut-être les fonctions de directeur de la moralité à Greifswald? Il porterait une tunique blanche, ne se montrerait en public que le front ceint d'une couronne de fleurs d'orangers et, acclamé par les étudiants chastes, il serait le rosier de ce Nanterre d'outre-Rhin.

C'est un beau rôle à prendre dans l'histoire, et Greifswald serait bientôt aussi moral que Paris : les regards n'y seraient jamais offusqués par la démarche ou les gestes des jeunes filles, et un homme pourrait sortir seul, sans s'exposer à être suivi et peut-être accosté par une bourgeoise en délire.

Qui ne se rappelle nos boulevards avant la préture de M. Camescasse? C'étaient, de la Madeleine à la Bastille, comme des nuées d'abeilles butinant où elles pouvaient le miel quotidien. Les passants échappaient avec peine à leurs piqûres et, en tout cas, il était difficile d'expliquer leur présence aux étrangères et aux petits enfants.

Un bourgeois qui passait un soir avec son fils au coin de la rue du Helder, a cependant trouvé une explication assez plausible.

— Père, demandait le petit, qu'est-ce que font donc ces dames qui ont l'air si préoccupé?

— Mon fils, répondit le bourgeois, ce sont des dames qui attendent quelqu'un, mais elles ne savent pas qui !

IV

La basse presse. — Les maîtres chanteurs.

20 mars 1886.

Avez-vous jamais entendu dire qu'un homme de talent, un écrivain, un vrai journaliste, ait fait du chantage? Deux journaux ont été condamnés cette semaine pour des menaces d'attaques sous conditions ; mais qui, dans la presse parisienne, connaissait les coupables? Des fruits secs de l'industrie, des affaires, qui, après avoir tâté du courtage d'annonces et joué leur va-tout sur la fondation d'un organe de publicité, talonnés par la faillite, réduits à la dernière extrémité, pressés par l'imprimeur et le marchand de papier, s'étaient dit un matin que dans certains cas, le silence est d'or. — Et ils ont mis le silence en vente. Puis, où commence la presse et où finit-elle ? Les attaques nocturnes se font avec un casse-tête, les attaques diurnes avec un journal, c'est-à-dire avec un carré de papier la plupart du

temps sans abonnés, sans public, mais qui peut
être exceptionnellement tiré à un grand nombre
d'exemplaires et répandu partout où la personne
attaquée a des intérêts à sauvegarder. On prend
l'argent avec des pincettes pour le remettre à l'ex-
torsionnaire.

Et comment faire autrement ? Il y a des gens
avec qui l'on ne peut se commettre dans une polé-
mique ; ils déteignent. Leur nom s'associe avec
le vôtre dans l'esprit des lecteurs préoccupés d'autre
chose et, à un moment donné, il peut y avoir de fâ-
cheuses confusions de mémoire. M. de Miranda, devenu sous-secrétaire d'État en Espagne, s'est trouvé
au Palais de Justice même en un pareil cas. Lors
de l'affaire Garcia chez la Barucci, M. de Miranda
porta plainte contre les grecs qui l'avaient dépouillé.
Ces messieurs furent condamnés à lui rembourser
une somme de quarante mille francs. Quelque
temps après, un petit journal obscur attaqua le
plaideur victorieux, donnant à entendre qu'il avait
été une victime douteuse dans la fameuse partie de jeu. M. de Miranda fit citer le diffamateur
en police correctionnelle, et le substitut, dont les
souvenirs n'étaient pas très précis, commença ainsi
son réquisitoire : « M. de Miranda, qui est un
habitué de ces bancs... »

M. de Miranda bondit, protesta, et le substitut
daigna se rappeler que, effectivement, l'Espagnol
n'avait comparu que comme plaignant.

L'un de ces journalistes d'occasion, en ce moment
en prison, se présenta un jour chez un de nos confrères et lui dit :

— Vous avez participé à la fondation de la Société des mines de..., actuellement en déconfiture. On m'offre quinze cents francs pour mêler votre nom à celui des membres du conseil d'administration qui sont prévenus de contravention à la loi sur les Sociétés.

— Mais je n'en suis pas. A peine ai-je paru à l'origine de cette affaire et je m'en suis retiré à temps.

— Je ne l'ignore point, c'est même pour cela que je suis ici. Rien de plus facile que de faire semblant de s'y tromper et de vous confondre avec ceux qui comparaissent en ce moment devant le juge d'instruction. Vous ne répondrez point à mes attaques ; un journal qui se respecte ne consentirait jamais à me répliquer. Me voici donc à l'abri de votre plume ; quant à un coup d'épée, je m'y expose encore moins ; j'ai été condamné deux fois pour escroquerie et abus de confiance, vous ne pouvez pas vous battre avec moi. Quoique ces condamnations soient absolument injustes, car je suis un *parfait honnête homme*, elles ne me sont pas moins acquises. Je ne risque donc rien, la riposte vous est interdite, et, en tous les cas, que je manipule la boue ou que je la reçoive, elle ne me tache plus. Dans ces conditions, vous devez reconnaître que ma démarche est toute courtoise. Il me répugne de vous attaquer, mais il y a ces maudits quinze cents francs qui me tentent... Je les sens irrésistibles. A somme égale, je vous donne la préférence. J'aime mieux les recevoir de vous et garder une conscience tranquille !

L'autre paya — et le chanteur tint parole. Il alla même plus loin, et fit un jour le panégyrique de celui qui lui avait évité une *mauvaise action* par son versement plein d'opportunité !

« Ce n'est pas de jeu, lui écrivit ce dernier : sans doute il me serait désagréable d'être vilipendé, mais, si vous dites du bien de moi, c'est encore pire ! »

Les comptes rendus des soirées mondaines ont entraîné un autre genre de pression qui est cousin germain du chantage. Les parvenus qui désirent faire figure dans le monde tiennent à être traités comme les maîtres de bonne maison.

Si l'on parle du dîner de la marquise de la Ferronnays, de la soirée de la baronne de Poilly et du bal de la princesse de Sagan, Mme Vaugoindard, Mme Lesquinoise et Mme Boutabou se demandent pourquoi elles seraient exclues des honneurs de la publicité. Le mari fait le tour de certains journaux et obtient l'insertion de quelques lignes à vingt francs les quarante-cinq lettres où sont vantées les magnificences de ses réceptions :

« Mme Vaugoindard portait une robe rose rehaussée de mousse... Mme Batandier était en vieil acier, la troublante Mme Berlureau en satin blanc... La maîtresse de la maison a reçu les invités avec sa grâce habituelle... Au petit jour on dansait encore. » Avec quinze louis il y en a pour tout le monde. Où est le mal ? Le thé de Mme Gibou vaut bien les pilules belges, et pourquoi refuserait-on de mentionner la grâce de Mme Martin et la sveltesse de Mme Bonneau, quand on enregistre si volontiers la guérison du duc de Pluskow et celle de la marquise de Gréhan ? Voilà qui est fort bien, mais il s'est

créé de petits journaux, des infimes, qui se mettent à la recherche des soirées bourgeoises.

Un monsieur du genre de celui qui dirigeait avec
tant de distinction le *Moniteur des faillites* se présente chez le particulier.

— Monsieur, lui dit-il, vous avez donné hier une
fête superbe.

— Oh ! monsieur, une petite réception, quelques
amis... J'ai deux filles à marier... Il faut bien se
créer des relations...

— Parfaitement, mais, pour arriver à votre but,
il serait bon que la presse vous donnât un coup
d'épaule. Voici un journal de premier ordre,
le *Hanneton vert*, dont je suis directeur...
Vingt mille abonnés, tirage justifié. Nous allons
vous mettre là-dedans dix lignes bien senties, en
première page... C'est deux cents francs.

— Mais, monsieur, j'ai déjà fait une dépense ex-
ceptionnelle...

— Cela ne nous regarde pas. Deux cents francs,
c'est à prendre ou à laisser.

— Et, fait le bourgeois avec hésitation, si je me
refusais à accepter vos éloges désintéressés ?

— Nous avons un article tout prêt : « Soirée gro-
tesque chez M. X***. Jamais on n'a rien vu de pareil
à Marcuil-les-Vaux ou à Brigny-les-Grenouilles.
Une collection de caricatures autour d'une infusion
de graine de lin... »

— Mon thé était délicieux !

— Je ne demande qu'à le reconnaître.

— C'est bien, voilà les deux cents francs, mais...
soignez-moi ça !

A propos de soirées mondaines, une aventure assez baroque a fait pendant plusieurs jours le désespoir du vicomte de L... chargé des *Echos de Paris* dans un journal important. M. de L... est *reçu* et va beaucoup dans le monde ; il tient ses lecteurs au courant de tout ce qui se passe dans le *high life*. Allant passer quelques jours dans le Midi, il confia sa besogne à un de ses reporters, garçon avisé et passant pour un de nos principaux débrouillards. Le remplaçant y mit de la coquetterie et ne voulut point paraître inférieur à son directeur. Ses échos étaient assez touffus, mais il y manquait le côté mondain. Comment faire ? Tout Paris ne connait pas Tout-Paris. Quoi de plus simple que d'inventer un monde, et dans ce monde un bal, blanc ou gris ? Il ne fallait que des noms. Où les prendre ? L'Almanach Bottin est dangereux, il pourrait se produire des réclamations. Quant au Gotha, il n'y fallait même pas songer. Après avoir longuement réfléchi, l'échotier intérimaire prit les *Déclarations de faillites* de la veille.

Il trouva :

Godibert, marchand forain, rue de la Tombe, Issoire.

Gœckler, ébéniste, rue du Chemin-Vert...

Brumberger, plombier, rue d'Alésia...

Gastaldi, fumiste, rue d'Amsterdam...

Roch, restaurateur, boulevard de Strasbourg...

Mongodin, matelassier...

Cassant, marchand de vin, boulevard de l'Hôpital...

Solozabal, feuillagiste...

Vᵉ Rémond, fruitière...

Clérisse, traiteur...

Brocard, entrepreneur de serrurerie...

Et il écrivit bravement : *Echos mondains.*

« Hier soir, thé dansant chez la baronne de *Solo-zabal.*

» Le petit hôtel de l'avenue de Versailles avait été converti en un superbe jardin d'hiver, grâce à un de nos principaux fleuristes. L'assistance était des plus select ; on a dansé jusqu'au jour au son de l'orchestre entraînant de *Gastaldi.*

» Parmi les personnes présentes citons la belle comtesse de Godibert, toilette mauve des plus réussies, la baronne de Gœckler, robe cerise ; la vicomtesse de Clérisse, Mme Veuve de Rémond, les demoiselles Brumberger, très en beauté ; Mmes Gaston Roch, de Cassant, etc...

» La soirée s'est terminée par un cotillon conduit avec une grande maestria par M. de Mongodin et Mme de Brocard. On a soupé ensuite par petites tables et on s'est donné rendez-vous au premier samedi après Pâques, chez le comte de Planque. »

Le comte de Planque lui-même était simplement « M. Planque », syndic provisoire !

Aucun des faillis, la plupart enregistrés avec la mention « domicile inconnu », ne protesta contre le rôle brillant qu'on lui faisait jouer. Les pauvres diables, selon toute probabilité, n'avaient pourtant pas le cœur à la danse... mais ils ne lisaient point le journal.

Le dernier mot appartient à Mlle Z..., d'un de nos grands théâtres littéraires. Retenue jusqu'à présent à Paris par le rôle qu'elle a joué cent fois de suite, Mlle Z..., a résolu d'aller passer quelques jours à Cannes pour la fin de la saison. Sa femme de chambre faisait les malles, caisses et paquets, emballait les robes et les chapeaux. Mlle Z..., qui a la haine de tout attirail, avait recommandé de fourrer dans la grande caisse les ombrelles, parapluie et tout le menu bagage.

— Madame, lui dit la soubrette, le parapluie ne peut pas entrer... Je l'ai tourné et retourné dans tous les sens, il n'y a pas moyen.

— Eh bien! fit nonchalamment la belle actrice, essaie avec du cold-cream!

V

3 avril 1886.

Il est faux que Listz ait été mordu par M. Pasteur. On avait répandu le bruit que le vieux pianiste qui a tenu si longtemps en échec la réputation de Casanova venait d'être victime de la jalousie de l'illustre chimiste auquel nous devons la propagation de l'hydrophobie ; il n'en est rien. Certainement M. Pasteur, habitué au bruit quotidien, aux flatteries de la presse, aux applaudissements du public, a pu être contrarié de la diversion qui s'est opérée en faveur de Listz, mais il a su se contenir. D'ailleurs, M. Munckacsy a promis de donner une nouvelle soirée dans laquelle il exposera l'admirable tableau qu'il vient de commencer: *Les derniers moments du chien de Montargis*. Tandis que les invités se presseront dans les salons du peintre

hongrois, un orchestre habilement dissimulé doit
jouer une pastorale en l'honneur de M. Pasteur,
qui vaccinera un caniche et un levrier entre minuit et une heure. Listz sera déjà loin et l'illustre
expérimentateur pourra jouir d'un triomphe sans
partage.

La première fois que j'ai vu Listz, c'était à Bordeaux, il y a trente ans.

Il était beau, on se l'arrachait. Dans le salon où
il daigna jouer cinq ou six morceaux de sa composition, se trouvaient une jeune femme dont j'étais
éperdument épris, une autre que j'adorais et une
troisième dont je commençais à me sentir amou-
reux. L'une était blonde, l'autre brune, la dernière
châtain clair. Toutes trois mangeaient Listz des
yeux. Et quand il fut sorti pour aller se faire entendre dans une autre réunion, les femmes entou-
raient encore le tabouret sur lequel Listz s'était
assis. Les yeux brillants, les lèvres serrées, la poitrine soulevée, elles semblaient flairer la piste du
musicien idéal. Enfin, l'une d'elles, s'agenouillant,
appuya ses lèvres frémissantes sur le velours encore tiède. Toutes y passèrent et vinrent baiser
comme une patène le siège sur lequel Listz s'était
posé. Je ne lui ai jamais pardonné l'enthousiasme
de ces dames.

Si M. Pasteur avait réellement mordu le pianiste
de M. Munckacsy, je n'en aurais aurais été fâché
qu'à demi, mais enfin, puisque le fait est faux, il
faut bien le déclarer tel. Dix-neuf Russes sont re-
partis dans leur pays. Sont-ils guéris? On ne le
saura que plus tard. Un seul a succombé sur vingt.

Ce chiffre est au-dessous de la moyenne. Sur quarante personnes mordues par un chien enragé, il y
en a généralement une qui attrape la maladie.

Je me trouvais dernièrement chez un des plus
savants et des plus anciens vétérinaires de Paris,
qui m'a dit :

— On a fait de la rage un véritable spectre. Voilà que tout le monde a peur. A peine un chien est-
il malade et porte la queue basse qu'on court aux
fourches et aux fusils, pour la plus grande gloire de
M. Pasteur. Or, bon an, mal an, il ne meurt pas en
France plus de vingt personnes atteintes de la rage.
J'ai eu cinq garçons de chenil mordus par des chiens
enragés, ils n'ont jamais rien ressenti. Moi-même,
j'ai été mordu plusieurs fois par des chiens atteints
d'hydrophobie, et vous voyez avec quel calme je
donne mes consultations. La méthode de M. Pasteur aura donc le bénéfice des trente-neuf cas sur
quarante dans lesquels la rage ne se déclare pas.
Ce n'est pas à dire que je conteste à ce savant la
gloire de sa découverte, mais enfin il faudra voir.
En attendant, si vous êtes mordu, mettez tout de
suite de la teinture d'iode sur la blessure, et je vous
réponds que vous ne deviendrez pas enragé.

Aucune souscription n'est ouverte pour ouvrir un
temple à la teinture d'iode et mon vétérinaire n'a
pas eu l'idée de fonder un institut spécial. Mais
pourquoi le vaccin rabique n'enrichirait-il pas son
inventeur, puisque, en Angleterre, celui qui a inventé le baume de poitrine à l'usage des domestiques qui sont chargés de faire reluire les bottines
a déjà gagné plus de cent mille livres ? On n'a plus

3

à s'épuiser sur le cuir rebelle, on n'a qu'à verser sur la première couche de cirage quelques gouttes de baume de poitrine et trois ou quatre coups de brosse suffisent à obtenir un brillant et un éclat qu'on ne trouve à Paris que sur la peau de Mlle Nancy Martel.

Depuis la découverte du baume de poitrine, les cas de phtisie ont diminué de quatre-vingts pour cent dans la domesticité en Angleterre, et de soixante pour cent en Ecosse. On attribue cette différence à l'inégalité du climat.

Demandez l'assassinat du boulevard de Charonne, le crime de la rue Beaubourg, les amours du cimetière de Saint-Ouen! Il n'y a vraiment pas moyen de s'ennuyer à Paris et, sous le rapport de la distraction, les grèves de Belgique étaient bien inutiles. Un imprimeur qui connaît son temps me disait dernièrement : Le meilleeur rédacteur d'un journal à 5 centimes, c'est l'assassin de la veille. Et qu'il avait raison! Quel est le morceau de littérature, la page de critique, le courrier de fantaisie qui offre au lecteur l'attrait, l'angoisse du simple récit d'un assassinat finement commis dans une cave ou d'un crime d'amour gaiement exécuté dans un cimetière ?

Je ne comprends pas qu'il y ait des gens assez grincheux pour se plaindre de notre époque. Jamais la société n'a produit tant de phénomènes intéressants, jamais l'homme ne s'est présenté sous des aspects si différents. Que de variété, que d'imprévu dans la vie et dans la mort de chaque jour ! Ce n'est pas sous Louis XIV qu'on eût retiré de la Seine un

cadavre entouré de fils télégraphiques ! Et quoique
le règne de Louis XV ait été plus que tout autre
l'âge des amours, il n'y est pas fait mention d'une
seule liaison dénouée par le revolver. A nous le
bruit, le mouvement, l'aventure tragique. La monotonie a fait son temps.

L'amant retardataire de Fernande Méry se défend bien faiblement. Il n'a qu'une chose à dire et
il ne la dit pas. A qui la faute si une sépulture
a été violée ? A M. Camescasse d'abord, à M. Gra-
gnon ensuite. Oui, tous les torts sont du côté du
préfet de police. Depuis trois ou quatre ans, l'administration a fait fermer les maisons de rendez-vous.
Sans pitié pour les unions libres, on a traqué,
arrêté, emprisonné les intermédiaires, les ma-
trones aimables qui jouaient dans la société parisienne le même rôle que les interprètes étrangers.
Les parfumeries, les lingeries, les magasins de cravates sont à louer — et personne ne les loue. La
police, escaladant ou trouant le mur de la vie privée, a pénétré jusque dans l'intérieur des familles,
des familles improvisées, il est vrai, dont les
membres ne se connaissaient pas une minute avant
la présentation ; mais il n'en est pas moins vrai que
dans ces salons mixtes, ouverts à toutes les classes
de la société, il y avait des rapprochements pleins
de charme et de nature à appeler l'apaisement des
partis. Il est surprenant que les réunions privées
soient si durement dispersées quand les réunions
publiques sont autorisées. La main rude de la police a enfoncé les portes de Cythère, et tout le
monde s'en est allé à la débandade.

Les dernières victimes de la sévérité de feu Camescasse ont été Mme Ravet et son bras droit, Mme Brizard. Ces dames avaient eu le tort, il est vrai, de se donner comme fournisseuses de la reine d'Espagne, à laquelle elles ne fournissaient rien, pas même le roi. Treize mois de prison pour avoir excité la *Goulue* à la débauche, c'est roide. On pourrait avec plus de logique poursuivre la *Goulue* pour excitation au proxénétisme. On n'est pas toujours mineur parce qu'on n'a pas vingt et un ans. Le boulevard regorge de filles parfaitement majeures, quoiqu'elles aient à peine l'âge de la première communion.

Je me rappelle à ce sujet un bout de dialogue échangé entre deux sénateurs de l'empire vers la fin de 1869.

L'un disait :

— Je vous ai aperçu hier au soir au café Anglais avec la petite Frisquette, des Variétés.

— Oui, elle m'amuse.

— Mais il y a déjà longtemps qu'elle court, elle a au moins seize ans ?

— C'est possible, mais elle est très bien conservée pour son âge !

VI

Le peuple roi. — Le nerf de la guerre. - *L'Œuvre*.

10 juin 1886.

Ce n'est pas sans une certaine satisfaction que je vois arriver le moment où nous serons tous malheureux. Le malheur est la véritable égalité. Ceux qui rient aujourd'hui verseront des larmes amères et les montagnes seront abaissées. Alors seulement il n'y aura plus de Pyrénées.

Le peuple est roi, c'est un fait acquis. En France, l'impôt se perçoit par voie de souscription, en attendant qu'il soit réglementé. En Belgique, où les listes de souscription n'ont pu être ouvertes à temps, le peuple a fait comme les premiers rois quand ils étaient dans le besoin. Il est sorti de chez lui et a ramassé un riche butin dans les campagnes. Au fond, les soulèvements de Charleroi et de Seraing ne sont qu'une imposante protestation contre les cigares belges. La patience humaine a des

bornes ; les classes laborieuses étaient depuis longtemps irritées de voir qu'on leur vendait des feuilles de chou comme *nec plus ultra* de la Havane.

Une autre preuve que le peuple est roi, c'est qu'il
a son *fou ;* le fou, c'est *monsieur Auguste*. Il n'y a
pas une troupe d'acrobates ou de saltimbanques
qui ose se présenter quelque part sans le *fou du
peuple*. Monsieur Auguste fait l'empressé, gêne
toutes les manœuvres, commet bourdes sur bourdes. C'est un Turquet de cirque, absolument
comme Turquet est un *monsieur Auguste* de gouvernement. Les jours sont arrivés. Plus ça change-
ra, moins ce sera la même chose. Dès qu'il n'y
aura plus de financiers, il n'y aura plus de guerres.
Quand un roi veut armer, il commence par demander de l'argent. Surviennent Rothschild et Blœchrœ-
der qui disent : « Il vous faut un milliard ? Nous
nous chargeons de vous le fournir. » Puis, quand
l'un des combattants est écrasé et qu'il est obligé de
signer la paix, les mêmes financiers surgissent :
« Vous avez besoin de plusieurs milliards pour l'indemnité ? Nous allons vous trouver cela. » Et ils
émettent des emprunts qui sont dix fois couverts,
de façon que l'argent des vaincus a servi à l'arme-
ment des vainqueurs et que les vainqueurs sous-
crivent à la rançon des vaincus. Si l'argent n'a pas
d'odeur, il a encore moins de patrie ; et si l'on
complétait aujourd'hui les effigies des souverains,
si on donnait leur portrait en pied sur les pièces
d'or et d'argent, on ne tarderait pas à s'apercevoir
qu'ils ont tous été circoncis.

L'Œuvre est un beau livre, le plus beau livre

qu'ait écrit Zola. Dans une langue élevée, superbe, vibrante d'éloquence, l'auteur a montré l'artiste aux prises avec son rêve. L'œuvre, c'est le rêve ; l'exécution, c'est la réalité avec tous les maux de la vie, l'impuissance, le besoin, les déchirements. Et je me demande si l'histoire de l'artiste n'est pas aussi l'histoire du peuple. La foule des misérables a conçu un idéal de justice qu'elle a poursuivi jusqu'ici sans l'atteindre. Elle voit l'avènement, elle le pressent, elle le salue et l'acclame de loin — comme un lever de soleil, et la lutte continue avec ses déboires, ses tristesses, ses horreurs.

Ah ! si l'on ne détournait sa pensée des misères humaines, si l'on avait les yeux constamment fixés vers ce but unique : l'*Œuvre*, il n'y aurait plus ni théâtres, ni cafés-concerts, ni vaudevilles, ni bals. « Ils chantent, donc ils paieront », disait le cardinal. C'est que de son temps on ne chantait pas la *Marseillaise*.

En attendant le grand jour promis par M. Camélinat, nous vivons dans une société franchement ridicule. Il n'y reste plus que des fantômes. Fantôme d'autorité, fantôme de désintéressement, fantôme d'administration, fantôme de religion. Rien n'est à sa place ni personne et tout cela se tient encore comme ces pierres qui, dans les ruines, restent suspendues en haut d'une tour éventrée ou dans les déchirures d'une muraille.

On appelle encore *honnêtes gens* ceux qui ne sont pas arrivés au pouvoir ; mais l'honnête homme d'hier n'est plus qu'un spéculateur éhonté, un préparateur de coups d'Etat, disons plus, un orléaniste, dès que les hasards de la poussée parlementaire ont fait de lui un ministre ou un sous-secrétaire de quelque chose. Toute personnalité qui sort des rangs devient par cela même suspecte d'abord et odieuse bientôt. La popularité même, cette gloire en gros sous, se refuse au tribun comme au soldat heureux. Les peuples qui adorent le soleil n'ont pas de dieu les jours de pluie. Il pleut beaucoup depuis quelque temps.

« Il faut mourir pour avoir raison », dit Sandoz dans l'une des plus belles pages de l'*Œuvre*. Voilà un avis que je ne saurais partager. Je sais bien qu'on a élevé des statues à des gens qu'on avait laissés mourir de faim, mais une clarté s'est faite depuis ces âges, non d'ingratitude, mais de méconnaissance. En ne prenant que les noms cités par Zola, Meyerbeer, Berlioz, Delacroix, Courbet ont triomphé en pleine vie. Wagner lui-même n'est pas contesté, il est combattu pour des raisons étrangères à l'art. Balzac vivant a pu jouir de toute sa gloire, et Sandoz ne fait pas à Balzac mort l'honneur d'une mention. Sandoz parle à plusieurs reprises, et avec un enthousiasme sincère, de son œuvre colossale, l'histoire d'une famille sous le second empire, de *quelques bonshommes physiologiques*, évoluant sous l'influence des milieux, et il semble n'avoir jamais eu connaissance de la *Comédie humaine*. Pourtant Balzac est mort. Et j'en appelle à Sandoz lui-même, si Claude-Lantier n'était pas un Rougon-Macquart, s'il était né à Orléans et non à Plassans, en quoi son roman en serait-il modifié ? Quel détail faudrait-il y changer ?

— Non, il n'est pas nécessaire de mourir pour avoir raison. De tant d'écrivains qui travaillaient pour la postérité, que nous est-il resté? A peine un souvenir.

Les nouveaux ne lisent que les nouveaux, parce que c'est entre eux qu'est limitée la lutte. Les jeunes gens ne lisent plus George Sand. Ils connaissent à peine le nom de Méry et ils n'ont lu Gozlan que parce qu'il a été réédité par Lemerre.

Mme Cottin a eu son heure. Quand on annonçait le *Brasseur-roi* ou le *Solitaire* du vicomte d'Arlincourt, la France entière attendait fiévreusement l'apparition du volume. Chateaubriand a été le génie littéraire de son temps et, sans les *Mémoires d'outre-tombe*, nous ne le mettrions guère au-dessus de l'auteur de *Numa Pompilius*, de *Gonzalve de Cordoue*, d'*Estelle et Némorin*.

Sous Louis-Philippe, il y avait de véritables émeutes à la porte des cabinets de lecture. On s'arrachait les *Mystères de Paris*, le *Juif-Errant*, les *Mousquetaires*, la *Reine Margot*.

La postérité d'un romancier ne va guère au-delà d'un demi-siècle, et cela par la raison bien simple que chaque époque a ses modes, ses goûts, ses observateurs et ses écrivains.

Vingt-cinq ans après la mort de Zola, il y aura à Paris un romancier dont le nom sera dans toutes les bouches et les ouvrages dans toutes les mains.

Combien de romans nous reste-t-il de tant de siècles écoulés? L'antiquité nous a transmis *Daphnis et Chloé*. Et après? Nous avons *Manon Lescaut*, *Werther*, *Paul et Virginie*. C'est tout.

3.

Je ne cite que pour mémoire *Jérusalem délivrée* et *Roland furieux*, des poèmes. Walter Scott est relégué, Cooper moisit à côté de lui. Il n'y a pas besoin d'attendre que la terre claque dans l'espace comme une noix sèche pour que « nos œuvres » retournent à la poussière.

Je dois ajouter, pour parler en toute sincérité, que jamais Zola ne s'est élevé aussi haut que dans l'*Œuvre*.

Il a « clos le bec » aux détracteurs, même à ceux qui, ne croyant pas ici plus qu'ailleurs à l'arche sainte, et sans le dénigrer de parti pris, prenaient l'innocente liberté de souligner certains procédés et de critiquer certains détails, au risque d'agacer le sensible Sandoz. Il leur a *clos le bec* à force de talent. Et si c'est un devoir de ne pas marchander l'admiration à l'auteur de ces pages superbes, où la vie saigne, où la cervelle humaine éclate, un critique impartial reconnaîtra que Zola s'est élevé jusqu'au génie.

Et pendant que nous dévorions l'*Œuvre*, un troisième Russe de Smolensk mourait entre les mains de M. Pasteur. L'illustre savant n'avait pas prévu le virus rabique du loup. Il faudra faire de nouvelles études sur de nouveaux lapins. Si j'osais émettre un avis, je dirais que, si le vaccin tiré du chien prévient la rage causée par la morsure de ce genre de quadrupèdes, le vaccin tiré du loup doit produire le même résultat sur les gens mordus par des loups. Évidemment il y a des degrés dans le virus comme dans l'alcool. Trois Russes sur seize, c'est beaucoup, surtout si la liste n'est pas close. On cite à ce sujet un bien joli mot du sublime Turquet.

— L'empereur, a dit notre piquant sous-secrétaire d'Etat, a nommé le général Pélissier duc de Malakoff à la suite de la campagne de Crimée. Il serait juste de nommer M. Pasteur duc de Smolensk !

VII

« Plusieurs journaux ont prétendu que M. Demôle était cousin de M. Petitjean, directeur des mines de Decazeville. L'allégation est absolument inexacte. » Telle est la note, d'origine évidemment officielle, que publient aujourd'hui les amis du pouvoir. Si demain la monarchie rentrait en France dans les fourgons de l'étranger, c'est M. Petitjean qui s'empresserait de faire annoncer qu'il n'a jamais été cousin de l'ancien garde des sceaux. La protestation serait amusante si elle avait des suites. J'aimerais à lire dans la *Justice* :

« On a prétendu que M. Clovis Hugues était le neveu de M. le duc de Broglie. Le député de Marseille proteste avec indignation contre cette insinuation malveillante. »

Et dans la *Lanterne* :

« Les ennemis de M. Yves Guyot font courir le bruit que l'auteur de *Paris ouvert* est proche parent de M. Freppel. Nous opposons un démenti formel à cette basse calomnie. »

Puis, le monde des théâtres suivant volontiers le monde politique, le *Figaro* publierait une lettre de Sarah Bernhardt affirmant qu'elle n'est point la cousine de la duchesse de Chevreuse et peut-être une réclamation de Christian repoussant tout lien de parenté avec le baron de Rothschild.

Par le temps qui court, on ne saurait trop prendre ses précautions. Les bruits les plus extravagants prennent rapidement consistance. Pas plus tard qu'hier, dans l'établissement de la *Truie qui file*, un correspondant de journaux étrangers affirmait que Mlle Nilsson était la tante de M. de Germiny.

Il est vrai que dans une époque où tout reste impuni, où le parquet se désintéresse des voleurs et la police des assassins, ce qui se dit n'a guère plus de poids que ce qui s'écrit. Le chantage même perd son temps. Le public à qui l'on sert les diffamations les plus corsées s'écrie : « C'est imprimé, donc c'est faux. » Emile de Girardin avait deviné les résultats de la liberté de la presse, quand il proclamait son impuissance.

Il n'y a pas, du reste, à nous dissimuler que Paris est devenu bête. Un millier de petites tyrannies font de la population de la ville la plus mal éclairée de l'Europe une agrégation de moutons qui se laisse manger la laine sur le dos. En haut lieu, c'est le partage des biens, condamné quand il est proclamé par les socialistes, et mis paisiblement en pratique par les maîtres que nous nous sommes donnés nous-mêmes. « Autrefois, dit l'abbé

Sabathié dans le *Journal des États généraux*, quelques poules mangeaient nos grains, mais nous laissaient au moins de quoi subsister. Aujourd'hui, nos grains sont emportés et dévorés par des fourmis qui font lande rase et nous laissent mourir de faim. »

Nous nous laissons prendre aux promesses et aux sourires des candidats ; et dès que la chrysalide a pu endosser les ailes que nous lui avons votées, elle se change en vampire et suce notre sang. Tout lui appartient, les débits de tabac, les bureaux de poste, les sinécures à milliers. Le suffrage universel est une sorte de baccalauréat qui semble rendre aptes à tout ceux qui ont passé par ses épreuves. L'inspirateur d'un célèbre chocolatier devient subitement ingénieur et supprime les fortifications. Un découpeur de chiens devient gouverneur d'un royaume. Ainsi du reste. J'attends le jour où Baron, député de Nogent, sera nommé ministre de la guerre, et Dailly, l'élu de l'île de Beauté, ministre de la justice et des cultes. Ils vaudront bien les autres, et le *Pélican*, journal des pères de famille, s'écriera une fois de plus : « Nous avons enfin un ministère durable. »

Il paraît que le Concordat n'est pas la concorde, l'affaire de Châteauvillain en fournit la preuve. Nul ne peut ouvrir une chapelle ou une église sans autorisation ; le particulier qui désire avoir une cathédrale chez lui doit d'abord se mettre en règle avec le préfet. Faute de cette formalité, la chapelle est fermée comme une boutique de parfumerie. A une époque où les cafés-concerts se multiplient, l'autorité pourrait se relâcher quelque peu de sa sévérité. « Qu'on puisse aller même à la messe, ainsi le veut la liberté. » Le personnel de Château-villain s'ennuyait, et M. Fisher a voulu ouvrir un *Latin-Concert*, où les artistes tonsurés venaient donner des représentations. On se passait de Gayarré, voire de l'orchestre de M. Colonne, et, sans le Concordat, il n'y aurait eu ni coups de pierre ni coups de revolver.

Depuis l'origine des sociétés, que de gens ont été tués sous le prétexte qu'il y a un Dieu et une patrie !

M. de Mun, homme de pape et d'épée, a profité de l'occasion pour faire un discours à la Fléchier. Les gendarmes ont passé un mauvais quart d'heure dans la bouche de l'orateur. Et cela se conçoit. Bons gendarmes quand ils marchent contre le populaire, mauvais gendarmes quand leur devoir les force à faire respecter une loi qui vexe Basile. Il y aurait pourtant un moyen de tourner la difficulté. Si je voulais ouvrir une chapelle, j'invoquerais la liberté des théâtres. Sur le fronton de mon oratoire on lirait : *Ambigu religieux*, ou *Alcazar de la dévotion*, ou bien encore *Variétés latines*.

Le décor représenterait un autel avec des cierges. Un rideau baissé en masquerait d'abord la vue au public.

A l'heure indiquée sur le programme, le sacristain frapperait trois coups. Immédiatement après, lever du rideau et représentation. C'est le préfet qui serait vexé !

Eh bien ! si M. Fisher tient bon, et si, une fois

rétabli, il rouvre son petit temple, je parie qu'il finira par avoir raison. On arrive à tout avec un peu de persistance.

On se rappelle les mesures formidables et compliquées qu'ordonna le préfet de police lors de l'incendie du théâtre de Nice : suppression des strapontins, passage libre, débouchés obligatoires, lampes à l'huile dans les corridors, que sais-je encore ? Allez-y voir maintenant. Les strapontins sont plus nombreux que jamais, la circulation devenue impossible. Certains théâtres ont supprimé une ou deux sorties de chaque côté de l'orchestre afin d'établir un plus grand nombre de baignoires.

Il y a tel théâtre du boulevard où il n'y a qu'une sortie pour quatre cents fauteuils. Les spectateurs du premier et du dernier rang prennent la file, et, quand ils arrivent à la *fissure* dénommée « sortie », l'entr'acte est terminé, il faut regagner sa place.

On frémit en songeant à l'écrasement qu'amènerait la moindre menace d'incendie. Et cela se passe sous les yeux du commissaire de police, des inspecteurs, des soi-disant représentants de l'autorité.

On ne rencontre que des gens qui se plaignent. « Je suis allé hier au théâtre de... *Comme on y est mal !* » Un directeur est enchanté parce que, en diminuant de deux centimètres chacun de ses fauteuils, il a gagné quarante places. On ne peut pas s'y asseoir, peu lui importe. Les directeurs finiront par louer des places debout avec appui pour le dos, dans le genre de l'appareil de pose chez les photographes. Et ils s'étonneront de voir leurs salles vides. Deux étrangers qui dînaient hier à la

Maison Dorée regrettaient d'être venus à Paris
avant l'ouverture des concerts en plein vent. « Je
suis allé au théâtre de ou du..., disait l'un. La
pièce est très amusante, mais, à mon grand regret,
j'ai dû quitter la place après le deuxième acte. J'é-
tais serré comme dans une camisole de force, les
coudes collés au corps, obligé à chaque instant de
m'excuser auprès de mon voisin, qui en faisait
autant en me labourant le côté à coups de coude.
Qu'on joue là ce qu'on voudra, *je n'y mettrai plus
les pieds.* »

Parlerai-je de l'exécrable organisation des ves-
tiaires ? Un empilement de pardessus et de manteaux sur des chaises, un inextricable fouillis dans
lequel s'accouplent des microbes de tout genre.
Qui peut dire à un spectateur qu'il n'emportera
pas le choléra ou le typhus dans son pardessus ?
La comtesse de B... a bien trouvé une puce dans
sa pelisse à la sortie des Variétés, et la baronne de
X... bien pis que cela en sortant du Palais-Royal.

Quel aimable sourire que celui des ouvreuses :

— Monsieur ne veut pas se débarrasser ?

Et si l'on ne répond pas tout de suite, la prépo-
sée continue avec sévérité : — Votre pardessus au
vestiaire !

C'est impératif, cette fois, il faut obéir. — On
pourrait lui demander où est le prétendu vestiaire ;
elle n'aurait à vous montrer que deux chaises de
paille, la plupart du temps infestées de vermine.

Quant à rentrer en possession de votre pardessus avant le dernier entr'acte, il n'y faut pas compter. Les ouvreuses d'un théâtre ont un traité avec

les pharmaciens qui vendent les pastilles de goudron et autres drogues pectorales. Ces messieurs
leur donnent 10 0/0 sur leur vente, à la condition
qu'elles garderont sévèrement les pardessus pendant les entr'actes. Les spectateurs sortent en
habit et en jaquette et attrapent de gros rhumes,
quand ce ne sont pas des fluxions de poitrine.
Lorsqu'on tousse beaucoup dans le cours d'une
représentation, les ouvreuses se frottent les mains.
Au spectateur qui réclame son pardessus, elles
remettent l'adresse du pharmacien, avec un prospectus disant : Plus de toux, ni d'oppression... avec
les capsules de goudron — Bertrand, ou les pastilles d'aconit — Briet !

VIII

Comme quoi Jésus-Christ a eu tort de disperser
les Juifs. — Un bon médecin.

24 avril 1886.

Il était convenu qu'on ne parlerait pas de la
France Juive, le pamphlet-pilon d'Edouard Drumont, et voilà que, bon gré mal gré, tous les journaux s'en occupent. Charles Laurent, qui n'est pas
juif, a vengé Veil-Picard, fortement soupçonné.
Arthur Meyer envoie des vicomtes comme témoins, Déroulède aiguise deux gymnastes pour
prendre son tour, et la Belgique financière tient
six mille témoins en réserve, se disant offensée
par le proverbe qui dit : « Avec un Belge on fait
deux juifs, et il en reste assez pour faire un protestant. » Si Drumont échappe à tant de combats,
c'est qu'il a l'âme chevillée au corps.

Les juifs sont partout, mais à qui la faute, si-
non au Christ lui-même, qui nous a joué le mauvais tour de les disperser? Sans cette mesure qui a

précédé dix-huit cents et quelques années l'exécution des décrets, Cahen ne serait pas d'Anvers et
Worms ne serait point de Romilly. Nous aurions
une Judée entièrement *select* où Bischoffsheim
regarderait les étoiles dans une branche de sureau
dont il aurait d'abord retiré la moelle pour se la
fourrer dans le dos. Il ne faut rien laisser perdre.

Dans cette Judée bénie du Dieu d'Abraham
Dreyfus, les Rothschild mèneraient paître leurs
troupeaux aux environs de Génésareth, et Camondo
répudierait sa femme légitime pour épouser sa
bonne, Mlle Agar (de la Comédie-Française).

Et qui sait ? les Reinach vendraient peut-être leur
frère Joseph à sir Drummont Wolff, dont le nom
seul doit horripiler celui des Drummont qui n'est
pas Wolff.

Il y a une bonne haine dans le pamphlet du rédacteur du *Monde*, mais il voit plus de juifs qu'il
n'y en a réellement dans la société moderne; il en
met de sa poche. Il poursuit des chrétiens jusque
dans leur origine, il remonte à l'aïeul, au bisaïeul
pour trouver le juif. Le procédé manque de logique puisque les premiers chrétiens n'étaient que
des juifs baptisés. Le Drumont de l'an 1 était ou juif
ou païen.

L'auteur de la *France Juive* est trop absolu.
Arthur Meyer s'étant empressé d'envoyer le diacre
Yveling Ram-Baud pour interviewer l'archevêque
de Paris, Ram-Baud revint « autorisé à déclarer
qu'à l'archevêché tout le monde, depuis le vénérable cardinal jusqu'au secrétaire, en passant par

Mgr d'Hulst (le plus heureux des trois), ignorait absolument le livre ». A la lecture de ces lignes Drumont s'est écrié en haussant les épaules : « Parbleu ! à l'archevêché il n'y a que des juifs ! »

Si l'on veut aller au fond des choses, on trouvera que le pamphlet d'Edouard Drumont s'attaque surtout aux capitalistes, et que tous les manieurs d'argent sont confondus sous le nom générique de juifs.

Il est certain que la fortune publique est centralisée en quelques mains, lords ou gros commerçants en Angleterre, juifs ou gros spéculateurs en France ; mais cette féodalité de l'argent tombera comme la féodalité de la forteresse. Jadis quelques conquérants se partagèrent les terres. Chacun d'eux fit construire un donjon et des tours, et ils s'enfermèrent dans l'enceinte avec des armes. Ces brigands, qui prenaient la qualité de seigneurs, rançonnaient facilement les hommes de la plaine, les travailleurs, dont ils firent des serfs. Mais un jour les hommes de la plaine se comptèrent et le joug fut secoué. La foule démolit les murailles, éventra les tours et brûla les châteaux. Le tour des capitalistes viendra, et un autre système social complétera l'égalité inscrite dans nos lois. Comment ? Par quel moyen ? Si je le savais, je me présenterais immédiatement aux électeurs. Le moyen n'est pas trouvé, mais la fin n'en est pas moins facile à prévoir. Du reste, si la mine est jamais aux mineurs, les juifs seront bien attrapés, car ce n'est certainement pas eux qui piocheront pour trouver le filon. Mais bast ! ils vendront des pioches.

L'auteur de la *France Juive* se plaint amèrement de la facilité de la noblesse française à frayer avec les juifs — surtout au moment du frai.

Il faut bien redorer les blasons. Le champ de gueules ne rapporte qu'aux avocats.

C'est pourquoi les demoiselles juives sont très recherchées. Elles deviennent facilement duchesses et marquises et nous allons avoir au faubourg Saint-Germain une nouvelle génération dans laquelle le jeune duc remontera aux croisades par son père et à la crucification par sa maman. Les Bourbons avaient prévu ces alliances quand ils se sont munis d'un grand nez. Donc, avant cinquante ans, la noblesse française sera plus d'à moitié juive — noblesse fourrée comme les bijoux suisses récemment saisis par la douane.

Le reproche le plus grave que j'aie à faire aux juifs, c'est de ne pas admettre la plaisanterie. Ils ne veulent même pas qu'on les traite comme des Marseillais. Il y a pourtant de bien jolis traits à citer sur le compte de quelques-uns d'entre eux.

Dans ma jeunesse il y avait à Bordeaux un vieux juif nommé Diogène Astruc. Je le vois encore avec sa figure de pain d'épice et son nez de perroquet. Comme un grand nombre de ses coreligionnaires, décorés de l'ordre du Christ ou d'Isabelle la Catholique, n'hésitaient pas à mettre des casques et même de petites couronnes sur leurs cartes de visite, Diogène, au lieu d'écrire son prénom en toutes lettres, se fit tranquillement appeler M. d'Astruc. Sa particule était l'abréviation de *Diogène*, — une apostrophe après le D.

Un autre venait d'être condamné à cinq ans de prison pour banqueroute compliquée de faux.

Après le prononcé de la condamnation, le président lui dit : Vous avez trois jours pour vous pourvoir en cassation.

— Monsieur le président, dit humblement le condamné, je demande à les passer dans ma famille !

L'un de ces derniers soirs, je rencontrai à la sortie du Théâtre-Français le fameux Rottenberger, à qui la Bourse est redevable d'un si grand nombre d'actions de 500 francs qu'on place difficilement à 50 centimes. Son visage était inondé de larmes.

— Quelle belle pièce que ce *Chamillac!* s'écria le banquier francfortois, quelle morale élevée! *Tout le monde pardonne au voleur !*

Ce qui me chiffonne dans le cas d'Edouard Drumont, c'est que, chaque fois qu'il se bat, il commet un péché mortel. De façon que, s'il était tué, notre acariâtre mère l'Eglise refuserait les dernières prières à son cadavre ultra-catholique. Et pourtant, c'est le dernier croisé, ce Drumont. Il est le successeur de Pierre l'Hermite, comme Léon XIII est le successeur de saint Pierre. Son tort est d'être seul; on ne le suit pas; il n'arrive à croiser que le fer. Les croisades mêmes finissent par un monologue ! Coquelin cadet, voilà de tes coups.

Jamais la perte de l'excellent docteur Thévenet ne s'est fait aussi cruellement sentir que dans ces séries de duels. Nul ne s'entendait comme Thévenet à mettre fin au combat le plus acharné. A ce point que j'ai toujours pensé que, entre la charpie et

4

l'eau blanche, il glissait une petite fiole de sang. A
la première piqûre, Thévenet faisait semblant
d'examiner la partie atteinte et l'arrosait du sang de
précaution dont il avait eu soin de se munir. Il en
barbouillait le bras, il en répandait sur le linge et
disait à son collègue étonné : Je m'oppose à la con-
tinuation du combat!

Si l'autre médecin avait l'air de témoigner quelque doute sur l'impossibilité de continuer, Thévenet ajoutait avec sévérité : Je vous laisse *toute la
responsabilité* de cette affaire! — Le collègue, intimidé, cédait.

IX

1ᵉʳ mai.

Le gouvernement a peut-être eu tort de diriger
Mlle de Sombreuil sur Constantinople au moment
où la question d'Orient est à chaque instant sur le
point de s'envenimer. Une femme qui a tant de
chien est un renfort imprévu pour le sultan, et
M. Delyannis a dû voir d'un œil sombre l'arrivée
de Mlle de Sombreuil.

Pourquoi Louise Schneider, née de parents allemands, a-t-elle choisi ce pseudonyme? Est-ce pour
nous donner une haute idée de sa piété filiale? A-t-
elle voulu, pour justifier ses prétentions, boire un
verre du sang d'un député de Seine-et-Oise, du sang
opportuniste? Si elle est bonne fille, ce n'est pas
avec ses amants, et, en tout cas, elle n'est pas
bonne mère, car il est rare qu'une mère — même

prise dans la moyenne — annonce l'intention de tuer son fils. Pauvre gamin! traîné au poste à l'âge de sept ans, après avoir vu celle qui lui donna le jour couper les tuyaux de gaz dans une maison bourgeoise! Quelle idée doit-il se faire de la famille? Que doit-il penser des Sombreuil?

Ce qui m'a frappé dans le dernier épisode de l'existence déjà si mouvementée de Louise Schneider, c'est cette phrase répétée par tous les journaux : « En quelques semaines, M. Vergoin avait dépensé pour elle plus de quinze cents francs! » Et les journaux royalistes de s'écrier : « Voilà ce que c'est que les républicains. Ils singent les manières de l'ancienne cour. Un simple député jette l'or par les fenêtres. C'est Louis XV et la Dubarry — dont Mlle de Sombreuil n'est que la revalescière. Quinze cents francs de sueur du peuple en un mois et demi! Ah! ils vont bien, ces messieurs. Voilà donc où passent les grosses pépites du Tonkin; voilà pourquoi la France a répandu le sang de ses enfants en Tunisie et à Madagascar! »

Évidemment, les indigènes de Saint-Jean-d'Angély, de la Couarde et de Chaillé-les-Marais sont stupéfaits des prodigalités de M. Vergoin, mais, pour les Parisiens qui connaissent un tant soit peu la vie, ce député n'est qu'un simple poseur de lapins. Sortant des bras de M. Feder, de l'*Union générale*, Louise Schneider a dû regretter cette union particulière. Quinze cents francs en quelques semaines, c'est à peine une robe et un chapeau pour elle, une culotte pour son petit. Et manger? Pendant ces jours d'épreuves, la pauvre fille n'a

connu que le bouillon Duval et ses décevants mi-
rages.

Quand Booz rencontra Ruth :

> Ma fille, lui dit-il, glane, près des javelles,
> Les pauvres ont des droits sur des moissons si belles.

Et il ne la fit pas reconduire à Constantinople.

Mais tout cela n'est qu'une affaire de temps et de
lieux. A un jeune employé de commerce qui avait
volé 70 francs à son patron, un président de la
6ᵉ chambre disait avec sévérité : « A peine possesseur de cette somme, on vous voit tout à coup mener un train luxueux, vos jours et vos nuits ne sont
que de longues orgies et vous entretenez une danseuse avec laquelle, disent les témoins, vous avez
vécu maritalement pendant plus d'une heure ! »

Le temps est loin où Mlle Clotilde, la célèbre
danseuse, adorée par le comte d'Egmont et par
l'amiral espagnol Mazaredo, dépensait un million
et demi par an.

Quinze cents francs en quelques semaines, c'est
énorme aux yeux des électeurs de Villemonble.
C'est ainsi qu'un petit feu de rien du tout, pour
lequel on dérangerait à peine à Paris deux ou trois
pompiers, prend en province des proportions considérables. Le *Journal de Royan* disait dernièrement : « Un violent incendie s'est déclaré hier, vers
deux heures, dans la maison de M. Soussineau.
Des secours ont été immédiatement organisés, les
populations sont accourues de toutes parts; M. le
maire animait les pompiers de sa présence. Les

4.

flammes, partant du rez-de-chaussée, s'élevaient jusqu'à la hauteur du premier étage. C'était un spectacle à la fois grandiose et épouvantable, qui n'a pas duré moins d'une demi-heure. Les dégâts sont évalués à 150 francs. Tout le pays est dans la consternation. »

Une observation — en passant. Si Louise Schneider eût gardé son nom, on eût fait beaucoup moins d'attention à sa personnalité. La Schneider? Une fille! Mlle de Sombreuil, c'est tout autre chose. Aujourd'hui, l'aristocratie a tellement perdu le nord qu'elle est presque reconnaissante au premier venu de prendre son étiquette, elle sait gré aux gens qui veulent bien s'intituler barons, vicomtes ou marquis, et voit dans ce procédé un acte d'adhésion. C'est une heureuse idée qu'a le geai de se parer des plumes du paon; beaucoup s'y trompent. Au temps où Léo Lespès signait des articles : « Marquise du Vieux-Bois », un huissier qui verbalisait contre lui, écrivit: « Léo Lespès, homme de lettres, appartenant à la noblesse par son sobriquet. »

Elle reviendra, cette Schneider, cette Sombreuil. Elle l'a annoncé et elle est femme de parole. Qu'adviendra-t-il? Nul ne peut le prévoir. Qu'un grand de la terre, un ambassadeur étranger, un prince russe ou prussien s'éprenne de ses charmes, et c'en est fait de l'expulsion. Nous la reverrons au Bois, gracieusement penchée au fond de sa calèche, ayant un sourire bienveillant et un petit signe de tête pour ses anciens amis. Et qui sait? elle rendra peut-être les quinze cents francs au prodigue de ces jours derniers.

On ne peut jamais prévoir ce que deviendra une femme. Un soir, entre deux campagnes, Napoléon voulut assister à une représentation de l'Opéra. Il fut frappé de la laideur et de la décrépitude des figurantes.

Le soir même, le ministre de la police reçut l'ordre de lever une conscription dans la fleur des établissements qui relevaient de l'administration. La levée en masse de dix-huit à vingt ans fut faite, et à la représentation suivante le public vit entrer en scène des filles superbes, éclatantes de jeunesse et de beauté. Elles furent d'abord un peu gauches, commirent quelques maladresses. Certains clients les reconnurent, on les nomma tout haut, puis on finit par reconnaître l'utilité de la mesure et quelques répétitions suffirent à former une remarquable figuration d'ensemble. Lors de l'invasion des alliés, ces demoiselles devinrent toutes de grandes dames, et, une fois princesses russes, comtesses allemandes ou ladies, elles furent — comme les autres — des femmes du monde et des mères de famille respectées.

Dans la *Messe de l'Athée*, Balzac nous montre l'illustre chirurgien Desplein à Saint-Sulpice. Son élève Bianchon voit avec surprise le professeur d'athéisme assister à la messe, faire son offrande pour les pauvres, puis pour les frais du culte, tout comme un bourgeois repenti du temps de la Restauration. Il paraît que M. Challemel-Lacour a été, autant que Desplein, surpris dans une église; c'était à Notre-Dame. Mal lui en a pris. Saisi par la fraîcheur et ne pouvant regagner la sortie, il se réfugia dans un coin obscur et se couvrit pour quelques instants. Un jeune homme chargé de faire la police de ce côté du temple admonesta vivement M. Challemel. Celui-ci a répondu par une lettre très dignè aux journaux catholiques qui avaient pris pour une bravade ce qui n'était qu'une précaution. « A Constantinople, écrit M. Challemel-Lacour, j'ôtais mes souliers pour entrer dans les mosquées ; je garde mon chapeau sur la tête dans les synagogues ; je l'ôte dans les églises. »

L'explication donnée par le sénateur est de nature à satisfaire le néophyte et ses amis. Je ne parle donc de l'aventure, insignifiante en elle-même, que pour arriver à l'histoire d'un sous-préfet signalé à son ministre comme un ardent dévot et incorrigible pratiquant.

C'était il y a peu d'années. La lourde parole : « Le cléricalisme, c'est l'ennemi », venait de s'abattre sur la France.

A ce moment, où le clergé faisait des pieds et des mains, de la langue et du coude, de la chaire et du goupillon pour combattre les républicains, le ministre de l'intérieur reçut une dénonciation en règle contre M. X..., sous-préfet à V... Ce fonctionnaire, disait le délateur indigné, se faisait remarquer par son assiduité à suivre les offices. « Notamment, il ne manquait jamais d'aller à la messe le dimanche. »

Un attaché au cabinet fut chargé de demander par lettre des explications au fonctionnaire compromis. « Sans vouloir porter atteinte à sa liberté de conscience, on regrettait de le voir prendre une attitude qui, dans les circonstances, pouvait être mal interprétée. »

Réponse du sous-préfet :

« Un mot suffira, monsieur le secrétaire général, pour ma justification. Je vais à la messe, il est vrai, mais c'est « pour y rencontrer une femme ».

Faut-il aborder la question du château de Chambord, devenu, par un regrettable oubli, la propriété de deux Italiens, le duc Quercy de Parme et son frère. L'un des plus beaux monuments de l'architecture française, un château hanté par les revenants de notre histoire, plein de légendes altières ou gracieuses, de cliquetis d'épées et de baisers de femmes, Chambord, où François Iᵉʳ, graveur sur métaux à ses moments perdus, écrivit avec la pointe d'une émeraude le distique attribué sans raison à François Coppée :

Toute femme est toupie,
Damala qui s'y fie !

Chambord, racheté par cent cinquante villes de France, tomberait aux mains de deux étrangers qui acclimateraient le macaroni en Sologne !

Mais ce château n'a été offert au duc de Bordeaux qu'en tant que prince royal ; c'est un domaine français inaliénable. Encore, la souscription qui devait rester l'offrande spontanée de la nation ne fut bientôt qu'un tribut payé par la servilité. Et ce domaine, offert en partie par les uns, extorqué pour le reste aux autres, ce domaine que j'ai visité avec Ernest Reyer, Alfred Blau et Mlle Wertheimber,

deviendrait la propriété d'un Italien qui n'est pas
même ténor! On nous dit que le duc de Parme
compte y cultiver la violette ; mais on assure, d'un
autre côté, que son frère se serait déjà entendu
avec le prince de Monaco pour y établir la roulette et le trente-et-quarante à l'usage des gentilshommes polonais exilés par Bismarck. Ah ! messieurs, j'en appelle à tous les bons Français, notamment au baron Hirsch et à Erlanger, rachetons de
nouveau cette merveille de la Renaissance — pour
l'offrir à Édouard Drumont!

X

Le théâtre de convention. — Un sonnet de
douze vers. — Réflexions philosophiques.

8 mai.

Ce jour-là Caliban avait quelque chose d'extraordinaire quand il entra chez Tortoni.

— Tu ne devinerais jamais, s'écria-t-il, ce que
vient de me dire Koning ?

— J'aime mieux ne pas chercher.

— Eh bien ! il m'a dit que jamais un chroniqueur
n'a fait une bonne pièce ; que, du moment où un
écrivain a du succès dans le journalisme, le théâtre
lui est défendu.

— Koning a raison, répondis-je, et les faits sont
pour lui.

— Comment ! c'est toi qui dis cela ? Parce qu'un
homme sait écrire en français, parce qu'il a des
idées et qu'il sait les émettre, il ne pourra pas
faire, s'il s'agit de pièces gaies, ce que font des
êtres inférieurs, des remueurs de calembours et de

coq-à-l'âne, qui n'écrivent que par phrases coupées,
suspendues, dont aucune n'est terminée ? Et s'il
s'agit de pièces dramatiques, ces écrivains, qui
tiennent la tête de la plupart des journaux, seront incapables d'écrire des tirades aussi bien que
l'ont fait Bouchardy, Anicet Bourgeois et Michel
Masson ?

— Mon cher ami, Barrière était un puissant
auteur dramatique, Lambert Thiboust était un
homme d'infiniment d'esprit, et jamais ni l'un ni
l'autre n'a pu mettre sur pied un bout de chronique
ou un article de journal. Le théâtre et la chronique
sont deux métiers différents. Nous fournissons les
documents, les sujets, les mots, et les hommes de
théâtre cousent, ravaudent, et à coups d'aiguille
et de pinceau ils font une pièce de ce qui n'était
que des morceaux. « Je veux, un jour, a dit un directeur de théâtre qui avait commencé par le journalisme, me recevoir moi-même une pièce entièrement composée de coups de pied et de portes
fermées sur le nez. Tous les personnages s'enferme-
ront à leur tour dans des cabinets éclairés par des
lucarnes ; il y aura une rencontre nocturne, et, naturellement, tout le monde allant à tâtons, on prendra
des mains qu'on ne cherchait pas, on se trompera
de porte, les maris feront la cour à leurs femmes.
Surviendra un importun avec une lumière, tous les
personnages se sauveront au milieu d'une hilarité
générale. Puis Alfred épousera Victorine, au
grand regret de son oncle, obligé de la doter parce
que je l'aurai compromis dans la scène nocturne.
Donnez cela avec un lever de rideau acheté cinq

cents francs à forfait par la direction, et la pièce
sera jouée deux cents fois. »

— Sans doute, reprit Caliban avec aigreur, mais
c'est la farce commune, le moule aux gaufres !

— Mon cher poète, repris-je, mon avis est que
c'est là le seul théâtre difficile. Rien n'est plus aisé
à faire que les chefs-d'œuvre. Avec quelques personnages historiques, de grandes phrases, et de
loin en loin une pensée brutale, tout écrivain fera
du Schiller ou même du Shakespeare. Vois donc
ce qu'on cite de ce dernier : « Être ou n'être pas ! »
On s'extasie sur cette banalité. Qui est-ce qui n'aurait pas trouvé « être ou n'être pas » ? Ou bien :
« Mon royaume pour un cheval ! » Quoi de plus
commun que cette exclamation ? Il n'y a pas un
bourgeois affairé qui, ne trouvant pas de fiacre, ne
se soit écrié : « Ma montre pour un fiacre ! » Et
quoi de plus puéril que la discussion entre Roméo
et sa petite camarade : « Va-t-en, j'entends l'alouette,
voici le jour. » — « Pas du tout, mon petit chou,
c'est le rossignol. Je m'y connais, ma tante était
liée avec un marchand d'oiseaux. » Oh ! les chefs-
d'œuvre, comme c'est simple ! Aussi simple que
sont difficiles à faire le *Procès Vauradieux*, le
Fiacre 117 et le *Bonheur conjugal*.

Caliban haussa les épaules — et sortit.

Parmi les erreurs qu'Édouard Drumont devra
rectifier dans l'édition définitive de son livre sur
la *France hirschienne*, se trouve celle qui consiste
à prêter à Fiorentino la phrase de Charles Maurice :
« Mme X... est une comédienne qui *promet* beaucoup ; nous verrons si elle tiendra. » Fiorentino,

5

en même temps que critique d'esprit et de talent, était — et c'est regrettable — un entrepreneur de succès, mais non une sangsue à musique comme Charles Maurice. En dehors des piqûres destinées à forcer l'abonnement au *Courrier des Théâtres*, Maurice avait un tarif et envoyait régulièrement sa facture à ses abonnés.

Avoir débuté sous d'heureux auspices .	1	»
Doué d'une mémoire imperturbable . . .	»	50
S'être chargé d'un rôle ingrat . . . . : . .	1	25
Acteur qui ne gâte rien	»	30
Création hors ligne	10	»
Avoir attiré l'attention du directeur de la Comédie-Française	15	»
Revu avec plaisir après une longue absence	6	»
Beaucoup de verve et d'entrain	»	75
Toujours de bonne humeur.	»	25
Être demandé à Lyon	5	»
S'être associé au triomphe de l'auteur. .	6	»
Rappelé par la salle entière	12	»
Avoir refusé un rôle	4	»
Passé un pacte avec le succès	20	»
Avoir été augmenté par le directeur à l'issue de la représentation.	30	»
Être en pourparlers avec la Russie . . .	10	»
Avoir été remarqué aux obsèques d'un académicien.	5	»
Avoir un frère colonel.	8	»
Un neveu à Saint-Cyr	4	»
Avoir adopté l'enfant d'un machiniste qui s'est tué en tombant des frises	10	»

Bruit d'un brillant mariage avec une demoiselle du faubourg Saint-Germain .   20   »
S'être d'abord destiné à la médecine . .   3   »
Avoir été reconnu sur le boulevard et
aussitôt entouré de passants sympathi-
ques.   50   »

Il y avait des prix pour les théâtres lyriques et
d'autres pour les scènes de drame. « Notre brave
Hippolyte » ne coûtait que vingt-cinq centimes;
« notre joyeux Victor », cinquante ; « plus jeune
que jamais », deux francs.

Fiorentino faisait plus grand. Il disait à Marie
Cabel, par exemple : « Vous gagnez quinze mille
francs au Théâtre-Lyrique ; je vais vous faire engager à quarante mille à l'Opéra-Comique. L'engagement sera de cinq ans; il y aura trente mille
francs pour vous et dix mille francs pour moi. » Il
faisait ainsi payer son entremise et aussi le soin
avec lequel il *chauffait* la fleur qu'il avait trans-
plantée. Ce n'était pas le fait d'un critique indépendant, mais Fiorentino avait apporté à Paris certaines coutumes napolitaines.

Pendant qu'on applaudissait Dennery à l'Ambigu, on huait Shakespeare à l'Odéon. Il est vrai
que depuis le *Songe d'une nuit d'été* la féerie a
fait de grands progrès. Parmi les interprètes de la
pièce que n'a pas sauvée la musique de Mendelsohn,
Mlle Cerny, le petit Puck, et Mlle Nancy Martel, la
reine des amazones, ont fait allonger bien des ju-
melles. Un élève du lycée Alphonse Lemerre a
même adressé des vers à la charmante créole.

A NANCY MARTEL

Les souvenirs fleuris qui nous restent d'Athènes,
Des bosquets d'oliviers et des vallons sacrés,
Nous disent qu'autrefois les déesses hautaines
Avaient de grands yeux bleus et des cheveux cendrés.

Et si j'ouvre le livre où s'endort toute peine,
Celui dont notre cœur reçoit l'air et le jour,
Je comprends que c'est Dieu qui commande l'amour,
Et que, s'il perdit Ève, il sauva Madeleine.

Belle enfant dont les yeux rayonnent les vingt ans,
La déesse des Grecs et la Vierge chrétienne,
Ont mis sur ton front les attraits éclatants,
L'amour nazaréen et la beauté païenne.

On sait qu'un prince Bonaparte avait pour maîtresse la comtesse de X... Aussitôt après la pro-
mulgation de la loi sur le divorce, le mari s'est empressé d'en profiter.

— Ce qui m'était le plus désagréable, a-t-il dit, ce
n'était pas d'être... trompé, c'était d'être bonapartiste!

Dans un roman-feuilleton en cours de publication et qui se passe sous Louis XIII :

— Mme la duchesse s'est enfuie !

— Avec son amant sans doute ?

— On dit que le vicomte l'accompagnait.

— Vite ! un cheval !

— Oh ! monsieur le duc, les coupables doivent être bien près de Dieppe...

Le duc avec désespoir :

— Oh ! pourquoi le télégraphe et les chemins de fer ne sont-ils pas encore inventés !

*
* *

Un apprenti poète lisait *un essai* à François Coppée.

Le morceau débutait ainsi :

Que j'aime à contempler les constellations !

— Ce vers est bien lourd, dit Coppée.

Le jeune homme se rebiffa.

— Il a douze pieds, s'écria-t-il.

— Oui, fit doucement Coppée, mais douze pieds *qui ne remuent pas*.

*
* *

(En sortant d'un théâtre où l'on joue des opérettes.)

Quand un danseur et une danseuse ont perdu leurs jambes, ils ne s'entêtent pas à danser. Pourquoi les chanteurs et les chanteuses s'entêtent-ils à chanter quand ils ont perdu leur voix ?

*
* *

Mlle X... est née dans une loge de concierge, comme tant d'autres qui se pavanent au Bois.

M. L..., son amant, porte un monocle :

— Tu serais bien aimable, disait-il à sa maîtresse, de me remettre un cordon.

— Tu pourrais bien ajouter *s'il vous plaît*, s'écria aigrement la jeune fille.

*
* *

C'était jeudi aux courses.

Une délicieuse petite actrice, qui a débuté dans la revue des Menus-Plaisirs, se promenait au bras de M. de Larochegommeuse, un de nos plus brillants habits rouges.

Le père du jeune viveur se croise avec son fils et lui fait signe qu'il a deux mots à lui dire.

— Qu'est-ce c'est que cette jolie fille ? demande-t-il.

— C'est celle qui jouait le petit Poucet dans la parodie de la féerie de la Gaîté.

— Mais c'est la fille de notre ancien portier ?

— Qu'est-ce que cela fait *puisqu'elle est au théâtre ?*

— Mon ami, dit le père avec sévérité, même au théâtre, quand on veut promener une cocotte, il faut prendre la fille du *portier d'un autre.*

*
* *

La marquise de B... a reçu de province une parente qui vient à Paris tous les dix ans. Cette parente a une fille jeune et jolie, mais élevée en dehors de tous les bruits du monde.

— Il faudra, dit la duchesse, mener cette enfant dans un théâtre.

— Elle est allée deux fois à l'Opéra, c'est déjà trop, répondit la parente avec des airs de marron glacé.

— Mais enfin, on peut risquer l'Opéra-Comique?

— On y parle! fit la provinciale.

— On y parle dans les intervalles de chant...

— C'est comme les mauvais livres, qui sont plus dangereux quand il y a des gravures!

*
* *

— Monsieur, disait dernièrement M. Turquet à un employé du ministère qui répondait par des lazzis à une semonce de ce sous-marchand de tableaux, je n'aime pas qu'on se moque de moi!

L'autre répondit simplement :

— Alors, vous devez avoir été bien malheureux toute votre vie!

XI

Les décadents. — Les icariens littéraires.
— Le comte de Briges.

15 mai.

Comme les gueux de mer qui prirent résolument
le nom qu'on leur donnait par mépris, quelques
jeunes gens du quartier latin, lassés d'entendre
crier à la décadence, ont désarmé d'un coup les
prophètes de malheur et se sont intitulés les *décadents*. Les uns poètes, les autres critiques ou nou-
vellistes, ne manquent point de talent ; j'ai lu d'eux
de jolis vers et des pages tour à tour acerbes et
gracieuses, mais, comme l'étiquette oblige, quelques-uns écrivent une langue qui n'est pas précisément le volapuk, mais qui ne vaut guère mieux.
Les essais de ce genre s'intitulent *déliquescences*.
Le déliquescent attire l'humidité de l'air et se ré-

5.

sout en plaquettes qui s'étalent chez les libraires.

Dans son joli roman : *Une décadente*, Georges de Peyrebrune cite un morceau de poésie qui donne bien l'idée du genre :

Vide et trépas ! Du Tout pleure au loin la nénie :
A la Terre au sein noir l'âme du Vague unie,
Doloroso s'éplore; et le pleur de la pluie,
Vide et trépas ! Haut darde et sous l'ire du nord
Troue, hélas! de grands Trous et des mares navrées,
Des mares et des mers aux immenses marées,
Montant : A Toi, Nihil ! ô vainqueur des durées,
A toi gloire! ô Tueur sans aise et sans remord !

Vous ne comprenez pas? Moi non plus. Eh bien ! il y a des volumes entiers écrits de ce style-là, ils ne sont pas gros, mais ils sont entiers.

Les décadents? Eh! qu'en savent-ils? On n'est pas plus autorisé à se déclarer décadent que le personnage de Ponson du Terrail à s'écrier : « Nous autres, hommes du moyen âge! »

*
* *

La langue tourmentée, précieuse et obscure qui fait la préoccupation de la toute petite école des décadents n'est point une invention du jour. Étienne Eggis et Angelo de Sorr la pratiquaient en 1852 et déjà elle avait son poète, un demi-fou nommé Xavier Forneret.

Ce dernier faisait imprimer à ses frais les cauchemars de ses nuits et ne sortait jamais sans en cacher une douzaine d'exemplaires dans ses poches.

Après quoi, il s'arrêtait devant les étalagistes, et, au contraire des voleurs, il attendait que le marchand eût tourné la tête pour glisser ses ouvrages parmi les livres en vente.

Il était arrivé par ce moyen — qui n'a rien de repréhensible — à une sorte de notoriété.

**

Tout n'est donc que recommencement — en politique comme en littérature. Laguerre et Millerand, s'en allant en province plaider les procès de presse et défendre les radicaux, ne vous rappellent-ils pas les débuts de Laurier et de Gambetta? Millerand et Laguerre deviendront un jour des hommes de gouvernement et deux autres jeunes avocats auront vite pris la place que les premiers auront laissée vacante à l'avant-garde d'un parti nouveau toujours plus *avancé* que le précédent, — sans que la grande classe des ventres-creux soit plus avancée pour cela.

**

Le comte de Briges, qui vient de mourir, n'était pas un Parisien, c'était le *Parisien* en personne. Les lettres de faire part sont envoyées au nom de la marquise de Briges, sa mère, du comte d'Osmond, de la duchesse de Maillé et autres blasonnés. C'est vous dire qu'Ernest de Briges n'était pas de la petite bière.

Et cependant, ce *moderne* a tâté de tout. La grande fortune de la famille étant restée aux mains de la douairière, qui a aujourd'hui quatre-vingt-dix-huit ans, tout l'effort du comte de Briges fut d'augmenter ses revenus personnels par l'indus-

trie. C'est lui qui, en 1848, inventa le *brou mousseux*,
boisson des classes pauvres. Pour quatre ou cinq
francs, la Société portait à domicile une pièce de
brou ; le client ne payait que la boisson et l'administration reprenait la barrique, — sans frais. C'est-
à-dire qu'elle la reprenait quand elle y était encore.
Mais c'est par là que périt la grande entreprise du
brou mousseux. Les clients étaient de pauvres
diables qui déménageaient à chaque instant. Impossible de retrouver les barriques.

De Briges se mit alors à commanditer des photographes. Il fonda la photographie Alophe avec
l'artiste auquel on doit le *Dernier ami*. La maison eut la vogue pendant quelques années, puis
sombra dans le grand krach de la photographie.
Le comte de Briges a vécu pendant cinquante ans
entre le *Moulin Rouge* et le *Café Anglais*. Il n'a
jamais manqué une *première*. Un jour qu'il était
alité, Mabille fit relâche.

*
* *

Une tempête de grêle ayant ravagé plusieurs départements, les journaux déclarèrent que la ré-
colte était perdue. C'était un grand malheur pour
l'agriculture, et cœtera.

— Il y a beaucoup d'exagération, dit de Briges,
dans les récits des journaux. Voulant me rendre
compte du désastre, je suis allé au Palais-Royal ;
le jardin est en bon état et j'ai vu chez Chevet des
fruits magnifiques.

*
* *

Un soir, nous allions dîner avenue de la Porte-

Maillot. Briges était nerveux. Il avait fallu de pressantes sollicitations pour le décider à entreprendre un si long voyage. Quand notre coupé franchit la grille de l'octroi, il mit la tête à la portière et me demanda : Dans quel département sommes-nous ici ?

Il y a cinq ou six ans, l'ex-entrepreneur du brou mousseux fit une maladie de quelques jours.

Quand il reparut à la Maison-Doré, il se plaignit vivement des médecins.

— Croiriez-vous, dit-il, que ces messieurs me conseillent d'aller à la campagne ?

Et il ajouta avec un rire nerveux :

— Je ne sais seulement pas où c'est !

* *

Une de nos principales décadentes, Louise de Sombreuil, a écrit à M. Clémenceau une longue lettre dans laquelle elle déclare que les députés ont des cœurs en étoupe et s'adresse finalement à l'étoupe de M. Clémenceau pour obtenir par son canal l'autorisation de rentrer en France. Cette jolie femme fait beaucoup de bruit et Coquelin n'aime pas qu'on trouble l'ordre. Je crains bien qu'elle ne puisse revenir à Paris avant qu'il y ait de nouvelles élections et un renouvellement de la Chambre.

En tout cas, son aventure a porté un coup fâcheux au crédit de nos honorables dans le monde galant. L'un de ces messieurs ayant envoyé un

bouquet à la délicieuse M..., celle-ci disait le soir,
au Café de Paris : « Je suis Belge et ne veux point
d'un député français; il me ferait reconduire à
Charleroi, et si ma bonne, qui est Normande, lui
demandait un petit cadeau, il la renverrait à Li-
sieux! »

*
* *

M..., candidat perpétuel, qui vit de phrases toutes
faites, s'écriait : « La société change de face! »
Un journaliste répondit : « Non, monsieur, elle
se retourne. »

*
* *

Deux pochards remontaient la rue des Martyrs,
l'un encore majestueux, l'autre ayant perdu toute
idée d'équilibre. Ce dernier ne tarda pas à s'étaler
dans le ruisseau.
— Malheureux! s'écriait l'autre en essayant de
relever son camarade, tu te fermes les portes de
l'Académie.

*
* *

Les petits courriers des théâtres annoncent au
lecteur ébahi que M. Bertrand vient d'engager
Mlle Humberta, qu'on n'a pas vue *depuis cinq ans.*
Cinq ans — et l'âge qu'elle avait alors, combien
cela fait-il?

*
* *

Le docteur P... est tellement assiégé par ses

clients qu'il prend à peine le temps de se reposer.
Aux heures de consultation, on distribue des nu-
méros et il faut prendre la file. Quelques personnes
viennent sonner à des heures improbables pour ne
pas avoir à attendre.

Un jour de cette semaine, le docteur P..., qui
avait eu du monde à dîner, causait tranquillement
dans un coin de son salon quand on lui annonça
la visite d'un malade très recommandé par des
confrères dont il avait remis la carte au domestique.

Le docteur se résigna et passa dans son cabinet.

Le visiteur était phthisique au dernier degré.
Les bronches étaient dans un état déplorable, les
cordes vocales usées comme un roman historique.

Le médecin, généralement, pour se rendre
compte de l'état du malade, le prie de compter et
l'arrête d'ordinaire à trente ou trente-cinq, l'expérience étant suffisante. Le docteur P..., suivant
l'usage, pria le client de compter.

Cependant, le temps s'écoulait, et les invités
commencèrent à s'inquiéter d'une si longue absence. L'un d'eux entrouvrit la porte du cabinet...

Le docteur P... s'était endormi dans son fauteuil
et le malade en était à huit mille six cent quarante-
deux !

XII

Affaires de famille. — Croisement de croisés.

22 mai 1886.

De graves événements ont rempli la semaine qui vient de s'écouler. Une reine est accouchée, une princesse s'est mariée et le comte de Paris a donné un thé avec tombola. Je vous laisse à penser si les journaux ont daubé sur tout cela. Les uns ont beaucoup ri de l'âge du petit Espagnol. « Un roi, disaient-ils, et il n'a pas deux jours ! » On a vu des nègres encore plus jeunes et qui n'en étaient pas moins des nègres. Il est vrai qu'on peut naître prince, fils de reine, et ne pas monter sur le trône. Louis XVII, le roi de Rome, et le prince impérial ne sont pas là pour le dire, mais le fait n'en est pas moins acquis. « Un roi nous est né ! » s'est écrié un ministre espagnol qui, jusqu'à présent, ne s'est pas trompé. Et puisque le fils d'Alphonse XII a vagi en venant au monde, qu'il s'est mis à téter et que peu après il a honoré son maillot de quelques traces de digestion, on peut dire que son règne a commencé comme celui de Charles-Quint.

Le duc de Bragance, qui a pris son nom dans un
drame bien connu de Victor Hugo, est un assez
joli garçon, si l'on s'en rapporte aux journaux illus-
trés. Le Portugal jouit d'un climat délicieux et,
sans la mauvaise qualité de ses huîtres, nous pour-
rions prédire un bonheur parfait à la jeune princesse Amélie de Twickenham. Venue toute jeune
au château d'Eu, on peut dire que la nouvelle
épouse était à peine sortie de sa coquille. Depuis
quelque temps, sa maîtresse de piano lui ensei-
gnait une variante de la romance bien connue :
A dieux d'un Troubadour, et les 3 732 habitants ag-
glomérés de la ville d'Eu, grands fabricants de
cordages, scieurs à la mécanique, artistes en briqueterie et dentelles, pouvaient entendre le soir, dans
leur promenade autour du château, ce couplet modifié en vue du mariage :

> Fleuve du Tage,
> Soigne tes bords heureux,
> A ton rivage
> J'adresse tous mes vœux,
> Rochers, bois de la rive.
> Échos, huître plaintive.
> Salut, je vais
> Vous trouver pour jamais !

Pourquoi chanter le Tage dans la Seine-Inférieure? C'est ce que se demandaient les 3 732 ag-
glomérés. L'arrivée du duc de Bragance éclaira
bientôt la situation et le maire... de la ville put dra-
per son écharpe avec son arrogance.

On peut dire, du reste, que ce mariage a vivement
frappé la petite bourgeoisie. Mme Dupont, qui tient
avec tant de distinction une boutique de mercerie
rue Greneta, a répété à tous ses clients qu'une
mère, quelles que soient ses opinions, n'est jamais
fâchée de voir sa fille reine de Portugal. Le même
sentiment a été exprimé au foyer de la Porte-Saint-
Martin par Mme Tessandier.

*
* *

Le samedi 15 mai, Philippe VII était entouré
d'une véritable cour. Les noms illustres qui brillent
à toutes les pages de notre histoire, baron Hirsch,
Eugène Pereire, Carmona, Ephrussi, Avigdor, for-
maient comme un bouquet de fleurs au pied du neveu de M. de Mecklembourg. Tout l'almanach de
Gotha était représenté à l'hôtel Galliera.

Mais on chuchotait dans les coins. Quelqu'un
avait reconnu la pendule offerte par le duc de Saxe-
Cobourg comme ayant été enlevée en 1871 de la
maison de campagne de M. Paul Saunière, à An-
dresy.

Parmi les lots exposés, un autre avait découvert la montre de Sarcey... Et les commentaires
allaient leur train.

Par suite de ces rumeurs, il a été décidé que le
tirage de la tombola se ferait à Lisbonne.

*
* *

Le voyage s'est effectué à la satisfaction générale.

Deux petits nuages seulement ont obscurci le front
de M. le comte de Paris. On sait que les express de
Bordeaux n'entrent pas en gare d'Orléans. Les
trains s'arrêtent aux Aubrais, vingt-deux minutes
d'arrêt, buffet, table d'hôte. Les voyageurs aper-
çoivent au loin les flèches de la cathédrale, un clocher, un gros de maisons et c'est tout. On ne reconnaît Orléans qu'à une vague odeur de virginité que
Jeanne d'Arc y a laissée autrefois. De façon que,
pour suivre le progrès, les princes d'Orléans sont,
pour ainsi dire, forcés de s'appeler désormais princes des Aubrais, ce qui enlève l'ancienneté à leur
famille.

Le second nuage attendait le royal voyageur à
Mer, station de Chambord. Le marquis de Beauvoir
et le comte d'Haussonville attirèrent l'attention de
M. le comte de Paris sur la foule qui était accourue
de toutes parts pour voir passer le train. Les habitants, assis sur l'herbe, mangeaient du pain et
du parmesan. Basse flatterie à l'égard de leur nouveau maître. Le brie et le gruyère sont supprimés
dans toute la région et le parmesan les remplace
dans les familles bien pensantes.

Fatale politique !

A propos des pompes du mariage en question et
de la réception royale du samedi 15 mai, la question de l'expulsion des princes est revenue sur l'eau.

Il est certain que, grâce à leur immense fortune,
fruit d'un travail assidu, les princes des Aubrais

sont en France comme dans leur royaume. Avec cette nuance que, par indisposition de Philippe VII, c'est M. Grévy, délégué, qui remplit les fonctions.

A cette question : « Le comte de Paris conspire-t-il ou ne conspire-t-il pas? » Un journaliste a répondu : « Je ne sais pas s'il conspire, mais ce dont je suis sûr, c'est qu'il fait des vœux en sa faveur ! »

*
* *

A la petite sauterie du château d'Eu, le marquis de L..., qui n'est pas très adroit de ses jambes, faisait valser à contretemps la marquise de F...

Quand il la reconduisit à sa place, la marquise lui demanda s'il aimait la valse.

— Beaucoup, madame la marquise.

— En ce cas, lui dit-elle, vous devriez bien l'apprendre.

*
* *

Avez-vous remarqué ce détail dans le compte rendu de la cour d'assises?

Le président. — Vous avez frappé ce malheureux avec tant de cruauté, qu'il en est mort.

L'accusé. — Il n'y avait que les coups pour en venir à bout. Il était méchant, rusé et nous donnait beaucoup de mal à la ferme. Ce n'est pas ma faute s'il était idiot.

Le président, avec sévérité. — Les idiots sont des hommes... comme vous et moi!

On est en train de corriger les épreuves d'un journal.

R... reçoit son feuilleton et demande au secrétaire de la rédaction :

Dit-on *disparition* ou *disparution ?*

— Consulte Bescherelle, répond l'autre.

R... ouvre le dictionnaire et lit :

« On doit remarquer que l'usage tend à substituer au mot *disparition*, qui est seul français, celui de *disparution* qui aurait plus d'analogie avec le verbe disparaître, disparu.

» Les bons écrivains n'emploient pas ce dernier. »

— Allons! fit un confrère, ne fais pas le fier, mets *disparution*.

*
* *

Un autre mariage latin dont il est beaucoup parlé est celui du jeune duc de Morny avec la fille du général Guzman Blanco, président de la République de Venezuela. Mlle Blanco est d'une rare beauté. Quand ces Espagnoles de l'Amérique du Sud s'en mêlent, elles arrivent à l'éblouissement. Le duc de Morny, fils d'un père du même nom, a débuté dans les « gommeux », il y a quelques années. D'une élégance raffinée, il a obtenu de brillants succès. Les petits journaux se sont beaucoup occupés de lui et le duc s'est peu préoccupé des petits journaux. Il a pensé que son nom était le point de mire et il s'est résigné à servir de cible aux traits plus ou moins piquants qui lui étaient décochés.

Les voyageurs racontent que la statue du président de la République est le principal ornement d'une place de Caracas. Le président y est représenté en grand uniforme de général; mais, comme le Venezuela changeait assez souvent de président, le gouvernement a pris une mesure économique. La tête de la statue se dévisse, et, quand le président a cessé de plaire, on remplace sa tête par celle de son successeur. Le pays y trouve une économie considérable et la vérité n'y perd rien, puisque l'uniforme ne varie pas.

On aura du mal, par exemple, à dévisser la tête du général Guzman Blanco. Le libérateur et pacificateur — tels sont ses titres — joint à la stature de Kléber la volonté de Bonaparte. Il possède une fortune colossale et on ne pourra dévisser sa tête qu'après qu'il aura dévissé son billard. Le duc de Morny, qui a jeté sans compter son héritage au vent, retombe sur ses bottines. Mlle Blanco sera duchesse et M. de Morny sera riche. Tout est donc pour le mieux dans une des meilleures républiques connues. Après tout, un duc ruiné n'a rien de mieux à faire que de s'établir *mangeur de Blanco*.

XIII

Paris, asile des rois. — Philippe VII. — Le fruit
défendu. — Le compliment de M. Billot.

29 mai 1886.

Il n'y a pas longtemps de cela, en pleine République, l'ex-reine d'Espagne Isabelle II occupait
l'hôtel Basilewski, avenue Kléber. Elle avait
même modifié, pour la circonstance, l'étiquette
de la maison et donné à l'immeuble du luxueux
Sarmate le nom de « Palais de Castille ». La Castille à Passy, c'était audacieux, mais les voisins
s'y habituèrent; quelques-uns même en furent
flattés et constatèrent une amélioration du climat
entre l'Arc de Triomphe et la rue de la Pompe.

A la même époque, le roi et la reine de Naples
habitaient Saint-Mandé, l'ex-roi de Hanovre s'é-
tait fixé dans le quartier de la Madeleine; le prince
d'Orange demeurait rue Aubert, et le prince de

6

Galles passait la moitié de l'année à Paris. Les princes d'Orléans étaient un peu partout, rue de Berry, à Eu, à Chantilly, et les Bonaparte, Jérôme, Louis, Victor, se promenaient de droite et de gauche, ayant presque tous un domicile connu, avec bail et concierge. Jamais on n'avait vu à Paris tant de rois, tant de princes. Si le gouvernement avait voulu s'établir marchand de vins, il aurait pu prendre pour enseigne : *Au rendez-vous des têtes couronnées.*

On se rappela alors que Louis-Philippe avait exilé tous les Bourbons, que Napoléon III avait exilé tous les d'Orléans, et l'on rendait justice à cette bonne République qui traite le peuple en souverain et les souverains en citoyens.

Tout le monde connaît la réponse du président des Etats-Unis à un gentilhomme prussien qui demandait un grade dans l'armée américaine. Le Prussien, après avoir énuméré ses titres, ajouta :

Ma famille appartient à la plus ancienne noblesse de mon pays.

— Monsieur, répondit le président, cela ne vous nuira pas chez nous !

**
* **

Ils étaient tous contents de vivre à leur guise, Ferdinand de Naples, Guillaume de Hanovre, Georges d'Angleterre, Isabelle d'Espagne, Ernest d'Orléans et Jules Bonaparte. Leur naissance ne leur nuisait pas dans la bonne ville de Paris qui leur dédiait un passage, celui qui mène le plus directement à des lieux de plaisir.

Et voilà que tout à coup on parle d'expulser le comte de Paris, riche propriétaire des environs de Dieppe, et aussi le prince Victor, neveu de roi Humberto et de Mlle Humberta, des Variétés. On éloignerait brusquement ces prétendus prétendants.

Que vont dire tous les timbres-poste qui règnent en Europe? Le plus vieux des timbres-poste, Guillaume IV, en frémit sur son trône à Berlin, et le petit timbre en maillot qui se prépare à gouverner les taureaux d'Andalousie mord de colère le sein de sa nourrice.

*
* *

La situation du comte de Paris est, il est vrai, assez singulière. Au contraire des comédiens qui sont rois sur la scène et cessent de l'être dès qu'ils rentrent dans la coulisse, Philippe VII est roi dans la coulisse et simple particulier dans le monde officiel, gouvernemental et administratif. En vérité, sa présence importe peu. Exilé, c'est un roi dépossédé; habitant d'Eu ou de Paris, c'est un électeur comme les autres.

Et puis, vous le dirai-je? Son avènement me paraît plus qu'improbable. Il peut être brave, bon, généreux, intelligent, tout ce que vous voudrez, mais, pour être roi, il lui manque le physique de l'emploi. On était moins difficile en 1830 qu'aujourd'hui. Louis-Philippe a régné quoique pyriforme;

Philippe VII serait contesté au point de vue plastique. Il est grand, il monte bien à cheval, mais,
sans être bossu, il n'est pas droit. On le tolérerait
peut-être de face, on le détrônerait vu de dos. En
effet, de la naissance de la nuque jusqu'à la dernière vertèbre, le prince est dorsalé, c'est-à-dire
que son épine affecte la forme d'une spirale. Il est
vrai que, s'il échoue comme prince, il a des chances de réussir comme tirebouchon.

*
* *

Il y aura donc toujours deux poids et deux mesures. Le parquet a poursuivi *Charlot s'amuse*,
le *Gaga*, *Chair molle*, et il laisse tranquillement
s'étaler sur l'affiche de la Comédie-Française le
Fruit défendu, comédie en trois actes de M. Camille Doucet, ancien chemisier, actuellement tailleur pour dames et membre articulé de l'Académie
française.

Il est vrai de dire que M. Camille Doucet — que
les mauvais plaisants ont appelé Camomille — est
le meilleur des hommes. Sous Louis-Philippe,
sous l'Empire, sous la République, Doucet il fut et
Doucet il reste. Sa voix est douce, son geste est
doux, sa physionomie est doucette. Il a du sirop
dans son cœur et du miel dans son regard. Dévoué
à tous les régimes, il n'a cessé de monter et n'as-
pire point à descendre.

Quand on joua pour la première fois le *Fruit
défendu* au Théâtre-Français, en 1857, la forme
littéraire de M. Doucet retardait de trente ans sur

son époque. Elle n'a pas rajeuni depuis lors. Il
semblait, l'autre soir, que M. le comte d'Artois
devait flirter au foyer ; on cherchait « Madame »
dans l'avant-scène et la duchesse d'Angoulême
avec ses manches à gigot dans une loge de face.

Ce n'est point la faute de M. Doucet si on fait
autrement les vers qu'autrefois ; sa pièce est gaie
et ne manque point de traits d'esprit. Le reproche
le plus grave qu'on puisse lui faire, c'est l'immo-
ralité qui déborde à chaque scène. *Nana* et *Chair
molle* sont du Berquin tout pur à côté du *Fruit
défendu*. Ajoutez à cela que les personnages ont
un air bonhomme qui peut tromper les mères de
famille et hâter la démoralisation de l'enfance.
Jugez-en. Un tout jeune homme, qui n'a pas encore
passé sa thèse, Léon Desrosiers, refuse tour à
tour la main de ses deux cousines. Le misérable
veut attendre qu'elles soient mariées pour les pos-
séder ensuite à la barbe de leurs maris. C'est ce
double adultère qui est le fond de la pièce. Et,
pour arriver à son but, Desrosiers se fait nourrir
par ses cousines. Il déjeune chez l'une et dîne chez
l'autre, mangeant le pain de l'époux qu'il veut ou-
trager. Ce Desrosiers tombe évidemment sous le
coup de la nouvelle loi contre les souteneurs. Et
tandis que la police pourchasse ses collègues dans
le quartier des Halles et sur les boulevards extérieurs, le héros impudent de M. Doucet se pavane
à la Comédie-Française entre Mmes Reichemberg,
Marsy et Durand, les comédiennes théologales
qui représentent si bien : la foi jurée, l'espérance qui
est encore du bonheur et la charité bien ordonnée.

6.

Le docteur Desrosiers, oncle à la mode de l'Élysée-Montmartre, se décide à jeter enfin une troisième nièce aux bras du stagiaire perverti qui joue les Faublas de famille. Pauvre petite ! que deviendra-t-elle avec les conseils et sous la direction de ce satire ? Ce sera un fruit bien mal défendu. Quelle que soit l'habileté avec laquelle M. Doucet a dissimulé l'obscénité du sujet, on déplore que de pareils spectacles puissent être offerts aux mauvaises passions de la foule. Sans doute une curiosité malsaine poussera les bourgeois imbéciles jusqu'au guichet de la maison de la Bejart. Et les pensées libidineuses, les désirs inavouables, entreront dans les familles, précipitant la décadence d'une société qui s'écroule. C'est une lourde responsabilité que vient d'assumer M. Camille Doucet. Déjà on avait chassé Dieu des écoles, et voilà qu'il ne pourra même plus mettre les pieds au Théâtre-Français.

La justice n'est pas seule à commettre des erreurs ; la presse se trompe aussi quelquefois. A-t-elle raison de jeter la pierre à M. Billot, ministre de France à Lisbonne, accrédité comme envoyé extraordinaire et représentant du président de la République française à la cour de Portugal à l'occasion du mariage de M. le duc de Bragance ? Tel n'est pas mon avis.

Que les armées de la République fassent de nouveau le tour de l'Europe pour remettre les choses

à leur place, et le président n'aura plus à se faire
représenter auprès d'un souverain quelconque.
Mais, dans la situation actuelle, République nais-
sante, seule de son espèce, ayant inscrit la paix à
tout prix dans son programme, la France est bien
obligée, sous peine de rompre toute relation avec
les autres gouvernements, de se conformer au code
de politesse en usage.

M. Billot n'est pas allé trop loin dans son « compliment ». Toutes les fois qu'un Portugais épousera une Française — ou un Français une Portu-
gaise — cette union établira un lien de plus entre
les deux nations. Et, certainement, si Mlle Grévy,
au lieu d'épouser Daniel Wilson, avait accepté la
main d'un Vasco de Gama ou d'une Vazconcellos
quelconque, le ministre de Portugal n'eût pas manqué de parler à notre président « de la sympathie
avec laquelle son gouvernement verrait une union
qui doit établir un lien de plus entre les deux pays ».

Supposons que M. Billot ait compris ses instruc-
tions tout autrement. Il arrive à la cour et, aussitôt introduit dans les salons, il bourre une pipe
Gambier et lance des spirales de fumée au nez des
grandes dames des bords du Tage. Puis, prenant
la parole au nom du président de la République
française, il adresse au roi les paroles suivantes:
« Despote étranger, vous mariez votre fils avec une
demoiselle dont le père ne tardera pas à être expulsé. Il reçoit trop de monde, cela gêne Turquet.
Le grand-père de Mlle Amélie nous a embêtés
pendant dix-sept ans. On lui a fait son affaire en
48, et, comme il nous serait désagréable de recom-

mencer cette petite fête, le gouvernement a placé le citoyen Philippe d'Orléans sous la surveillance de la police. »

Se tournant vers les mariés :

« Et vous, jeunes gens, tenez-vous pour avertis. Si le beau-père conspire, on le mettra à votre charge. Maintenant, soyez heureux, je m'en bats l'œil. »

Après quoi, l'ambassadeur extraordinaire se serait retiré en chantant à tue-tête :

N'y avait qu' des muff's à c' te noc'-là.

*
* *

En agissant ainsi, notre consul général se serait évidemment posé plus haut dans l'esprit des hommes vraiment indépendants. Mais l'attitude qu'il a cru devoir prendre à la cour de Lisbonne est mieux faite pour continuer la bonne entente des deux pays dans les ports de commerce et dans les régions du Congo où le Portugal a de vastes, possessions.

Maintenant, que M. Billot soit révoqué ou non, ce ne sont point mes affaires. Cependant, si son poste devient vacant, je le demande pour Valentin-le-désossé.

*
* *

Les courriers des théâtres nous donnent une nouvelle importante : le théâtre Cluny restera ouvert tout l'été pour faire l'essai d'un nouveau système de fraîcheur artificielle. Mes informations particulières me permettent de donner à ce sujet des renseignements inédits. Les derniers rangs des fauteuils seront changés en un petit bois : une cascade tombant d'un rocher fixé aux troisièmes traversera l'orchestre dans toute sa longueur sur un lit de cailloux pour aller se perdre dans un puisard placé sous le trou du souffleur. A droite et à gauche, les baignoires 3 et 4 seront transformées en deux petit viviers, où l'on verra se jouer des carpes et des anguilles.

Un dépôt d'eaux minérales fera du foyer une sorte de trinck-hall rappelant à la fois Bade et Vichy. Et enfin deux ouvertures pratiquées dans le cintre livreront passage à un délicieux vent du Nord, véritable chef-d'œuvre sortant des usines de M. Armand Silvestre, à Courbevoie.

XIV

L'affaire Vandersmissen. — Les emplettes de Turquet.
Hovas et Sakalaves. — Un Chinois parisien.

5 juin.

Quinze années de travaux forcés pour avoir tiré
quelques coups de revolver sur une chanteuse du
théâtre de Gand, c'est beaucoup. J'ai été l'un des
abonnés de ce théâtre pendant six mois (loge 25, de
moitié avec le notaire Michiels); j'y ai entendu les
Diamants de la Couronne, *Haydée*, la *Dame blanche*, *Martha*, ainsi que plusieurs autres pièces du
répertoire, et je déclare que, moi juré, j'eusse acquitté haut la main tout dilettante qui aurait enlevé à l'art lyrique n'importe laquelle des chanteuses
de la troupe. Si le meurtre est excusable dans certains cas, c'est surtout quand il s'exerce sur une artiste du théâtre de Gand. Et Gevaërt serait de mon
avis, soyez-en certains.

Il est vrai que l'auteur du crime avait eu le tort
d'épouser celle qui devait plus tard être sa victime,

mais il faut regarder comme circonstance atténuante ce fait incontesté que Mme Vandersmissen,
plus heureuse que Jules Ferry, avait réalisé le rêve
de Dupleix.

*
* *

Pauvre jeune femme ! Moins coupable que bien
d'autres, elle a payé pour toutes. Et croyez bien
que le jury belge n'a point condamné le député
Vandersmissen parce qu'il avait tué Alice Renaut,
mais plutôt parce qu'il l'avait épousée. Les bourgeois du Brabant, bons pères, bons époux, ont voulu donner un avertissement aux jeunes fils de famille épris du théâtre et friands des coulisses.

La comédienne exerce un véritable empire ; elle
réunit plus de séductions que toutes les autres
femmes. Celui qui la possède la dispute tous les
soirs à des centaines de rivaux qui l'écoutent, qui
la regardent, qui la désirent. Le costume lui donne
des aspects variés et inattendus ; elle est tantôt duchesse, tantôt villageoise, un jour en poudre avec
la mouche assassine, une autre fois en jupon court
avec le bas bien tiré. Ce n'est plus la femme
qui va souper avec son amant, c'est l'héroïne.
L'amant d'une actrice a possédé tour à tour Marie
Tudor, Jeanne d'Arc, Cléopâtre, Manon Lescaut,
une reine de Portugal, une impératrice de Russie.
Il passe de la *Dame aux Camélias* à *Mam'zelle
Nitouche*, et de *Lolotte* à *Théodora*. L'actrice est
une femme assaisonnée à toutes les épices et toujours jeune de sept heures à minuit. L'illusion vaut

la réalité ; on se fait avec elle un printemps au patchouli, des amours à la maréchale. A quoi bon les lilas et les jasmins aussitôt fanés qu'épanouis ? Aux bouquets de nos jardins, le sybarite eût préféré la flore des parfumeurs; il n'y a pas de pli à l'essence de rose.

**

Comédiennes adorées, lisez et méditez les débats de la cour d'assises de Bruxelles. Laissez-vous aimer — mais défendez qu'on vous épouse !

**

J'ai appris avec une vive satisfaction que M. Turquet vient d'acheter un tableau à son gendre. Il l'a acheté pour le compte de l'État, c'est-à-dire avec notre argent, mais il n'en est pas moins doux de constater, au moment où les réactionnaires accusent la République de tuer l'esprit de famille, qu'il se trouve au sein même du gouvernement un homme qui ose donner un grand exemple de sollicitude pour les siens. Et ce n'est pas tout, le même Turquet a commandé au même gendre quinze mètres de peinture murale pour la Sorbonne. Avec cela, on ne meurt pas de faim.

A toute autre époque, sous Louis-Philippe, sous l'Empire même, on eût crié au scandale. On se contente aujourd'hui de rire et de hausser les épaules. Et comme si Turquet n'avait pas assez d'une place, on lui en a donné une autre — entre Ca-

7

lino et Guibollard. Les peintres racontent en se tor-
dant que l'ex-substitut de l'Empire, devenu secrétaire des sous-beaux-arts, a payé 15 000 francs à
Mme Alice Regnault un tableau de Bonvin qui n'en
avait coûté que 1 500 à cette jolie femme. Ils ajou-
tent que le même Polichinelle a acquis au prix de
45 000 francs un tableau et deux esquisses attri-
bués à de Neuville. Les projets laissés par cet artiste regretté ont été terminés — ou à peu près —
par des artistes amis. De sorte que de Neuville sera
représenté au Luxembourg par des œuvres contes-
tables, alors que le musée des parages odéoniens
lui a toujours été fermé de son vivant. Et d'ailleurs,
ces esquisses seraient-elles de Neuville même que
cela ferait une grosse somme de Neuville pour un
musée qui ne possède pas un seul tableau de Millet.
On n'en finirait pas si on voulait relater toutes les
sottises, les abus, les excès de cet excentrique Turquet si funeste à l'art et si lourd à la bourse des
contribuables. On attend avec impatience le coup
de balai qui débarrassera les beaux-arts de cet us-
tensile avarié, mais, quand on lui parle de coups de
balai, Turquet écarquille ses yeux charentonesques
et sourit d'un air béat; il comprend qu'on va l'amener souper à l'Eden.

*
*　*

On a lu la touchante lettre adressée par Mme Binao,
reine des Sakalaves, au journal le *Temps*. Binao demande justice à M. Adrien Hébrard. Ses droits ont
été sacrifiés ; la reine et ses sujets ont été livrés aux

Hovas, pieds et poings liés. Il est certain que le président du conseil, dans son désir d'avoir la paix à tout prix, s'est conduit dans cette circonstance avec une inconcevable légèreté. Aussi Binao le traite-t-elle de *marchand de bœufs*, ce qui est fort bien fait.

Mais quelle belle occasion de se couvrir de gloire pour les princes expulsés!

S'emparer d'Émyrne et rétablir l'autorité de la France à Madagascar — qui nous échappe — c'est un rôle digne du comte de Paris et du duc de Chartres. Madagascar est indiqué dans tous les dictionnaires comme *colonie française*. C'est facile à dire, ce serait difficile à prouver. Et pourtant, mettre définitivement la main sur cette magnifique contrée, qui nous a coûté si cher, ce n'est pas la mer Picon à boire.

On lit dans l'histoire de ces dernières années : « Les rois sakalaves, dont l'origine remonte à plusieurs siècles, ont régné sur la moitié de Madagascar. Le dernier, Adriansouty, était lié par les liens du sang à Radama, chef de la tribu des Hovas. Trop confiant, il laissa prendre par son parent un ascendant dont ce dernier abusa en le chassant du royaume, etc., etc.

» Battu par les Hovas, le malheureux roi vint se réfugier à Mayotte, où il régna jusqu'à l'arrivée des Français, auxquels il céda ses droits à la couronne.

» Les Sakalaves restés à Madagascar avaient reconnu pour reine la sœur d'Adriansouty, Ouantizi, qui eut pour successeur la troublante Tsoumeka,

sa petite nièce. Les hostilités reprirent bientôt.
La nouvelle reine s'adressa à l'iman de Mascate,
qui lui fournit une troupe de CENT CINQUANTE
hommes. Avec ce secours, elle battit à son tour les
Hovas et aurait pu reconquérir son royaume si des
dissentiments ne s'étaient élevés parmi les Arabes
qui furent renvoyés à Mascate. »

Cent cinquante hommes ! Voyons, Hébrard, n'y
a-t-il pas moyen de lever quelques troupes dans le
Lot-et-Garonne ? Des Gascons commandés par les
princes expulsés viendraient facilement à bout de
l'entreprise. Un fils du duc de Chartres pourrait
épouser une princesse hova, le duc d'Aumale don-
nerait son nom à une Sakalave de sang royal et la
paix serait faite à tout jamais — à moins que le
prince Victor ne s'avise de débarquer un beau matin à Tamatave avec un aigle apprivoisé et un
morceau de lard dans son chapeau !

*
* *

Les Chinois, ce peuple sobre, érudit, travailleur,
avec lequel nous conclurons prochainement, je l'espère, un bon traité d'alliance offensive et défensive
en Asie, ce qui sera le seul moyen de nous assurer
la libre exploitation de nos possessions dans l'ex-
trème Orient, les Chinois comptent, parmi leurs
représentants à Paris, un raffiné bien connu, le général Tcheng-Ki-Tong. Cet Asiatique, qui a le même
éditeur qu'Octave Feuillet et le duc de Broglie, est
devenu un véritable Parisien, sceptique et gouail-
leur. Il est généralement habillé à la française,

mais, dans les grandes circonstances, visites officielles ou solennités internationales, il reprend le
costume de son pays.

Tcheng-Ki-Tong passait, il y a quelque temps,
sous les arcades de la rue de Rivoli en uniforme
chinois. Une belle tresse lui pendait dans le dos ; on
peut dire qu'il avait un vrai chic de Pékin.

Deux cochers, qui attendaient leur bourgeois,
causaient de leurs affaires sur le bord du trottoir.

— Tiens! s'écria l'un deux en pouffant de rire,
regarde donc ce Chinois! En a-t-il une de robe! et
une tresse comme Virginie! Crois-tu que c'est rigolo?

Tcheng-Ki-Tong se retourna et lui dit d'une voix
tonnante :

— Tais ton bec, Collignon !

Le cocher fut tellement stupéfait que sa pipe lui
échappa des dents et se brisa sur le pavé.

XV

La preuve en matière de diffamation. — La loi
Beauquier. — Les sociétés d'admiration mutuelle.

12 juin 1886.

Si M. Granet avait été ministre des postes trois
ans plus tôt, Mme Clovis Hugues n'aurait pas tiré
sur le délicieux Morin. Morin vivrait, continuant
son métier sous des formes variées, mais privé de
ce moyen facile et dénué de péril, la carte postale.
La lettre anonyme ne donne qu'une faible satisfaction à celui qui l'écrit. Son insulte garde un caractère d'intimité qui lui enlève bien des charmes ; le
lâche ne sait même pas si le poison produit son
effet. Que de gens — et je suis de ceux-là — n'ont
jamais lu d'une lettre anonyme que les deux ou
trois premières lignes. On tourne la page : personne. Un paraphe. Alors, on saisit des pincettes,
on prend le papier — de loin — et, en détournant
la tête avec horreur, en crachant, en se bouchant
le nez, on le jette au feu.

Les Morin pullulent à Paris. Il y a des gens atteints de la manie de la persécution, d'autres pour qui le chantage est une profession. Un rédacteur de la *Justice*, M. Léon Millot, a fait hier un excellent article sur ce sujet. « Ce qu'il faudrait, écrit-il, c'est une loi sérieuse sur la diffamation. Tant que la preuve ne sera pas admise en cette matière, les coquins auront un avantage majeur sur les honnêtes gens... Si la loi édictait des pénalités véritablement sévères à l'égard des diffamateurs convaincus de mensonge, cette industrie n'en aurait pas pour longtemps. Il n'est pas possible aujourd'hui d'atteindre la calomnie anonyme. Cela n'empêche pas la plupart du temps que la victime ne reconnaisse parfaitement celui qui l'a traînée dans la boue. Le Morin qui pendant deux ans a vilipendé Mme Clovis Hugues était absolument démasqué, et son identité ne faisait doute pour personne. Il ne serait pas très difficile, avec une surveillance un peu assidue, de pincer les insulteurs — je parle des insulteurs chroniques et invétérés — en flagrant délit. L'important, c'est de supprimer l'hypocrisie légale, qui défend la preuve en matière de diffamation. » L'avertissement donné par Mme Clovis Hugues n'a pas encore porté ses fruits. Il serait temps que la Chambre des députés s'occupât de la question. Les gauches et les droites seraient au moins une fois d'accord. Et quelle meilleure loi que celle qui supprimerait la justice du revolver?

*
* *

Les princes ne sont pas encore expulsés et déjà

chacun d'eux a fait choix d'une résidence conforme
à ses goûts. Le prince Victor compte se fixer en
Belgique, où il va préparer une contre-façon de
l'Empire, et le comte de Paris va se rendre en
Suisse pour y tendre ses lacs. L'un fumera des cigares d'Anvers, l'autre des Vevey. Quant au César
déclassé, on lui prête l'intention de se retirer à
Guernesey pour y effacer jusqu'au dernier souvenir de Victor Hugo. A sa place, j'irais tout de suite
à Sainte-Hélène. Ce serait le dernier mot du respect
de la tradition.

*
* *

Je ne suis point inquiet de l'avenir des princes.
Où qu'ils soient, ils vivront à leur aise, grassement,
et entourés d'un nombreux domestique. L'exil ne
leur deviendrait fatal que s'ils étaient mordus par
un chien enragé. A moins que M. Pasteur ne se dé-
place, les princes ne pourraient être vaccinés. Quel
parti prendrait le gouvernement en pareille occur-
rence ? Le comte de Paris recevrait-il un sauf-con-
duit de la frontière à la rue d'Ulm ? Le prince Victor serait-il autorisé à résider dans la rue des
Feuillantines pendant la durée du traitement ?
Comme il faut tout prévoir, je soumets le cas au
Sénat.

*
* *

La loi proposée par M. Beauquier peut avoir
des conséquences beaucoup plus graves. Si les ti-

7.

tres de noblesse sont supprimés, les étrangers seuls
auront le droit de les porter en France. Paris n'est
assuré que de deux barons, Hirsch et Erlanger.
L'empereur des Francs, le roi Charlemagne, n'avait
pas prévu ce coup-là. Ce privilège pourra d'ailleurs
être gênant pour les deux financiers. On ira les
voir par curiosité. Mais quelle enseigne pour une
maison de crédit! « Maison Montmorency, Coucy
et Beaujeu », Hirsch et Erlanger, successeurs. Il y
a déjà aux environs du Palais de Justice un restaurant sur la porte duquel on peut lire : Café d'Aguesseau — Successeur, Martin. Successeur de qui?
De d'Aguesseau évidemment. C'est un précédent.

*
* *

La situation sera surtout pénible pour les jeunes
rejetons de familles titrées qui comptaient sur la
vanité des riches héritières pour rétablir leur train
de maison. Les parchemins valaient leur pesant de
billets de banque dans une corbeille de mariage.
« Je n'ai pas le sou, mais je suis marquis. Je dois un
million, mais je suis prince. » Et les publications
marchaient leur train. Quel parti prendre maintenant? Adieu, vache, cochon, couvée! — soit dit
sans personnalité.

*
* *

Le vicomte de la Méduse, dont on s'est beaucoup
occupé depuis quelque temps dans le monde de la
haute noce, a reçu congé de la famille Domingo.

Fille du président de la République de l'Urutrista, dona Domingo voulait être vicomtesse, et, du moment que ce pauvre La Méduse est dépouillé de son titre, la jeune Américaine préfère une union plus avantageuse avec un éleveur de porcs fumés qui possède d'ailleurs dans les environs de Chicago une magnifique plantation de fricandeaux en boîtes,

*
* *

En ce qui me concerne, les titres des autres ne m'ont jamais gêné. Il y a, au contraire, une certaine douceur à dire : « Mon cher comte... Mon cher duc... » C'est plus théâtral.

Georges Ohnet souffrira plus particulièrement de la suppression des titres. Ses romans ne pourront jamais se passer qu'à une époque antérieure à la loi Beauquier. C'est l'immobilité forcée.

Je ferai cependant observer à l'aimable député du Doubs que son projet de loi demande un article additionnel.

« Seront punis d'une amende de 500 à 10 000 francs tous officiers ministériels ou de l'état civil, tous ecclésiastiques et en général tous fonctionnaires qui auront, dans un acte public ou officiel, attribué à un citoyen français un titre nobiliaire. »

Et *Violette ?* et le *Diable boiteux ?* et *Étincelle ?* Vous n'y avez pas songé, monsieur Beauquier ! Le *Gaulois*, le *Triboulet*, le *Sport* seront autant de parchemins quotidiens ou périodiques. Il se créera des journaux qui n'auront d'autre spécialité que d'imprimer à satiété les titres que vous prétendez supprimer.

« Le Bois était resplendissant hier matin. Nous avons remarqué dans l'allée des Poteaux la duchesse de la Tour-Fêlée, la marquise de la Butte-aux-Lapins, la comtesse de Vieux-Brancard. A leurs côtés chevauchaient le prince des Hypothèques, le baron de Haute-Saisie et le marquis du Renouvellement. »

Ce sera tous les jours à recommencer. Et le lecteur pourra regarder la nouvelle loi comme lettre morte. Il faudrait y ajouter, pour ne pas manquer le but :

« Seront punis d'une amende de cent à cinq mille francs les journaux ou publications quelconques qui auront dans leurs articles ou comptes rendus attribué un titre nobiliaire à un citoyen français. »

Et pour donner satisfaction à la droite :

« Les morts ne sont pas compris dans cette interdiction. »

*
* *

Mais une aristocratie de disparue, deux de retrouvées. Il s'est formé dans Paris un certain nombre de sociétés d'admiration mutuelle d'où sortiront prochainement des célébrités devant lesquelles il faudra s'incliner — sans murmurer. Les actionnaires touchent déjà de gros dividendes d'éloges immérités et de réclames impudentes.

C'est par cette déviation de la publicité que des gens qui semblaient voués à un éternel incognito

arrivent à une réputation que n'atteignaient pas, il
y a quinze ans, des hommes d'une valeur incontestable.

Le succès mérité, réel, est rempli d'inconvénients.
Un livre que tout le monde a lu est jugé et classé.
On n'en peut jouer qu'un certain laps de temps.
Mais le livre ennuyeux, compact, ce moellon de la
librairie que le couteau d'ivoire n'a point osé attaquer, oh! ce livre-là est un sérieux titre de gloire
pour qui connaît la manière de s'en servir. Il sera
de l'Académie et on fera une postérité tout exprès
pour lui.

Les statuts des sociétés d'admiration mutuelle
sont d'une grande simplicité.

Si l'un des membres est absolument nul, on fera
valoir sa fécondité. S'il est incapable d'inventer le
plus petit drame ou la plus naïve des intrigues, on
parlera de sa profonde connaissance du cœur humain. Si c'est un journaliste et qu'il écrive le français comme un iroquois, on dira qu'il est toujours bien renseigné. Il y a vingt moyens de s'en
tirer.

Au fond, le procédé de Victor Taupinard est encore le plus simple. Taupinard a fait imprimer
deux volumes : *Étude sur la prostitution à Viro-*
flay (200 pages de philosophie), et *Un accouchement*
au quinzième siècle, ou l'*Amour-propre à Mont-*
pellier, roman historique. Après quoi, il a collé
sur les murs un millier d'affiches ainsi conçues :

« Qui est-ce qui est célèbre ? C'est Taupinard ! »

Et les gens de se demander pourquoi Taupinard est célèbre. Aussitôt son éditeur (Henry All Right et Cᵉ) fait annoncer dans les principaux journaux la *Prostitution à Viroflay*, trentième mille, et l'*Accouchement à Montpellier* (221ᵉ édition).

Taupinard est, en effet, célèbre, et il y a des chances pour qu'il soit nommé sous-gouverneur du Tonkin.

*
* *

Cambronne a bien fait de mourir, car, s'il eût vécu de notre temps, il se serait égosillé. Il faut avouer que si M. Beauquier prive de leurs titres les gens qui les portent de père en fille, ils n'auront pas volé cette contrariété. Quelle différence entre les aïeux et les petits enfants ! Godefroy de Bouillon eût-il conduit des cocottes dans les avant-scènes ? Renaud de Montauban se serait-il déguisé en blaireau au bal d'une princesse ?

Voyez-vous d'ici le compte rendu d'une soirée de ce genre donnée par Hugues de Vermandois ? « M. Pierre l'Ermite était costumé en clown ; Boémond, prince de Tarente, en miroir à Parisiennes... »

Richard, que ferais-tu de ton cœur de lion ?

On peut se demander ce que serait une croisade aujourd'hui ! Jean de Brienne s'arrêterait à Monaco pour y tâter d'une partie de roulette ; Henri Dandolo achèterait des terrains à M. Borriglione, et Mohammed Mostanser vendrait de la rente turque avant de se mettre en campagne.

Et quel voyage pour les croisés! Ils partiraient par l'Orient-express. Après une petite promenade en bateau, de Constantinople à Scutari, ils continueraient par le rapide de l'Asie-Mineure, ligne de Palestine. — Tombeau de Notre-Seigneur, vingt minutes d'arrêt. Buffet!

On s'apercevrait alors que les saints ne servent plus qu'à compter les journées — et les journées à compter les saints. La cravate à plastron a remplacé la cuirasse, le jonc a remplacé la lance et Jérusalem est à la Bourse.

XVI

Israël régenté. — La belle Fatma. — Le comte d'Epinay. — Mangeur de noir. — Premier ruban. — Une triomphante plaidoirie.

29 juin.

M. Sidney Vigneaux, auteur du *Baron Jéhova*, vient de porter le dernier coup aux marchands d'habits et de moulins de Corbeil. Il repousse, dans la préface de son livre, l'épithète d'*antisémite* qui pourrait lui être inconsidérément appliquée.

Pour lui, c'est faire injure à cette noble race qui a parcouru victorieusement l'Asie, l'Afrique et l'Europe, que de prendre son nom pour en affubler les cancrelats de la finance contemporaine. « En dépit de leurs efforts, dit M. Sidney Vigneaux, pour se forger une origine illustre, il reste certain que les juifs ne remontent pas au-delà de la seconde expulsion des Impurs, sous Sethos-Ramsès. Si un dictateur de l'avenir s'avisait de rejeter hors des frontières de France tous les rastaquouères, plus ou moins récidivistes, qui grouillent dans les bas-fonds de toutes les grandes sociétés, leur troupeau aurait-il le droit de se dire sémite ? »

Évidemment non, car, à ce compte, dans cinq cents ans d'ici, les princes expulsés seraient devenus juifs, ce qui est possible, mais improbable.

*
* *

Si je suis revenu sur cette question, ce n'est point pour l'envenimer, mais, au contraire, pour arriver à un terme de conciliation. D'abord, il n'y a pas de juifs français ; il n'y a que des Français. Les uns sont catholiques, les autres protestants, un certain nombre juifs et un plus grand nombre libres-penseurs. Et par libres-penseurs, il ne faut point entendre les fanfarons d'athéisme, ni les brutes qui s'amusent à cracher dans le bénitier ou à jeter des pierres dans les vitraux. Les libres-penseurs sont des esprits réfractaires à l'absurde, voilà tout. Ils se sont dégagés des lisières imbéciles de la légende et peuvent, au besoin, croire en Dieu.

La différence des cultes ne peut donc différencier, à leurs yeux, les citoyens d'un même pays. Mais il est certain que les impurs nous arrivent de tous côtés. Persécutés en Russie, en Prusse, un peu partout, les juifs accourent à Babylone, s'y établissent et, à l'inverse de l'histoire ancienne, c'est nous qui devenons leurs captifs. Faut-il, pour cela, fermer la frontière à ces milliers de réfugiés, simplement parce qu'ils sont juifs ? Ce serait contraire aux idées de progrès et de civilisation. La société a cependant le droit de se défendre contre leurs entreprises. Voici le moyen que je propose : il porte

l'empreinte du génie dont j'ai si souvent donné
des preuves.

« Les juifs de toutes nationalités trouveront un
refuge en France, mais ils n'y pourront exercer
d'autre profession que celle d'agriculteur. »

(Vous verrez combien il en viendra.)

*
* *

La belle Fatma a plié bagages. Le palais de bois
et de toile peinte, qu'on avait édifié pour elle dans
le jardin des Tuileries, est en route pour la foire de
Neuilly où ses admirateurs ne tarderont pas à la
rejoindre. Il a suffi d'une demi-douzaine de mysti-
ficateurs pour édifier une fortune à cette beauté de
Mardi-Gras, au moment où elle allait probablement se décider à faire des ménages. Fatma (dont
le vrai nom est peut-être Joséphine) est née au
Havre; sa mère est Bordelaise et son père, pré-
sumé Tunisien, pourrait bien être de Marseille ou
de Perpignan.

Joséphine, ou Fatma, est en réalité une assez
belle personne. Elle a malheureusement des pieds
qui ressemblent à s'y méprendre à des galiotes hol-
landaises. En leur adaptant une paire d'avirons,
l'illusion serait complète. Une autre imperfection
c'est la nudité de la partie postérieure du crâne, au-
dessus de la nuque. Cette calvitie originale est habilement dissimulée par la prolongation des ban-
deaux; mais ces cheveux, si bien ramenés qu'ils
soient, ne trompent que le vulgaire. Cette nuque est
comme un petit jardin au milieu duquel on aurait
étendu un tapis pour remplacer la pelouse absente.

Si Fatma n'offre que peu d'imperfections au point
de vue plastique, il faut avouer que, comme artiste,
elle est bien inférieure à la Baudruche et à la Goulue.

La danse de la belle Havraise rappelle moins
l'Orient que la Grenouillère. C'est une sorte de ba-
lancement accompagné d'œillades à un franc par
tête, un déhanchement d'almée des Batignolles à
la fête du *Chat noir*. Peu importe, Fatma tient le
succès et elle en profite. Elle vient d'être engagée à
l'Aquarium. On peut être certain qu'elle y sera très
entourée.

* *

Un homme du monde qui aurait beaucoup gagné
à ce qu'on supprimât les titres, il y a dix ans, c'est
le comte d'Epinay. On se rappelle le succès de
Ceinture dorée, et tout le bruit qui se fit autour du
nom de son auteur. On se presse en ce moment dans
l'atelier du jeune maître pour y admirer un groupe
de marbre, *Paul et Virginie*, chef-d'œuvre de vérité,
d'observation et de grâce. On ne voit de Virginie
que ce qu'elle peut montrer, ses bras et ses pieds
nus jusqu'à la cheville. Sous le fin tissu qui la re-
couvre, on devine son corps frêle de jeune fille.
Malgré le crainte qu'elle doit éprouver en traver-
sant le torrent grossi par l'orage, elle ne s'appuie
point sur celui qui la porte ; sa poitrine gracile
ne frôle même pas l'épaule de son sauveur ; elle
reste pudique de la tête aux pieds. Le jeune Paul
est bien campé ; sa force est doublée par le sentiment de la mission qu'il s'est donnée. Rien de plus
charmant que ce marbre vivant.

L'atelier de M. d'Epinay est tout un musée. On y entre en flâneur et on ne peut plus s'en arracher.

Ici un buste de Mme Caron improvisé à la sortie de l'Opéra. Création instantanée, toute d'inspiration. Si Mme Caron était là, l'œuvre ne ressemblerait peut-être pas au modèle ; ce n'est pas un portrait, mais c'est l'artiste comme on la voit d'un fauteuil ou d'une loge, c'est l'artiste sur la scène et dans son rôle. Plus loin, des statuettes, des ébauches. Une paire de vases de toute beauté avec de larges médaillons dans le goût des camées antiques. Le grand-duc Vladimir, entrant dans l'atelier, s'écria : « Ces vases sont ils vendus ? — Non, répondit l'artiste. — Au nom de l'empereur, s'écria alors le grand-duc, je prends possession de ces vases qui seront offerts à Sa Majesté. »

En attendant, ces messieurs de l'école de Rome semblent ne pas voir M. d'Epinay. Ils n'ont pour lui, ni médaille, ni mention ; il n'est pas *de leur paroisse*. Et puis qu'est-ce que *Ceinture dorée ?* qu'est-ce que *Paul et Virginie ?* Faites-nous un fleuve en plâtre, un Coriolan avec un casque de pompier de Nanterre, un Hercule avec des hernies un peu partout ! Faites-nous Andromaque, Cornélie, les Horaces et les Curiaces… Voilà le grand art ; il embête tout le monde, mais c'est le grand art !

C'est décidément le 30 de ce mois que sera célébré le mariage de M. le duc de Morny avec Mlle Guzman Blanco. Notre ambassadeur à Lisbonne,

M. Billot, sera probablement appelé à Paris pour
la circonstance. C'est à lui qu'il sera réservé de parler « de la sympathie avec laquelle le gouvernement
doit voir une union qui ne peut manquer d'établir
un lien de plus entre les deux pays ».

A propos d'un assez médiocre calembour fran-
co-espagnol — qui n'avait, du reste, aucune intention injurieuse — on m'a fait observer que les terres du général Blanco étant cultivées par des nègres,
M. de Morny ne serait qu'un *mangeur de noir*. —
Je m'empresse donc de rétablir la vérité à ce sujet.

*
* *

Il y a déjà longtemps que l'auteur de ces lignes
a eu l'occasion de s'occuper du Venezuela. C'était
en 1863. J'étais alors rédacteur en chef du *Nain
Jaune* et je publiais en même temps, sous le pseudonyme de Balthazar, des *courriers de Paris*, dans
l'*Europe* (de Francfort).

Il s'agissait d'obtenir qu'un des bateaux de la
Compagnie transatlantique fît escale dans un port
de la République sud-américaine. Je m'y employai
de mon mieux — à coups d'articles — et ma récompense fut l'ordre du Mérite de Venezuela, une jolie
rosette rouge avec un liseré bleu de ciel. « Heureux,
a dit un poète, celui qui est décoré à l'âge où l'on
peut encore être aimé ! »

—Tu as une bien jolie décoration, me dit un soir
Hector Pessard dont la boutonnière était encore
vierge. (Les boutonnières commencent comme les
femmes.)

— Eh bien ! lui dis-je, prends en main la cause du Venezuela dans l'affaire des paquebots et tu recevras un brevet comme le mien.

Pessard fit comme il avait été dit, et quelques mois après, je le vis arriver tout penaud.

— J'ai reçu mon brevet, dit-il, mais l'ordre du *Mérite* est supprimé et on m'a nommé commandeur de l'ordre du *Buste de Bolivar !*

Pessard ajouta avec un frisson douloureux :

— Me vois-tu entrant dans un salon avec un buste sous le bras ?

Tout s'arrangea quand arriva la décoration. Le buste de Bolivar est simplement gravé sur une médaille d'or. Pessard, depuis cette époque, a reçu de toutes les chancelleries d'Europe de quoi se consoler largement. — Mais le buste avait un précédent. Je ne sais quel fabricant de pianos reçut un jour du sultan, au lieu de la décoration du Medjidié qu'il espérait, une tabatière enrichie de brillants. Le fabricant n'hésita pas. Il détacha le couvercle, le passa dans un ruban, et, dans toutes les réceptions, il portait sa tabatière au cou comme une croix de commandeur.

Emile Blot, qu'il ne faut pas confondre avec l'auteur du poème de *Sigur* dont le nom s'orthographie différemment, va comparaître prochainement devant les tribunaux sous l'accusation de violation de sépulture. Ce maniaque répugnant ne manquera pas de défenseurs. Le procès fera du bruit et, par l'horreur même qu'elle inspire, l'affaire sera classée dans les causes célèbres. Or, le barreau a ses *décadents* comme la littérature. Il y a eu, l'un de ces derniers soirs, une réunion de jeunes avocats, dans laquelle chacun a exposé sa manière de comprendre la défense de ce fossoyeur qui n'a jamais été dans l'embarras.

L'un se contentait de plaider la folie ; l'autre, remontant jusqu'aux ténèbres du moyen âge, rappelait un certain Venceslas Blotius, bien connu comme vampire sous le règne de Borziwog Ier, duc de Bohême. Le défenseur établit la filiation et plaide l'hérédité.

Un autre affirme que Blot a contracté des goûts déplorables en pêchant à la ligne. A force d'amorcer, il a contracté les mêmes goûts que les poissons les plus délicats qu'attirent la corruption et la mauvaise odeur. Il s'est laissé prendre « aux mêmes appâts ».

Me Deliquescent termine ainsi sa plaidoirie :

« Pour un fossoyeur, messieurs, la femme vivante est une non-valeur. La morte seule existe puisqu'elle entre dans son domaine.

» L'âge des victimes n'a rien à voir ici. Toute morte est émancipée, et, par conséquent, majeure.

» Vous acquitterez Blot, messieurs, parce que la vieille gaîté gauloise ne saurait perdre ses droits. Vous l'acquitterez parce que nous sommes dans le pays de Rabelais ! »

XVII

L'expulsion. — L'engagement de Léonide
Leblanc. — La lune de la France.

26 juin.

C'était de leur faute. Impossible de le nier. Les
prétendants avaient à peine atteint la frontière que
le soleil nous apportait la chaleur depuis si longtemps attendue. On sait enfin pourquoi les fraises
étaient moisies, les cerises piquées, pourquoi les
melons avaient une saveur de laitue coupée de né-
nuphar. La pluie ne cessait de tomber sur le sol
détrempé, un froid maussade, persistant, figeait la
sève dans les plantes ; les pommes de terre et les
betteraves n'étaient plus qu'une bouillie noire
comme la crasse au fond des encriers des bureaux
télégraphiques.

Les princes sont partis, il fait beau.

*
* *

Il suffit de la présence d'un incrédule pour cou-

8

per court aux expériences des spirites et des ma-
gnétiseurs. Les esprits refusent de répondre, les
sujets sont réfractaires au sommeil. C'est ainsi, on
est forcé d'en convenir, que la présence hostile de
cinq ou six princes aux aguets suffisait à jeter le
trouble et la perturbation dans les esprits et dans
les éléments. La pluie les accompagne et la chaleur
nous est rendue. Ce qu'il y a de curieux, c'est qu'ils
se plaignent d'être expulsés, — et c'était le rêve de
Louis XVI !

*
* *

Ah ! si Samson n'avait pas été remplacé par le
maladroit Deibler, si Robespierre eût été à l'Elysée dans le fauteuil occupé par M. Grévy, comme
tout se fût passé tranquillement à la gare du Nord !
Les partis n'ont que les audaces permises. Les sus-
pects se cachaient quand ils se savaient surveillés
et guettés. Combien y aurait-il eu de manifestants
pour accompagner l'heureux époux de Marie-An-
toinette à la diligence de Varennes ?

Et que d'égards pour les princes dont la Chambre
et le Sénat ont voté le déplacement! On a choisi
l'époque où tout le monde va aux eaux. Jérôme
pourra se soigner à Evian. Les princes des Aubrais
vont prendre des bains de mer à Brighton. Ceux
qui les affectionnent devraient être heureux de les
voir dégagés de tout souci, heureux, libres. Puis,
tout devient si cher en France que ces messieurs
ne sont pas fâchés dans le fond d'avoir le bœuf à
1 fr. 50 et le beurre à 80 centimes le demi-kilo.

*
* *

Sérieusement, la présence des prétendants était un encouragement à l'hostilité de leurs partisans. Que sont, en somme, tous ces visiteurs, tous ces aboyeurs de fidélité? Des gens sans place pour le moment et qui s'arrangent pour être pourvus en cas de restauration. Ce sont des trésoriers-payeurs généraux en espérance, des préfets en rêve. Ils prennent date. Et ceux qui ne seraient pas casés au lendemain du couronnement espéré crieraient à l'ingratitude des princes. On connaît l'antienne.

En sortant d'une visite chez le comte de Paris ou chez le prince Jérôme, le réactionnaire se sentait encouragé, soutenu. Il faisait résonner le pavé du talon de sa botte et portait le front haut. Il disait : « J'ai vu monseigneur, il est prêt. A la première occasion, il marchera. »

Et l'on battait des mains, on se croyait arrivé.

L'espérance allait s'étendant, faisant de grands cercles comme un caillou dans l'eau. L'effet ne saurait être le même à l'étranger. Les fidèles qui auront fait le voyage pourront constater à leur retour qu'il y a des douaniers à la frontière. Et si je ne parle pas des gendarmes, c'est par pure politesse.

*
* *

Un détail, dont je ne garantis par l'authenticité, a couru Paris hier soir.

Philippe VII — avant de monter sur ses grands

vaisseaux — avait préparé quelques centaines de
cartes au bas desquelles se trouvait la formule
P.P.C.—Ces cartes étaient destinées aux principaux
amis des départements qui n'avaient pu se rendre
à Eu. Un secrétaire, qu'on avait oublié de mettre
au courant, a tourné et retourné les cartes, puis
s'est frappé le front en disant. Pour Paul de Cassa-
gnac ! Ce qui fait que le rédacteur en chef de l'*Autorité* a trouvé chez son concierge onze cent trente-
neuf cartes de M. le comte de Paris.

*
* *

Parlerai-je de la protestation dans laquelle le
prétendant fait une part égale à Louis XIV et à
Louis-Philippe ?

Ce document donne raison à ceux qui ont voté
l'expulsion. Il en ressort de la façon la plus évidente que le comte de Paris cachait son jeu pour
rester en France. N'ayant plus rien à risquer, il
se démasque. Il parle de ses droits ; il réclame à
la fois le trône de son grand-père et celui du comte
de Chambord.

Le morceau est d'ailleurs fort bien tourné, et je
suis de ceux qui pensent que le comte de Paris a eu
des collaborateurs. On reconnaît dans la première
partie la main de Vast-Ricouard, et je ne serais
pas surpris que la fin ait été revue par Léopold
Stapleaux.

Le romancier belge de la rue des Martyrs s'est
trahi dans cette phrase imprudente : « La République a peur ; en me frappant, elle me désigne. »

L'auteur n'a pas songé que la République frappant aussi le prince Jérôme et le jeune Victor, elle les désigne également.

*
* *

Il y avait un autre moyen d'en finir avec les prétendants, sans que personne y trouvât à redire. C'était de nommer le comte de Paris trésorier-payeur à Bordeaux, le prince Jérôme inspecteur des chemins de fer, et son fils Victor sous-préfet au Havre.

C'est ainsi que le roi de Serbie vient d'en finir avec l'opposition. La loi serbe autorise le gouvernement à nommer aux plus petits emplois les fonctionnaires d'un ordre supérieur, à la condition de leur conserver les mêmes appointements. Beaucoup de hauts fonctionnaires étaient les ennemis déclarés du roi Milan. Celui-ci les a nommés postillons. Un secrétaire-général aux finances est chargé d'un relai de poste ; après vingt ans de rond de cuir, il se voit forcé de monter à cheval, et, le fouet en main, de traverser Belgrade au milieu d'un bruit de grelots. Un ancien gouverneur, nommé batelier, conduit un bac sur le Danube.

Si Turquet était Serbe — ce qui serait un bon débarras pour les artistes français — le roi Milan le nommerait encadreur.

*
* *

Mlle Léonide Leblanc est engagée au Théâtre-

8.

Français. Il y a vingt ans, c'était un petit bouton
de rose ; il y a dix ans la fleur s'était épanouie ; on
a pu voir récemment qu'elle avait conservé toutes
ses feuilles.

Si Mlle Leblanc a des ennemis, ce n'est pas sa
faute. Elle n'a rien ménagé pour plaire à ses contemporains ; on peut même dire qu'elle a fait de la
conciliation à tout prix. Fantaisiste avant tout,
elle a peut-être trop fait parler d'elle, mais si sa vie
privée n'a pas été toute de privation, on doit lui
rendre cette justice qu'elle n'a pas cessé de travailler pour le théâtre et qu'elle a été constamment
en progrès. Mlle Leblanc a attaché son nom à des
créations presque glorieuses : c'est à elle que Sardou a confié le rôle de *Rafaële* dans *Patrie* ; c'est
elle qui a créé *Marthe* dans la *Maîtresse légitime*.
Il avait été plusieurs fois question de son engagement à la Comédie-Française ; puis, des difficultés
s'étaient élevées, des compétitions puissamment
soutenues lui avaient barré le chemin ; la voici enfin arrivée au but. Je suis de ceux qui applaudis-
sent à son succès.

En dehors du théâtre, Mlle Léonie Leblanc ne manque point de littérature. L'une de ses camarades
du Vaudeville ayant pris pour devise : *Parcere sub-
jectis et debellare superbos!* Mlle Leblanc s'écria
en riant : Cela veut dire : « Aimer les cabotins et
plumer les princes russes ! » Une femme de tant
d'esprit ne peut manquer de réussir au Théâtre-
Français.

*
* *

Des cinquante mille Belges qui sont venus s'é-
tablir à Paris, les uns sont banquiers, les autres
balayeurs, un assez grand nombre à la tête de grandes affaires, et la masse se perd en palefreniers,
tailleurs, ébénistes, cuisinières, femmes de chambre
et bonnes d'enfant.

Je ne le cache pas, j'aime les Belges. Je ne fais
pas de différence entre un Bruxellois et un Parisien, entre un Liégeois et un Bordelais. Ils sont pour
moi comme des compatriotes.

La Belgique est un bon pays ; les cathédrales y
sont superbes et le veau délicieux. Les petits mu-
seaux roses, sous les longs cheveux blonds, sont
autant de Watteau qui poussent sur les trottoirs,
comme les marguerites dans les champs.

La Belgique est la lune de la France, détachée
comme le fut la lune de la terre plusieurs années
avant la naissance de Jésus-Christ et de M. Delaunay. Texier l'a qualifiée l'Odéon de l'Europe, j'aime
mieux l'appeler le second Théâtre-Français.

Mais le pays est trop peuplé. La misère est
atroce dans les campagnes là-bas. Ces braves gens
font beaucoup d'enfants ; il en meurt la moitié ; et
de ceux qui ont triomphé du froid, de la faim, un
grand nombre émigre. J'ai vu dans certains villages belges des enfants, à peine couverts, pieds nus,
qui n'avaient jamais mangé que des pommes de
terre, heureux quand on leur en donnait à peu près
à leur faim.

Dans mon quartier, il y a beaucoup de servantes
belges. J'en connais qui ont vingt francs de gages
par mois et trente centimes par jour pour leur nour-

riture — et qui s'en contentent. Quelques-unes trouvent encore le moyen d'aller prendre de loin en loin un petit bon de poste de quatre à cinq francs pour envoyer un secours aux vieux, le père et la mère, restés au pays.

Dernièrement, l'une d'elles vint en visite à l'office. Elle paraissait toute joyeuse.

— Qu'avez-vous ce matin? lui demanda une payse en train de faire reluire le cuivre de ses casseroles.

— Oh ! je suis contente, répondit l'autre, j'ai reçu des nouvelles de chez nous... Mon père est autorisé à mendier !

Il y a eu du bruit ces jours passés dans une brasserie du quartier latin qui avait pris pour enseigne : *Aux dernières cartouches!* Les étudiants ont protesté avec raison contre l'audace du trafiquant qui avait placé ses bocks sous cette invocation douloureuse.

—Comme c'est bête! s'est écrié un élève de Gervex. Puisque c'est une brasserie à femmes, il fallait intituler l'estaminet : *Aux derniers outrages !*

XVIII

L'annonce depuis les temps les plus reculés
jusqu'à nos jours.

Au moment où le train allait partir, le baron X…
que j'avais accompagné à la gare, se pencha à la
portière du coupé-lit : — Je savais bien, me dit-il,
que j'avais oublié quelque chose. Ayez donc l'obligeance de m'abonner pour un an à un journal quelconque.

— Vous comptez passer toute une année à la
campagne ?

— Certes ! Paris m'assomme et je veux remanier
complètement mes cultures.

— Quel journal voulez-vous ?

— Prenez-moi celui qui a le plus d'annonces.

— Sérieusement ?

— Comme je vous le dis. Et puisque cela vous
étonne, je m'expliquerai par lettre.

Trois jours après, la poste m'apportait les explications de l'échappé de Paris.

« Mon cher ami, écrivait le gentilhomme cam-
pagnard, quand on a vingt ans de vie parisienne,
quand on est lassé du bavardage littéraire des ra-

masseurs de bouts d'esprit, quand on est rebattu des dépêches de l'étranger qui cachent des coups de Bourse, on reconnaît que les annonces sont la seule partie vraiment sérieuse d'un journal. Il y a longtemps que je commence ma lecture par la quatrième page, et je vais rarement jusqu'à la première. L'annonce nous initie à ces mille détails de la vie, négligés par les historiens, mais qui n'en forment pas moins le fond et la substance même de la civilisation.

» Il n'est pas de meilleur moyen de se faire une idée exacte des habitudes de nos ancêtres que de consulter ces voix isolées qui, à chaque époque, ont fait connaître, par l'organe de la presse périodique, les modes, les besoins, les occupations, les idées générales et les tendances particulières de chaque génération.

» En retrouvant, dans les collections jaunes et poussiéreuses des anciens journaux, les annonces naïves, nous voyons passer, comme dans un panorama mouvant, les hommes et les mœurs ; nous revoyons la chausse et le pourpoint, l'apothicaire et la ravaudeuse, le carrosse et la chaise à porteurs. »

*
* *

Les annonces du seizième siècle, en France et en Angleterre, se rattachent à une catégorie très nombreuse à cette époque, les domestiques fugitifs et les chevaux volés. Ceux qui opposent aux vices de la domesticité actuelle les vertus des serviteurs

du bon vieux temps seraient surpris de voir la
quantité d'annonces offrant des récompenses pour
l'arrestation de tous ceux qui s'étaient rendus coupables de quelque abus de confiance.

Mercure français, 5 juillet 1658 :

« Récompense honnête à quiconque pourra donner des nouvelles d'un nommé François Cardon,
âgé de vingt ans, qui s'est sauvé de chez son maître.
Petite taille, cheveux roux, le visage criblé de mar-
ques de petite vérole. Habillement noisette, garni
de rubans verts. Manteau couleur cannelle et chapeau
marron. S'adresser au sieur T. Forestier, marchand
de bonneterie et tricots, rue Saint-Roch. »

Le 31 mai, le même journal réclame :

« Une fille de taille moyenne, la gorge très forte,
le visage grêlé de petite vérole. Cette fille a enlevé,
le mois dernier, de chez sa maîtresse… » (Suit l'énu-
mération des objets volés et l'adresse de Mme
veuve de Ville-Herbier, chez qui la voleuse était
en place.)

<center>
* *</center>

Il ne se passe guère de semaine sans qu'on voie
signaler des fugitifs de cette espèce, avec l'indica-
tion toujours curieuse, au point de vue de la mode,
des objets soustraits.

Il faut avoir parcouru la liste de ces signalements
dans les journaux du dix-septième siècle et de la
première partie du dix-huitième pour se rendre
compte des ravages qu'exerçait la petite vérole.

En 1680, on voit arriver les nègres.

« Un négrillon d'environ dix ans, vêtu de velours jaune, a été perdu le 9 courant, près de l'église de Saint-Germain des Prés. Récompense à qui donnera de ses nouvelles à la dame de Bessoles, sur le quai des Orfèvres. »

« A céder, au café Lafleur, un négrillon de douze ans. »

« A vendre, à l'auberge du *Faisan*, un négrillon de onze ans. »

Le 30 septembre 1658, le thé commence à faire parler de lui :

« Un excellent breuvage chinois, approuvé par les médecins sous le nom de *Tay* ou *Tché*, se vend à l'enseigne du *Pain de sucre*, rue Saint-Denis. »

« On trouve à la fin du dix-septième siècle les poudres *nerveuses*, les spécifiques pour la goutte, les rhumatismes, etc., etc. »

Et aussi les :

« TABLETTES PECTORALES, renommées pour la guérison des phthisies, catarrhes, asthmes, antidote souverain contre la peste et les épidémies. Se vendent à l'*Ecu couronné*, chez le papetier. Chaque paquet est cacheté *de ses armes* pour mettre le public en garde contre les fraudes de certains individus qui contrefont ces tablettes au grand préjudice de la santé publique. »

Même date :

« Excellents sachets pour pendre au cou des enfants et favoriser la dentition. »

Immédiatement au dessous :

« Poudre de sympathie pour se faire aimer par le moyen d'une pincée dans un verre d'eau. »

Bientôt les annonces indiquent l'envahissement de ce goût du luxe qui n'a fait que grandir.

On réclame des dentelles perdues, des bijoux, des cassolettes, des ferronnières, des bracelets.

« Perdu, le 18 juillet, aux environs de la Place Royale, un portrait de dame, monté en or, entouré de perles fines.

» Celui qui le rapportera recevra pour récompense quatre fois la valeur de l'or et deux fois la valeur des perles. »

On commence à faire commerce des curiosités :

« A LA MITRE, près Saint-Leu, le public peut voir une réunion de choses rares et très admirées, telles que : une momie d'Egypte, de première qualité, avec des caractères de sorcellerie sur la poitrine et les épaules ; un fourmilier du Brésil, rempli de foin, de façon à lutter avec la nature par la ressemblance ; une torpille, *un poisson de la lune*, etc... »

En 1663 (4 février), première trace du chignon : « Jacques-Lambert Desboudois, barbier et fabricant de perruques, vis-à-vis l'auberge du *Lévrier*, ayant à servir des personnes de haute condition, fait sa-

voir à ceux ou celles qui voudraient vendre leurs
cheveux qu'ils peuvent se présenter chez lui, où
on leur donnera trois écus de l'once pour les blonds
de bonne longueur, et de un à deux écus pour les
cheveux longs d'autre nuance. »

*
* *

Agression nocturne :

« Un homme de qualité ayant été, mardi soir,
attaqué et blessé, dans la rue de Saintonge, par
plusieurs individus restés inconnus, on fait savoir
que toute personne qui fera connaître lesdits individus recevra vingt-cinq livres de récompense, déposées à cet effet chez le sieur Barbe, orfèvre, rue
du Pont-aux-Choux, et qu'en outre, dans le cas où
cette personne aurait été complice de l'agression,
il lui sera fait grâce entière, sans préjudice de la
récompense. »

*
* *

Bientôt les esprits inventifs cherchent à faire
dévier le journal de la ligne droite :

« Les dames qui désireraient, sans se faire connaître, donner de la publicité à quelques aventures
particulières de personnes de leur connaissance,
dont elles auraient à se venger, peuvent s'adresser
à Roboam Isaac, sous le couvert de... etc. »

Les demandes de capitaux commencent à poin-
dre.

« Pour une très belle affaire, on demande un co-

partageant avec vingt mille livres d'apport. On
ferait ensuite des parts qu'on revendrait avec un
bénéfice considérable. »

*
* *

En 1745, les intérêts commerciaux commencent
à se manifester par des vignettes. Les théâtres se
font annoncer régulièrement.

Le marchand a compris les avantages de la publicité. De petits cadres remplacent le filet. Le
rasoir et le cirage s'offrent tous les jours au lecteur :
une vignette représente un chat qui se mire avec
étonnement dans une botte luisante. Enfin le char-
latanisme fait ses premiers essais.

*
* *

Aujourd'hui l'annonce s'étale au plafond des omnibus, elle voyage avec le numéro du fiacre, elle
s'incruste dans l'asphalte.

Chaque annonce paraît être aux prises avec sa
voisine, et toutes les faces de la société sont repré-
sentées à la quatrième page d'un journal.

Une orpheline y demande un mari. Un vieux cé-
libataire y offre une place de dame de compagnie
avec espoir d'épouser.

Jadis les antichambres de la haute noblesse
étaient encombrées de fournisseurs, de poètes, de
courtiers de toute espèce qui sollicitaient quelques
minutes d'attention ; mais quelle antichambre a
jamais réuni une foule de solliciteurs comparable

à celle qui offre chaque jour, à la quatrième page, ses services aux plus humbles citoyens ?

On a le choix entre cent cinquante maisons de ville et soixante-quinze châteaux ou maisons de campagne. On offre une chasse princière en location à l'épicier enrichi. Des dames ayant une pièce de trop offrent un lit et le couvert à un pensionnaire *distingué*. On parlera anglais, s'il le désire. Un demi-cent d'instituteurs et d'institutrices demandent à utiliser leurs talents.

On a tout pour rien — en achetant quelque chose. Exemple :

« GRANDS MAGASINS de demi-deuil. — Toute personne qui fait un achat de vingt francs a droit à six mois de leçons de piano. »

Les cheveux, la peau, les pieds, les mains, les dents sont sollicités de toutes parts.

J'ai vu un journal de médecine dont la lecture rattache à la vie.

A la page 3, on guérit les maladies de poitrine, la goutte et la gravelle — dans les vingt premières lignes. Au dessous, plus de surdité, plus d'insomnies, plus de migraine. En bas, suppression de la fièvre, de la colique et des maladies de foie.

A la page 4, on a des cheveux jusqu'à l'âge le plus avancé, la peau d'une courtisane grecque, les mains d'un chanoine et la vue d'un lynx — qui porterait un pince-nez.

Tout cela s'obtient avec quelques pilules, quelques pommades et des verres de l'opticien Roche, dont le cristal est si renommé.

Rien n'y manque, ni l'eau qui procure une magnifique voix de ténor, ni le suc reconstituant qui, en quelques semaines, fait d'un sexagénaire l'égal du plus robuste des fiancés. Cinq francs le flacon. Pour cent sous, vous avalez, sous une forme réduite, un bœuf et une mine de fer.

Prométhée s'est trompé. Ce n'est pas le feu céleste qu'il fallait dérober, ce sont les pilules Puffmann et le sirop de caoutchouc ioduré. C'était là le secret des dieux.

*\
* *

Les annonces matrimoniales cachent souvent des pièges, mais elles rendent de grands services aux photographes chargés de fournir des échantillons.

On voit souvent — mais en bonne place — des avis du ministère des finances qui annoncent qu'un anonyme a versé une somme de quatre ou cinq cents francs à titre de « restitution au Trésor ».

Il est hors de doute que c'est le ministre lui-même qui paie ces insertions pour inspirer des remords à ceux qui auraient fraudé l'Etat.

*\
* *

Parmi les curiosités de ces derniers temps : « TIMBRES-POSTE. — Une jeune veuve, blonde, jolie, très gaie, désire tapisser sa chambre à coucher de timbres-poste de toutes les provenances. Elle fait appel aux étrangers aimables qui ont conservé les traditions de l'ancienne cour. Mme Six-Etoiles, etc., etc. »

*
* *

« Les hirondelles, ces poétiques messagères du printemps, vont reparaître dans notre climat hospitalier. Bientôt elles vont raser d'un coup d'aile nos lacs et nos étangs. C'est le printemps avec ses bourgeons et ses lilas. Pourquoi faut-il que les premiers rayons de soleil amènent tant de troubles dans l'organisme humain ? Quand paraît la première hirondelle, il faut se hâter de boire chaque semaine une demi-bouteille de l'eau purgative *française*, la seule qui ne trouble pas la digestion. »

*
* *

Pour qui sait lire entre les lignes, cette qualification de *française*, donnée à une eau provenant de l'Auvergne ou du Bourbonnais, résume la dernière guerre et les conditions de la paix. C'est une protestation contre la concurrence allemande et le traité de Francfort.

Tout est dans les annonces. On y est mis au courant des inventions nouvelles, on y suit les perfectionnements apportés chaque jour à toutes les industries, au chauffage, à l'éclairage. On y apprend le nom des plantes et des fleurs récemment importées et appelées à jouer un rôle dans la thérapeutique et dans la parfumerie.

Peu d'annonces d'objets de luxe indiquent des inquiétudes politiques, une situation tendue. Beaucoup de ventes d'argenterie sont le présage d'une guerre imminente.

C'est véritablement à la quatrième page des journaux que se trouve l'histoire, l'histoire authentique, débarrassée des bavardages et des commentaires. La quatrième page aura quelque jour son Michelet.

XIX

Le Concordat et les missionnaires laïques.
Turquet l'infaillible.

10 juillet 1886.

L'affaire de Châteauvillain ne prête point à rire.
Il faut plaindre en même temps les ouvrières de
M. Fischer et les gendarmes de M. le préfet. Beaucoup de gens s'étonnent que, dans une époque de
liberté, un particulier n'ait pas le droit d'ouvrir
une chapelle. On ignore assez généralement dans
le public que cette rigueur a été décrétée dans l'intérêt même de la religion catholique.

Quatre ans avant que le Concordat fût interve-
nu, 32 214 paroisses étaient rendues au culte, et
4 571 autres paroisses étaient en réclamation pour
obtenir les mêmes conditions. M. Thiers lui-même
affirme que le culte desservi par les prêtres non
assermentés était beaucoup plus suivi que celui
qu'exerçaient les anciens prêtres constitutionnels.
Bonaparte voulait que l'Église tout entière fût dans

9.

la main du pape — parce qu'il était certain d'ouvrir ou de fermer cette main à son gré. Il y avait à craindre que la religion catholique ne se divisât en quatre ou cinq cents schismes. La religion, dans ces conditions, cessait d'être une puissance et un moyen de gouvernement. C'est pourquoi, d'accord avec le pape, il fut interdit d'ouvrir une chapelle ou une église sans autorisation. Les rapports de l'Etat avec l'Eglise étant toujours basés sur le Concordat, l'aumônier de M. Fischer et les prêtres qui l'assistaient sont en parfait désaccord avec le Saint-Siège.

Le Concordat a été une grosse affaire dans son temps. Les quolibets et les épigrammes pleuvaient sur le grand consul. Le quatrain suivant circulait dans Paris :

> Politique plus fin que général habile,
> Bien plus ambitieux que Louis, dit le Grand,
> Pour être roi d'Égypte, il crut à l'alcoran,
> Pour être roi de France, il croit à l'Évangile.

Le Concordat fut un sujet d'alarmes pour les républicains. Et les royalistes ne doutaient pas que la révolution religieuse n'assurât des chances heureuses à la monarchie. Les bonnes gens déclaraient, de leur côté, que le pape finirait par se faire excommunier !

Que le Concordat revienne aujourd'hui sur l'eau, c'est à douter des informations du bureau Veritas.

Je ne vois qu'un moyen de donner satisfaction à la dévotion rurale. C'est d'envoyer dans les campagnes des missionnaires laïques chargés de mettre les évangiles à la hauteur de la situation.

La religion chrétienne avait rencontré en Egypte une opposition formidable. La population était accoutumée à se prosterner devant la déesse Isis, tenant dans ses bras l'enfant Horus. C'est alors qu'un illuminé de l'époque eut l'heureuse idée de représenter la vierge Marie portant le petit Jésus. C'est la même image, il n'y avait que les noms à changer, ce qui fut fait. Et la pierre ou le marbre qui s'appelait la veille Isis et Horus prit tout à coup le nom de Marie et de Jésus. Places aux jeunes !

*
* *

Les missionnaires laïques se répandraient de tous côtés et apprendraient aux affamés de superstition que « en ce temps-là, Jules Grévy naquit à Mont-sous-Vaudrey (Jura), au temps où des députés-mages vinrent de province à Parisalem, demandant : « Où est le président de la République ? car nous avons vu son étoile et nous sommes venus l'adorer. (*Ici on fléchit le genou.*) Lorsque les députés virent l'étoile ils entrèrent au palais de l'Elysée et offrirent à Jules Grévy de l'or, de l'encens et de la myrrhe. »

On continuerait ainsi la légende sémitique en la rajeunissant. Rien de plus facile évidemment.

On raconterait comment M. Jules Grévy changea l'eau en vin aux noces de Fourneret.

On répandrait en même temps des milliers de petites images coloriées représentant Grévy et la femme adultère, Grévy et le paralytique, Grévy marchant sur le lac d'Enghien.

Le besoin de crédulité serait assouvi et les petits ruraux qui n'auraient pas entendu parler de Jésus n'auraient aucune raison de douter de Jules. Bien plus, dans cinquante ans d'ici, un nouveau Fischer ameuterait ses ouvrières contre les autorités, si elles voulaient s'opposer à ce qu'on célébrât chez lui le culte de Grévy.

On pourrait même préparer, dès à présent, la résurrection pour le troisième jour. Le moment venu, on ajouterait cette page à la religion courante :

« En ce temps-là, Ambroise Thomas, l'un des douzes apôtres, Didyme pour les dames, n'était pas avec eux lorsque Jules vint. Les autres disciples lui dirent donc : « Nous avons vu le président. » Il leur répondit : « Si je ne vois dans ses mains son brevet d'avocat, et si je ne mets ma main sur ses titres de propriété, je ne le croirai point. » Huit jours après, Jules vint et dit : « La paix avec la Chine soit avec vous ! » Il dit ensuite à Ambroise Thomas : « Ne soyez pas incrédule, mais fidèle. » Thomas lui répondit : « Mon avocat et mon président. » Jules lui dit : « Vous m'avez cru, Thomas, parce que vous m'avez vu. Heureux ceux qui ont cru sans avoir vu. Ils seront tous nommés professeurs au Conservatoire ! »

Dans la séance de distribution des récompenses aux lauréats du Salon, l'illusionniste Turquet de Kolta s'est mis à bafouiller pendant une heure au milieu d'un auditoire qui avait envie de le gifler. Sa loupe soubresautait sur con crâne et ses gestes d'épileptique appelaient la camisole de force. Turquet a parlé des terrains de Puys qui sont, paraît-il, une excellente affaire ; et, après quelques paroles mal senties à propos de M. Mesureur, il s'est vanté d'avoir fait une révolution à lui tout seul.

Un journal a qualifié de remarquable le discours du sous-crampon d'Etat aux beaux-arts; remarquable par sa longueur et sa monotonie.

L'ineffable Turquet a cependant terminé son discours par un aveu qu'il faut noter au passage : « Nous nous efforcerons, dit-il, de ne pas mériter les reproches de l'avenir. » C'est reconnaître qu'il a réellement mérité les reproches du passé. — Et il s'engage à ne pas *faillir*. Or, il n'y a que les commençants qui soient exposés aux accidents de ce genre.

Habemus confitentem reum. Turquet, marchand de tableaux, est exposé aux krachs comme ses confrères; il craint pour sa boutique.

Si on le trouvait l'un de ces jours aux *Déclarations de faillite*, il y aurait un long éclat de rire dans tous les ateliers.

FAILLITES DU 14 JUILLET

Colassard, marchand de vins et liqueurs, à No-

gent-sur-Marne. — Syndic provisoire : M. Couty,
quai de la Tournelle.

Turquet (Edmond), marchand de tableaux, ayant
demeuré rue de Valois, actuellement sans domicile
connu. — Syndic : M. Antonin Proust.

*
* *

Mlle I..., la jolie petite danseuse, vient de doter
son pays d'un Français de plus. La mère et l'enfant se portent bien.

Le docteur N... disait, en examinant le pou-
pon :

— Encore un qui a été trouvé sous un chou !

— Mais oui, fit la jeune mère, sous un Chou-
berski.

*
* *

Tant de gens sont obligés de s'ingénier pour vivre qu'on invente chaque jour de nouveaux métiers
que Privat d'Anglemont n'avait pas prévus.

Il y a, dans une petite rue de Belleville, une
fabrique de nègres par la teinture d'iode. Les nègres se placent dans les maisons particulières
comme domestiques. Ceux qui ont des aptitudes
particulières entrent dans les cirques comme
acrobates ou faiseurs de tours.

Dans le quartier Saint-Martin se trouve une fabrique de vers solitaires pour garnir les bocaux de
pharmaciens. Les vers solitaires se font au crochet.
Une fois dans l'esprit de vin, l'illusion est com-

plète. Le ténia au crochet se vend dix francs en moyenne. Pour douze francs, on en a de deux mètres de long sur quatre centimètres de large.

*
* *

M. de X..., qui, à vingt-quatre ans, a hérité d'une fortune de plusieurs millions, en a déjà semé plus de la moitié. Le jeu, les femmes, les chevaux, toutes les extravagances imaginables épuisent chaque jour le coffre et la santé du jeune copurchic.

Le marquis de L..., son oncle, lui faisait quelques remontrances à ce sujet.

— Le calme m'ennuie, répondit l'autre, il me faut de l'action, du bruit... je tue le temps.

— C'est-à-dire que tu l'assassines, répliqua le marquis.

*
* *

Le prince Toupanoff est un gros bonhomme, un bon vivant, mais d'une intelligence très courte.

Voilà trois mois qu'on lui gagne tous les soirs le même pari. Il ne comprend rien à la déveine et ne peut s'expliquer qu'il ne soit pas tombé juste une seule fois.

Un des convives prend dans chaque main des fraises ou des groseilles. Il présente les deux mains et le pari consiste à deviner quelle est la main dans laquelle les groseilles sont écrasées !

XX

17 juillet.

Le Moniteur des dernières élégances, la gazette
du Pchutt et du V'lan, le journal de l'élégant Arthur et du tendre Popinot, le *Gaulois*, puisqu'il
faut l'appeler par son nom, se trouve évidemment
fort dépourvu, puisqu'il en est arrivé à donner le
compte rendu des niches et des chenils. Il fait
passer sa carte à Médor et pousse le délire de l'in-
formation jusqu'à interviewer Lyda.

L'article est intitulé : *Chiens chics.—Gommeux à
poils.* — Notre chien à nous n'est pas chic, lecteurs,
il n'est pas gommeux ; à peine est-il à poils. Par-
lez-moi des chiens de l'almanach de Gotha, des
chiens titrés. Arthur Meyer n'a qu'une crainte,
c'est que quelques-uns d'entre eux ne soient expulsés par decret. Écoutez donc, cela pourrait bien
arriver. Si *Azor* aboyait après M. Grévy, ou *Sul-*

tan après le général Boulanger, il y aurait peut-être lieu à un nouveau déplacement de M. Levaillant chargé de signifier le décret d'expulsion à ces princes de la fourrière, branche des puces.

*
* *

« Toute femme élégante, dit le *Gaulois*, a son toutou. »

(Si elle n'avait que cela, il n'y aurait rien à dire.)

« Blotti dans les plis de son jupon, continue le reporter canin, il est son inséparable. Quelques-uns, tels que le griffon de la comtesse Horace de Choiseul, ne vivent que d'ailes de volaille. »

(Et le peuple se plaint!)

« Ils portent des pierreries... »

(Heureusement qu'ils n'ont pas l'idée de les mettre au Mont-de-Piété!)

« Oui, affirme le rédacteur de Meyer-journal, il y a des chiens chics comme il y a des gens chics. Les chiens forment à Paris une sorte d'aristo-cratie. »

(La vraie, peut-être?)

« Ce sont des personnages d'une haute impor-tance. »

(Ils visent peut-être à l'ordre de *l'os manié* comme le baron Hirsch?)

*
* *

« Un chien chic a son tailleur et il serait absolu-ment déshonoré s'il s'habillait ailleurs que chez... »

(Qu'est-ce que c'est? Une réclame! Oh! le tailleur a passé à la caisse...)

« Un chien chic a aussi son baigneur, son coiffeur, son tondeur. C'est ainsi que, l'automne dernier, la marquise de Belbœuf, passionnée pour ses caniches, ramena d'Espagne un tondeur dont les mérites l'avaient frappée. »

(Heureux tondeur!)

« Il s'est installé à Paris, et il est en train de faire fortune. »

(Je te crois. Lancé comme cela!)

*
* *

« Le trousseau d'un chien chic diffère selon son espèce. Certains, dont les pattes sont sensibles, possèdent des bottes en caoutchouc, ou en maroquin pour les sloughis. La générale Turr a fait confectionner pour sa chienne Niniche, dont les oreilles sont fort délicates, une capeline blanche, qu'elle met tous les jours de pluie, afin de n'être point mouillée; on rabat le capuchon. »

(C'est fort bien, mais avec une pareille toilette un myope pourrait se tromper et la suivre!)

*
* *

« Don François d'Assise a coutume d'offrir aux femmes de qualité qu'il veut distinguer d'une façon particulière, un jeune terrier pourvu de tout son trousseau. »

(Avec une petite dot, sans doute, pour que le
terrier ne puisse être confondu avec un lapin.)

« La reine Isabelle possédait un terrier noir qui
avait gagné toutes ses faveurs.

(Je ne voudrais point affliger ce terrier noir, mais
je lui ai connu des rivaux.)

« C'est Mme Maurice Ephrussi, née Rothschild,
qui, le jour de son mariage, voulut pour son terrier
un habit de satin blanc, garni de fleurs d'oranger. »

(C'était s'exposer beaucoup. Il y a des chiens qui,
sous une innocence apparente, cachent des passions désordonnées. Il faudrait pour répondre de
leur vertu ne pas les avoir quittés un seul instant.
Après cela, vous me direz que la fleur d'oranger en
a vu bien d'autres !)

*
* *

Il ne faut pas moins d'une grande colonne du
Gaulois, du *Paris-Journal* et du *Clairon* réunis,
pour passer en revue les chiens principaux de la
noblesse française.

« Que de chiens à citer et que de noms à énumé-
rer, s'écrie le Dangeau des puces, si l'on voulait
les mentionner tous ! »

Évidemment, mais, comme journaliste, je suis
d'avis que, une fois entré dans cette voie, il fallait
aller jusqu'au bout.

Il va y avoir des jalousies féroces. Les chiens
omis par le *Gaulois* ne renouvelleront pas leur
abonnement, et quelques-uns peuvent enrager de

se voir dédaignés. Encore de la besogne pour
M. Pasteur.

*
* *

Quoi qu'il en soit, voici le reportage lancé sur
de nouvelles pistes. Les lecteurs connaissent les
chiens chics et les gommeux à poils. On attend
avec impatience un article sur les chats du grand
monde. Minet, Toutoute, Miss et Blanchette ont
autant de droits que Rigolo, Beauty, Néron et
Tisbé. Arthur! *Puss* compte sur vous. Vous devez
remplir votre mission jusqu'au bout. Le public
tient à être éclairé. On demande les chats!

*
* *

Un journal belge contenait lundi dernier l'annonce suivante :

Aux princes exilés. — Jolie chambre garnie
à louer rue du Marché-aux-Poulets. Soixante
francs par mois avec café au lait le matin.

*
* *

On n'ignore pas que M. Freppel, évêque d'An-
gers, est dans un état de surexcitation continuelle.

Quelques esprits malveillants ont attribué cette
nervosité à l'abus du kirsch. — Pure calomnie, a
dit M. de Broglie. Ce qui vexe M. Freppel, c'est
qu'on ne lui a pas donné de nom d'oiseau. Nous

avons eu l'*Aigle de Meaux*, le *Cygne de Cambrai*,
et M. Freppel désire aussi des ailes.

— Eh bien! fit Clovis Hugues, on pourrait l'appeler la *Grive de l'Anjou*.

*
* *

M. Rey, artiste du Gymnase, écrit des Grandes-
Dalles une lettre reproduite par plusieurs journaux : « J'ai l'honneur de vous communiquer un
fait *extraordinaire*, dont j'ai été témoin et dont cinq
cents personnes pourraient certifier l'exactitude.
Depuis vingt-quatre heures, un propriétaire d'ici,
M. Côme, attendait au-delà des délais naturels,
que sa vache, une bête superbe, lui donnât un veau.
Il dut se résigner à faire faire l'opération césarienne
par un vétérinaire. Devinez ce qui vint au monde?
Un ours! un ours magnifique et parfaitement con-
ditionné, un ours pesant au moins 100 kilos, armé
de redoutables dents et recouvert d'un poil touffu.

» Le propriétaire se souvint alors qu'un mois
après que sa vache était pleine, un montreur d'ours
avait donné devant sa porte et *sous l'œil de sa vache*
une représentation aux dames de la ville. »

*
* *

Il est heureux que les *dames de la ville* aient été
moins impressionnables que la vache de M. Côme.
Voyez-vous les Grandes-Dalles avec une population de jeunes oursons pour recevoir les étrangers
à l'époque des bains de mer?

Quant au fait en lui-même, il n'a rien d'extraordinaire et n'est point sans précédent. Une dame de la rue de Valois, après de longues souffrances, est accouchée récemment d'un tableau de Bonvin, entouré d'un cadre magnifique. On se souvint alors que, neuf mois auparavant, cette dame avait longuement considéré M. Turquet se démenant dans son bureau des Beaux-Arts!

XXI

Les Coupolards. — Le duel Boulanger–Lareinty.
Amours britanniques (Charles Dilke).

24 juillet 1886.

L'Académie française qui, sous l'Empire, n'eut
pas un mot de regret pour Victor Hugo, s'est mise
à pleurer comme un vieux fromage de Gruyère sur
le départ du duc d'Aumale.

Cette assemblée, dont le sein est si connu, a
toujours préféré les princes et les prélats aux
poètes et aux philosophes. Le pornographe Camille
Doucet était moins flatté d'être le collègue d'Alfred
de Vigny que le successeur du cardinal de Poli-
gnac, et il se plaisait à nommer le duc d'Aumale
« confrère », parce que, dans ce mot, il y a frère.

Quand on parcourt les archives de l'Académie,
on s'aperçoit que la plupart des membres de ce
caveau sont des inconnus pour la postérité — et
que les grands écrivains dont les œuvres font partie
de l'éducation moderne, n'ont pas été admis à

10

l'honneur de siéger sous la cloche à melon de l'Institut.

*
* *

Connaissez-vous Caillères, Bazin de Bezons, Languet de Guergy, Gédoyn, Fraguier, Ballesdens et Trublet? Non, n'est-ce pas! Eh bien! ils étaient de l'Académie ainsi que cent cinquante autres privilégiés jouissant d'une gloire aussi obscure. Mais vous connaissez Descartes, Pascal, Molière, Larochefoucauld, Le Sage, l'abbé Prévost, J.-J. Rousseau, Diderot, André Chénier, Chamfort, Beaumarchais, Rivarol, Paul-Louis Courier, H. de Balzac, Lamennais? Ceux-là n'ont pas été de l'Académie.

Alexandre Dumas, qui a fait *Mlle de Belle-Isle*, *Thérésa*, *Charles VII chez ses grands vassaux*, *l'Alchimiste*, *Antony* — et tout ce que l'on sait — n'a pas davantage été jugé digne du fauteuil qu'on a offert à M. Labiche. — M. Labiche est le poète auquel nous devons les vers suivants :

> Adieu donc,
> Ma biche !
> — Mon bichon,
> Je vais à la maison...
> — Et moi, cité Valladon !

Et encore ceux-ci :

> Ma femme sait-elle,
> Qu'époux infidèle,

Je lui fais des traits ?
Non. Son ignorance,
Alors me dispense
D'avoir des regrets.
Si j'ignore que j'ai la migraine
C'est comme si je n' l'avais pas.
Elle ignor' ma faridondaine.
Donc je ne faridondain' pas !

Ce dernier verbe est peut-être un peu risqué, mais l'Académie ne voit que ce qu'elle veut voir.

Dernier exemple de la poésie de M. Labiche :

Malgré ses regrets,
Vrai, si je l'osais,
Je ferais des frais
Et l'embrasserais.
Il a tant d'attraits
Que pour lui j'irais
Jusqu'au Kamchatka,
Ou plus loin que ça.

Leconte de Lisle et Sully-Prudhomme doivent être fiers d'avoir ce rêveur pour collègue.

*
* *

L'Académie, que la Convention avait supprimée, se trouve menacée de nouveau. Elle n'a rien à craindre cependant du gouvernement actuel, ni peut-être du suivant; mais je ne donnerais pas dix centimes de ses chances de se maintenir sous le troisième cabinet à venir. L'Académie ressemble trop à une seconde chapelle expiatoire. Il n'y a, d'ailleurs, rien de fatigant comme l'immuable.

Pourquoi ces bipèdes palmés sont-ils quarante ?
Et pourquoi ne sont-ils que quarante ?

Tout a changé, tout s'est agrandi ; Paris est dix fois ce qu'il était quand Richelieu souffla à Louis XIII l'idée de préparer un fauteuil pour Ernest Legouvé, et l'Académie reste avec ses quarante. — Chiffre invariable.

On a augmenté le nombre des notaires, des agents de change, des commissaires-priseurs, des avoués et des huissiers. Il y avait à Paris soixante pâtissiers, il y en a maintenant six mille ; on y comptait huit cents carrosses, il y a aujourd'hui cent mille voitures — et toujours quarante académiciens, comme à l'époque où on ne connaissait que douze hommes de lettres et deux cents grands seigneurs.

Un autre cri est venu s'ajouter à tous les cris célèbres que la France a entassés jusqu'ici.

Nous avions :

Les dieux s'en vont !

L'art est dans le marasme...

Les peuples ont les gouvernements qu'ils méritent...

Il est trop tard !

... Dont il a emporté le secret dans la tombe.

Mais où sont les neiges d'antan ?

Le Français né malin...

Nourri dans le sérail...

Il emporte tous nos regrets...

Le recueil était assez compacte. On dit maintenant, chaque fois qu'un homme de talent vient de mourir :

« Il n'était pas de l'Académie ! »

*
* *

Méry — qui rendait volontiers justice à ses contemporains — me disait un jour : « Le dix-septième siècle criait à la décadence du goût et regrettait le seizième ; l'Académie condamnait le *Cid* au
nom d'Aristote ; les quatrains injurieux pleuvaient
sur Racine ; Boileau niait Lafontaine et comparait
Molière à Tabarin. Décadence partout !

» Le dix-huitième siècle s'humiliait à son tour et
appelait son aîné « le grand siècle ». A notre tour,
nous crions à la décadence et nous sommes un
petit siècle en attendant le vingtième qui nous ven-
gera de notre humilité.

» Vivent les morts ! Meurent les vivants ! »
Et Méry ne fut pas de l'Académie.

*
* *

Le jour où le général Boulanger et M. de Lareinty ont essayé de jeter la perturbation dans leur
anatomie, c'est précisément le pistolet du ministre
de la guerre qui a raté. Voilà un accident qui doit
donner à l'étranger une déplorable idée de notre
matériel. Un pistolet officiel, un pistolet destiné à
un haut personnage, un pistolet chargé par un officier d'artillerie, un pistolet qui réunit toutes les
garanties et qui rate comme un discours de Turquet.

A qui la faute ? La poudre était-elle mouillée ;
ou de mauvaise qualité ? La cartouche n'avait-elle

10.

pas été assez enfoncée ? Quoi ? Les orléanistes rap-
pellent avec d'odieux ricanements que le maréchal
Bugeaud n'a point raté Dulong. Ils proclament la
supériorité des pistolets Louis-Philippe. C'est hu-
miliant. La *Gazette de Cologne* n'a pas manqué de
s'écrier : « Les Français se croient prêts, et au premier coup qu'ils veulent tirer, la poudre ne s'al-
lume pas, la balle refuse de sortir ! » On a peut-
être raison de dire que c'est la faute à M. Pasteur.
Le héros des souscriptions publiques a tellement
effrayé les populations avec les bruits calomnieux
qu'il a fait courir sur l'hydrophobie, que les témoins
ont remis à M. Boulanger un pistolet dont le chien
était muselé.

Je n'ai jamais pu passer plus de huit jours à
Londres. Je m'y ennuie comme un homard à
l'Opéra. Tous ces gens qui se sont entendus pour
parler anglais me portent absolument sur les nerfs;
mais si j'avais trouvé dans le royaume de Victoria
les mêmes distractions que sir Charles Dilke, je
n'aurais consenti que difficilement à revenir à
Paris. Voilà un véritable amateur, un Vergoin,
sérieux.

Si jamais le ministre des beaux-arts fonde l'ordre
du *Mérite lubrique*, je demande la croix de commandeur pour Charles Dilke.

Mme Crawford se conduit indignement avec ce
gentleman. Dans l'espoir de se faire une réputation, cette femme n'hésite pas à compromettre un

homme d'État. Quant au capitaine Foster, elle ne
tient pas à l'avouer ; elle le laisse dans l'ombre,
jugeant qu'elle ne peut tirer que peu d'éclat de sa
liaison avec ce militaire.

Il est vraiment heureux pour M. Gounod que,
après Mme Georgina Weldon, il n'ait pas rencontré Mme Crawford. Où en serait-il aujourd'hui ?

Quel que soit le résultat du procès, le sculpteur
Carpeaux est enfoncé. Le groupe de Charles Dilke
fera certainement oublier le groupe de Carpeaux.

*
* *

Et que pensez-vous de ce président, de ce magistrat anglais qui, jugeant une dame anglaise et un
député anglais, qualifie leurs petits exercices
d'*orgies françaises* ? Ce vénérable porte sans doute
une perruque à trois marteaux — usage qui remonte à Georges 1er — mais un simple toupet lui
conviendrait beaucoup mieux. Vous verrez que,
un de ces jours, la perfide Albion va mettre toutes
les révélations de la *Pall Mall Gazette* sur le dos
du duc d'Aumale. Nous n'avons pourtant jamais
prétendu à Paris que chaque fois que le prince de
Galles avait touché ses jetons de présence à l'Académie, il en envoyait le montant à Mlle Léonide
Leblanc.

*
* *

Le romancier S..., qui a essuyé plus de camou-
flets que Turquet, disait avec un profond soupir :

— On me croit insensible à l'outrage, on doute de ma bravoure et on se trompe. Tous les jours après dîner, de huit heures à minuit, je me sens une énergie indomptable. Si je me trouvais alors face à face avec un de ceux qui m'ont insulté, je l'écraserais. Mais voilà le malheur, je suis brave le soir et on se bat le matin...

*
* *

Une indigente se présente hier au fourneau économique de la rue X... Elle exhibe son bon, on lui verse sa soupe.

— Maintenant, dit-elle, voulez-vous m'en donner pour deux sous... j'ai du monde à dîner.

*
* *

La comtesse de N... est restée romanesque, malgré les efforts de la nouvelle école. Quand elle prend un amant, elle exige qu'il lui jure au pied des autels un éternel amour.

C'est ainsi que M. B.... lieutenant de chasseurs, a été traîné à Saint-Philippe-du-Roule, par la mondaine en mal d'amour.

Quoiqu'en civil, le jeune officier était gêné.

— Tu jures de m'aimer toujours ? demandait la comtesse.

— Oui, oui, répondit l'amant heureux, mais je vous en prie, sortons d'ici... le bon Dieu ne me connaît pas, il va me prendre pour un mouchard !

*
* *

A propos des effroyables chaleurs de ces jours derniers, M. de Lanessan racontait que, dans un assez long séjour qu'il fit au Cap, lui et ses compagnons avaient constaté 45 degrés à l'ombre.

— Et comment faisiez-vous ? demanda l'un des auditeurs.

— Nous nous tenions au soleil !

XXII

La tradition. — Le triton Lubomirski.

31 juillet.

Sarcey profite de la fermeture annuelle des théâtres, pour étudier sérieusement le vieux répertoire. Je ne chercherai point noise à ce critique convaincu, mais il me semble aller un peu loin dans les reproches qu'il adiesse à Maubant. Sarcey, quoique partisan respectueux de la tradition, prétend que, si l'on s'en contente, elle ne tardera pas à tuer toute initiative, toute originalité. Exemple : les *Horaces*.

« Sabine, Camille et Julie sont tout occupées du combat qui a été arrêté par les deux armées. On est convenu de s'en rapporter aux dieux. Tout à coup, le vieil Horace survient. Il a appris que ses fils et ses gendres allaient s'entretuer... Il est en proie à une vive inquiétude, il va et vient dans la maison, et, rencontrant ses filles, au regard d'in-

terrogation qu'elles lui jettent : — Ça ne va pas,
mes enfants, vos frères vont se battre ! »

*
* *

Je ne cacherai pas à Sarcey que « ça ne va pas,
mes enfants ! » ressemble beaucoup plus à Villemessant qu'à Corneille. Mais continuons :

« Maubant descend à l'avant scène d'un pas majestueux ; il s'arrête devant Camille, et d'une voix
superbe, avec tout l'appareil de la dignité tragique :

Ma fille, il n'est plus temps de répandre des pleurs ;
Il sied mal d'en verser où l'on voit tant d'honneurs...
De la mort d'un amant vous ne perdez qu'un homme
Dont la mort est aisée à réparer dans Rome.

Etc., etc.

« Essayez pour voir, dit Sarcey, de vous figurer
un vieux colonel dont le fils va se battre dans un
duel à mort... »

Et le critique du *Temps* propose un *modus vi-
vendi* entre la tradition et la vérité courante. Mais
alors il faudrait fournir à l'auteur un texte plus
moderne. Maubant dirait, par exemple :

Ma fille, il n'est plus temps d'humecter ton mouchoir.
Où l'on voit tant de chic, sourire est un devoir.
De la mort d'un amant vous ne perdez qu'un homme
Dont la perte est facile à réparer dans Rome.
En promenant au pas, le soir, dans mon coupé,
Nous lèverons bientôt un gendre plus huppé !

*
* *

Contrairement à l'opinion de Sarcey, je crois qu'il faut respecter rigoureusement la tradition, ou renoncer à jouer la tragédie classique. Imprimer des mouvements et des tonalités modernes aux scènes du vieux répertoire, ce serait chanter *Phèdre* sur l'air : *Un jour, maître corbeau, sur un arbre perché.*

L'essai a été fait — non sans succès — à l'ancien *Divan Lepelletier*. Je ne me rappelle que quelques passages de la *Nouvelle Phèdre*, assez cependant pour donner une idée de la pièce.

THÉSÉE

Sors, tu n'as en ces lieux que par trop outragé
Un père juste et bon, vaillant, en outre âgé.

PHÈDRE

Je respire à la fois l'audace et l'imposture.

ŒNONE

Il fait bon respirer l'air pur de la nature.

PHÈDRE

Ah ! croyez-moi, filons tous les deux vers Argo,
Nous y vivrons heureux en y parlant argo.

THÉSÉE

Que faire ? Que penser ? Mais voici Théramène,
Qu'en ces lieux Jupiter en sa bonté ramène.

Et le célèbre récit était réduit à sa plus simple expression...

11

THÉRAMÈNE

De votre fils, seigneur, voici la triste fin :
Il est mort dévoré par un monstre marin.

*
* *

La solennité des attitudes est une tradition,
aussi bien que la complaisance du spectateur qui
admet que des héros et des femmes de l'antiquité
viennent lui raconter leurs chagrins en vers de
douze pieds. Quand Sarcey aura trouvé un vieux
colonel parlant en vers dans sa famille, je lui don-
nerai raison... sur toute la ligne.

*
* *

Il n'a été bruit, cette semaine, que de la maladie
de l'empereur Guillaume et de la chute du prince
Lubomirski dans un bassin de Ville-d'Avray. Le
roi de Prusse s'affaisse et le roi Lubomirski est
affaissé. Le sceptre de l'Allemagne et celui de l'eau
de mélisse tremblent aux mains de ceux qui ont
reçu la mission de les tenir haut et ferme.

Le grand procès qui a si vivement excité l'opinion s'est dénoué devant le tribunal correctionnel
de Versailles. L'acte d'accusation restera comme
un des documents les plus curieux de l'époque.
Les Boyer-Larivière prennent place à côté des
Rougon-Macquart.

M. Boyer, inventeur de l'eau de mélisse des
Carmes, est mort, il y a quelques années, ce qui
lui a évité bien des déboires.

M. Boyer a laissé une fille, mariée à M. Renouard, dit Larivière, et une femme, mariée plus
tard au prince Lubomirski, dit le bassin.

C'est l'eau de M. Boyer qui devait alimenter le
bassin et Larivière. Un troisième associé fut introduit dans l'affaire, on n'a jamais pu savoir pourquoi. Cet associé se nomme Tardiveau (de mélisse,
sans doute ?), mais, comme il n'est en rien mêlé au
procès, nous laisserons de côté sa mystérieuse personnalité.

*
* *

Si la famille Boyer est embrouillée, ses comptes
le sont aussi, car des difficultés d'intérêt s'étant
élevées entre le gendre et le second mari de la
belle-mère, une scène violente eut lieu, au mois
de février, entre le prince et M. Renouard dans un
bureau d'omnibus. Le prince leva sa canne des
Carmes sur son associé qui, le soir même, lui
envoya des témoins. Avant de consentir à la rencontre, Lubomirski fit chercher dans tout Paris un
décret de la Providence qu'il eût fait coudre dans
son gilet de flanelle, les décrets de la Providence
étant, comme on sait, impénétrables. Mais les
affaires sont nulles et la petite bourse est en va-
cances ; il fut impossible de trouver un décret authentique. Un procès étant pendant, d'ailleurs,
entre les associés, le prince estima qu'il n'y avait
pas lieu d'accorder une réparation par les armes

*
* *

La rencontre eut lieu malgré lui. Le 13 juin, à sept heures du soir, le soleil déclinait à l'horizon, quand le couple princier entra au restaurant des Etangs de Ville-d'Avray pour y casser une croûte.

Par une coïncidence fatale, M. Larivière se trouvait aussi aux Etangs. Ville-d'Avray devait naturellement attirer cette famille aquatique. Lubomirski, tout entier à l'émotion que lui avait procurée la contemplation du buste de Corot, s'avançait à pas lents sous une tonnelle, la princesse lui donnant le bras, en proie à une douce rêverie.

Tous deux respiraient l'air embaumé de la forêt, leurs cœurs battaient à l'unisson. L'hirondelle rasait du bout de son aile la surface des eaux, et partout, sous la ramée, les oiseaux, désireux de se procurer une bonne place pour y passer la nuit, se disputaient les coins comme des Anglais dans un wagon.

— Admirez, disait le prince à son épouse, l'ordre de la nature. Il y avait ici des carpes et des goujons qui semblaient condamnés à une mort certaine si la Providence n'avait eu soin de mettre un étang à leur disposition. Il y avait des merles et des pinsons qui ne savaient où nicher ; Dieu a fait sortir de terre une forêt dans laquelle ils peuvent vivre et perpétuer leur race. Puis, voyant un paysage si réussi, le créateur pensa que les visiteurs ne tarderaient pas à y affluer, et il a inspiré à un restaurateur l'idée d'y vendre des comestibles !

Et tandis que la princesse, aussi sensible au style descriptif qu'à la philosophie chrétienne du Polonais dont elle porte le nom, levait les yeux au

ciel pour affirmer sa gratitude envers Celui de qui
tout dépend, Renouard, dit Larivière, assis sous un
bosquet, comme le serpent, avait aperçu son agres-
seur du bureau d'omnibus. Il bondit, et, se plaçant
devant le second mari de sa belle-mère :

— Prétendez-vous toujours, s'écria-t-il d'une
voix terrible, toucher sans délai les sommes provenant de l'actif de l'année écoulée ?

— Ne répondez pas, monseigneur, dit la princesse.

Mais l'ex-page de l'empereur de Russie avait
pâli. Ses traits étaient contractés par la colère, ses
sourcils se fronçaient, ses yeux lançaient des
éclairs. Tout décelait une tempête intérieure et
faisait prévoir je ne sais quoi de terrible.

— Pas de scène ici, murmura-t-il enfin.

Mais Renouard, dit Larivière, devait être sourd à
la voix de la raison. Il se précipita sur le prince,
et, le saisissant par le collet d'une jaquette payée
sur les bénéfices de 1884, il le poussa violemment
et le fit tomber à la renverse dans le bassin du restaurant.

*
* *

Ce fut un indicible tohu-bohu. Tous les dîneurs
quittèrent leur place pour contempler cette scène
de natation.

— L'eau est-elle bonne ? demanda un assistant.

Le prince, qui perd rarement son sang-froid,
répondit par un bon conseil :

—Si vous ne voulez pas être mouillés, ne jouez pas avec Larivière.

Et il se dirigea vers la cuisine, où on le mit à sécher.

Le dénouement est connu. L'irascible Renouard a été condamné à 100 francs d'amende (à prendre sur les bénéfices de 1887) et Lubomirski écrit sur cet incident un drame en cinq actes qui sera inti. tulé : *Une tempête dans un verre d'eau... de mélisse !*

XXIII

7 août 1886.

Depuis qu'il est parvenu au grade d'expulsé, le
duc d'Aumale utilise ses loisirs en collectionnant
toutes les lettres qu'il a reçues depuis trente
ans.

Le général qu'Abd-el-Kader a poussé à l'Académie se console difficilement de la perte de ses jetons
de présence. Il comptait, d'autre part, sur le produit de la vente de ses chiens pour acheter un château en Belgique, sans toucher aux dix-sept millions qu'il a reçus de trop au moment où la France
payait l'indemnité aux Prussiens, et sa meute s'est
vendue à des prix dérisoires. On avait pour vingt-
cinq francs un chien d'arrêt de la branche aînée,
et pour dix francs un chien courant de la branche
cadette. Les gens du pays disent tout bas que les
charcutiers de l'Oise ont beaucoup nui à la vente;
ces industriels ne pardonnent pas à l'Altesse

Royale son parti-pris de ne jamais recourir à leur ministère pour attacher sa meute.

*
* *

Ayant classé toutes les lettres qui lui ont été adressées par des officiers placés sous ses ordres, le duc sonna Limbourg.

— Je tiens une partie de l'armée, lui dit l'auteur et l'héritier du prince de Condé. Voici de petits papiers que vous allez faire autographier rapidement et au plus juste prix, après quoi vous les vendrez aux journaux restés fidèles. C'est ainsi que je me venge, tout en réalisant un petit bénéfice.

— Oui, monseigneur, répondit l'ex-préfet.

Limbourg jeta les yeux sur les lettres qu'il tenait à la main et balbutia : Je crois que Votre Altesse se trompe…

— Comment cela ? Ce sont les lettres que m'adressait le colonel Boulanger quand la confiance de la République m'avait valu un commandement.

— Non, monseigneur, se sont les lettres que Louis-Philippe, votre illustre père, si apprécié de M. le comte de Chambord, écrivait à Charles X pour l'assurer de sa reconnaissance et de son dévouement. Voyez plutôt.

Et le duc d'Aumale lut :

« Je me ferai mettre en pièces plutôt que de me laisser mettre la couronne sur la tête…

» J'ignore jusqu'à quel point ces gens-là pourront user de violence à mon égard, mais si, dans cet affreux désordre, il arrivait qu'on m'imposât un titre auquel je n'ai jamais aspiré, que Votre Majesté soit bien persuadée que je ne recevrai toute espèce de pouvoir que temporairement et dans le seul intérêt de notre maison. J'en prends ici l'engagement envers Votre Majesté... »

— En effet, il y a erreur, s'écria le duc aux petits papiers.

— D'autant plus, fit observer Limbourg, que la dernière feuille est l'original du décret d'expulsion des membres de votre auguste famille par M. votre père lui-même.

Et le duc d'Aumale lut la pièce que lui tendait Limbourg :

« Sa Majesté Charles X ayant abdiqué sa couronne, et S. A. Mgr le dauphin ayant également renoncé à ses droits, il est devenu indispensable *qu'ils s'éloignent du territoire français.* »

— Le fait est, dit le duc, que mon auguste père a fait preuve dans cette circonstance d'une énergie qu'on n'a pas retrouvée chez lui le 24 février 1848. Cachez ces papiers de famille, Limbourg, ils nuiraient à la campagne que je vais entreprendre contre le ministre qui m'a traité comme Louis-Philippe traitait Charles X. Boulanger, cependant, n'a pas l'excuse d'être mon proche parent !

*
* *

Si l'on veut être sérieux, on ne trouvera qu'un mot pour qualifier le procédé du duc d'Aumale : c'est une vilaine action, vengeance d'un esprit

11.

mesquin, revanche de petite ville. — Aumale (Seine-Inférieure), 1 900 habitants.

A celui qui a livré des lettres confidentielles, écrites par un subordonné à son supérieur, avec des *formules obligatoires*, tout le monde dira : Ce n'est pas d'un gentilhomme.

Et on se rappelle, malgré soi, que Napoléon III avait refusé de rendre publique une lettre de M. Guizot l'assurant de sa reconnaissance, et peu de temps après, le traînant dans la boue et dans la *Revue des Deux-Mondes*.

Il n'y a rien de surprenant à ce que le colonel Boulanger ait écrit les fameuses lettres. En appelant le duc d'Aumale « Monseigneur », il lui donnait le nom d'*une pince*.

Jamais allusion ne fut mieux en situation. On n'a pas oublié les nombreux procès intentés par cette rapace famille d'Orléans aux malheureux qui ramassaient du bois mort dans les forêts où s'étaient embusqués les descendants de Louis-Philippe.

Quand les gardes forestiers leur demandaient : Pourquoi prenez vous ces fagots ? — Les pauvres diables auraient eu le droit de répondre : « Nous nous remboursons ! »

On a cruellement reproché à Cora Pearl d'avoir inséré dans ses *Mémoires* quelques lettres du

prince Jérôme. Cora n'était qu'une fille, une pauvre abandonnée qui crevait de faim. Elle a vendu
ces lettres pour un morceau de pain. Cora, d'ailleurs, n'était pas la fille de Louis-Philippe ; rien ne
le prouve, du moins, et si elle avait quelques gouttes de sang royal, ce n'est pas dans ses veines
qu'il eût fallu les chercher. Le duc d'Aumale n'a
pas les mêmes motifs que Cora Pearl à faire valoir.
Puis, sous prétexte qu'il est prince, le duc, pas plus
que son neveu, M. de Chartres, ne rend raison de
ses offenses.

Cette dernière équipée du duc d'Aumale (1 900
habitants) donne raison sur tous les points à ceux
qui lui ont retiré un commandement dont il n'usait
que pour compromettre les officiers placés sous
ses ordres. A ce général de la République il fallait
donner de « l'Altesse » et du « Monseigneur », sous
peine de n'être pas lu. Si le colonel Boulanger avait
été placé sous les ordres de Miribel, de Chanzy, de
Saussier, de Lewal, de Billot, il eût écrit simplement : « Mon général... » et tout était dit. Le tort
retombe donc uniquement sur les niais ou les traî-
tres qui ont cru ou fait semblant de croire aux déclarations mensongères de l'académicien Henry
des Aubrais.

Les fêtes du pré Catelan, qui ont été assidûment

suivies par dix-sept personnes, nous ont appris
l'existence de la Société de rapatriement. Cette
société facilite le retour au pays de tous ceux qui,
étant venus chercher du travail à Paris, n'ont trouvé à s'y occuper que dans les attaques nocturnes.
La société remet ces désillusionnés en chemin de
fer et les réexporte vers le clocher natal. Ils n'ont
à justifier que de leur honorabilité, et de leur qualité de Français. Quant à ceux qui ne peuvent pas
justifier de leur honorabilité, on les laisse à Paris.

C'est donc à la Société de rapatriement que nous
devons ce surcroît de filous et de malfaiteurs qui
met la police sur les dents et procure de si mauvaises nuits aux particuliers.

Dans ces conditions, je ne vois pas l'intérêt des
Parisiens à soutenir une société qui trie soigneusement les honnêtes gens pour les éloigner et les
voleurs pour en peupler nos rues, nos squares et
nos arches de ponts.

Pas plus tard qu'hier, un honorable négociant
qui regagnait son domicile à minuit et demie, a été
assailli au coin de la rue Blanche par deux individus
armés, l'un d'un poignard, l'autre d'une lettre de
M. Limbourg.

— Pas un mouvement, pas un geste, dit le plus
grand des deux. Mon camarade va vous fouiller...
Une fois cette formalité accomplie, nous vous
laisserons rentrer tranquillement.

— Qui êtes-vous ? s'écria le négociant terrifié.

— Vous avez devant les yeux, répondit le second
personnage, deux victimes de la Société de rapatriement. Mon ami, qui vous tient en respect, était

avoué à Coutras... Les affaires n'allant pas, il s'est
vu dans l'obligation de lever le pied. Moi, monsieur
j'ai été condammé à trois jours de prison pour
tapage nocturne à Romorantin... C'était à la suite
d'un souper, j'étais lancé et j'ai résisté à l'autorité.
Nous sommes venus à Paris l'un et l'autre dans
l'espoir d'y trouver une petite position. Hélas ! tout
est pris, et cinq cent mille postulants se partagent
le reste. Nous avons demandé à être ramenés chez
nous... Mais la Société de rapatriement ne nous
ayant pas trouvés assez honorables, il nous a bien
fallu nous résoudre à jouer l'emploi de gredins vul-
gaires... Votre montre est en or, il y a sept louis
dans votre porte-monnaie ; avec nos goûts modestes,
nous vivrons quinze jours de ces miettes de votre
aisance. Veuillez nous excuser, il n'y a pas de notre
faute... la Société de rapatriement est seule responsable !

*
* *

Le Marseillais est fier d'un rien, chacun sait ça.
Or, cet hiver, il a neigé une demi-heure dans la
vieille colonie phocéenne.

Un boulevardier de la Cannebière, récemment
arrivé à Paris, tirait vanité de cet événement.

— A Marseille, disait-il, nous avons eu un mètre
de neige !

L'interpellé avec calme :

— En long ?

*

Au café de Suède :

— J'ai rencontré Baron... Depuis qu'il est directeur des Variétés, il est devenu songeur.

— A quoi peut-il bien penser ?

— Dans ce moment, il doit penser à prendre Turquet pour gendre !

* *
*

Entre financiers :

— X... est acquitté !

L'autre laissant tomber ses bras :

— Oui !

— Nous serons obligés de continuer à le saluer...

— C'est vexant.

Le premier :

— Oh ! moi, je l'ai toujours salué *sans plaisir*.

* *
*

M. de B.., a placé des fonds chez un fabricant de
parfumeries qui débite avec force réclame une certaine eau de Jouvence.

Il va sans le dire que le commanditaire pousse
l'affaire de son mieux. — Depuis que je me sers
de cette eau disait-il dernièrement, je suis tellement rajeuni que, sans que j'aie un mot à dire, aux
guichets des chemins de fer, les buralistes ne me
font jamais payer que demi-place !

XXIV

Les Restaurateurs. — L'épître d'un tarin.

14 août 1886.

Sous le pseudonyme de Louis Teste, Machiavel vient de publier un article dans lequel il indique au prince et à ses partisans le devoir nouveau qui leur est créé par les circonstances. Il ne s'agit point pour le prétendant de fumer tranquillement son cigare sur le boulevard de l'exil ; il doit, sans perdre une minute, s'occuper de corrompre les fonctionnaires français, les officiers supérieurs, tout ce qui peut peser d'un poids quelconque sur le corps électoral et forcer le pays à faire *machine arrière*. Louis Teste connaît les hommes. Quand tout le monde sera corrompu, la monarchie se trouvera naturellement faite.

L'évaluation des personnages à acquérir à Paris et dans les départements a été faite par un homme compétent, déjà mis à l'épreuve. Un général de division est estimé deux cent mille francs ; un général de brigade, cent mille; un colonel, cinquante mille, avec promesse d'avancement.

Un commissaire de police à Paris recevra vingt-cinq mille francs ; même prix pour le commissaire central des grandes villes de province. Chaque sergent de ville recevra une gratification de cent francs; il n'y aura que quarante-cinq francs par tête de garde républicain. D'après l'estimation générale, c'est le Sénat qui coûtera le plus cher. La magistrature et le clergé sont acquis depuis longtemps. On va s'occuper des chefs d'ateliers et des contremaîtres dans les usines. Le bureau central de corruption siégera à Paris dans les caveaux du Sacré-Cœur; des succursales sont en voie de formation dans les départements.

La liste a été faite des députés et fonctionnaires actuels qui tourneront d'eux-mêmes, une fois le fait accompli. Trop timides pour s'engager avant que le succès ait couronné la conspiration, l'argent qu'on leur distribuerait aujourd'hui serait dépensé en pure perte.

*
* *

Depuis la publication de son programme, Teste-Machiavel est harassé de demandes :

« Monsieur, lui écrit l'un, je me sens les dispositions voulues pour une corruption sérieuse. Dix mille francs comptant et la promesse d'une perception, je suis tout acquis à Sa Majesté. Veuillez le lui faire savoir.

» J'ai l'honneur d'être, etc.

» Vicomte de MALENPIS. »

« Cher monsieur, dit l'autre, vous avez mis le doigt sur la question. Acheter quelques hommes pour commander à tous. Comment Wolseley a-t-il pris Arabi ? Comment Louis-Philippe a-t-il pincé la duchesse de Berry ? Comment le baron X... s'est-il faufilé dans le faubourg Saint-Germain ? La galette, tout est là. Veuillez m'inscrire pour une somme convenable, et je vous réponds d'un quart de mon département. Vive la galette !

» J'ai l'honneur d'être, etc.

» LÉON RAPÉ,
» Ancien sous-préfet. »

* *
*

Un troisième écrit fébrilement :

« La monarchie est faite. Celui qui achètera tous les Français deviendra fatalement leur maître. Il serait bon cependant d'exiger de tous ceux qui vendront leur concours à M. le comte de Paris des billets à ordre, libellés « valeur reçue en espèces », et renouvelables jusqu'au jour de l'avènement. Ce jour-là, les billets seraient détruits. Je n'ai pas besoin de vous dire, monsieur, que je tiens à figurer sur la liste des corrompus. Veuillez m'y donner une bonne place. Mon dévouement sera toujours proportionné à la générosité de mon souverain. Je descends d'une des plus vieilles familles du village Albouy, et mon nom sera du meilleur effet lors de la constitution de la nouvelle cour.

» Veuillez agréer, etc.

» ANATOLE,
» dit la Terreur des Quatre-Chemins. »

En dépouillant toutes ces correspondances, le joyeux Teste ne se sent pas de joie.

— Tout est possible avec de l'argent, a-t-il dit à *Patte-de-Velours*.

Celle-ci a soupiré :

— Excepté de faire repousser des cheveux sur le crâne de ce pauvre Duval !

***

— Il manque toujours quelque chose au comte de Paris, disait M. de L...

— Quoi donc ?

— Ce qui manque à la glû pour prendre les lions.

***

Tous les moyens sont bons pour remplir la caisse noire. Les princes vendent leurs vieux habits au lieu de les laisser à leurs domestiques. Ils tirent parti de tout. Après les chiens, on va vendre la collection d'autographes du duc d'Aumale. Limbourg traite de gré à gré avant de livrer les correspondances au marteau du commissaire-priseur. C'est ainsi qu'un chef de bataillon que je ne nommerai pas (et pour cause), a reçu la communication suivante :

« Monsieur, je suis en possession d'une lettre signée de vous, dans laquelle vous faites valoir auprès du général d'Aumale vos droits au grade d'officier de la Légion d'honneur. Oublieux de toute dignité, vous n'avez pas craint de traiter votre supérieur d'*Altesse royale*. Cette lettre est de nature à briser votre carrière. Or, vous appartenez

à une famille riche; nous le tenons de M. Louis
Teste lui-même. Si vous voulez rentrer en possession de votre autographe, il vous suffira de déposer sous enveloppe une somme de dix mille francs,
au pied du troisième arbre à gauche dans l'allée
des Poteaux, avec cette simple mention : A monsieur le directeur de la Caisse noire, Paris. — A
moins que vous ne préfériez prendre par écrit l'engagement de servir fidèlement les projets de Philippe VII, roi de France et des avares.

» Dans ce cas, votre lettre vous serait restituée
sans autres conditions.

» Limbourg. »

Nota. — Vous avez vingt-quatre heures pour ré-
fléchir. Passé ce délai, votre lettre sera envoyée à
la clicherie générale de la restauration française.

Mais ce n'est pas tout. Un bureau d'intimidation
est en voie de formation dans un quartier inconnu
de Paris. J'en ai eu la preuve par une lettre de pro-
vocation qui m'a été adressée au bureau du journal.

Il est dit :

1° Que je suis un imbécile;

2° Que si j'ai usurpé une certaine notoriété, je la
dois à une méprisable camaraderie;

3° Que le duc d'Aumale est un fort galant homme;

4° Que le général Boulanger est une horrible
canaille;

5º Que j'engraisse à vue d'œil et que je tourne à l'hippopotame...

Quelques autres aménités du même genre sont gracieusement semées dans ce factum évidemment subventionné par la caisse noire. Le tout est signé « Ch. Tarin », — mais le Tarin en question a oublié de mettre son adresse au-dessous de sa signature.

Prudente omission, qui met l'auteur à l'abri d'une paire de giffles, mais qui permet aussi de douter de l'authenticité de la signature.

En ouvrant le *Bottin*, je ne trouve qu'un Tarin, pharmacien, place des Petits-Pères. Ce n'est pas cet honorable chimiste qui est venu mettre sa lettre au bureau de la rue Milton. Puis les pharmaciens sont des gens bien élevés, qui ne cachent pas leur adresse. Ils ont, d'ailleurs, des moyens faciles de se débarrasser de ceux qui leur déplaisent. Un pharmacien à qui on demande de la magnésie ou du sous-nitrate de bismuth, n'a qu'à se tromper de flacon et à livrer une petite dose de strychnine, et le tour est joué.

Ne trouvant pas mon Tarin dans l'*Almanach des cinq cent mille adresses*, j'ai pris le parti de le chercher dans le *Dictionnaire français*, et voici ce que j'y ai trouvé :

Tarin, s. m. — Ornithologie. — Espèce de serin.

Le tarin est toujours en mouvement; il a le bec

effilé. « Il est très facile, dit Buffon, de le façonner à l'exercice de la galère. »

« Galère » est un peu dur, même pour un Tarin qui ne donne pas son adresse ; je laisse à M. de Buffon la responsabilité de son opinion ; et désespérant de trouver mon Tarin, je mets une botte dans une enveloppe de grand format, cachetée à la cire, et je l'adresse : « Au derrière de M. Tarin. » (Domicile inconnu.)

Je compte, pour la faire parvenir, sur l'habileté bien connue de M. le ministre des postes et télégraphes.

Le *pschutt* fait tous les jours de nouveaux ravages. La bonne dit : « Monsieur le porteur d'eau... » Je connais un boucher qui met sur ses cartes « Toréador de bœufs ». Ce matin, la femme de ménage d'un de mes amis frappe à sa porte et lui dit : « Monsieur, il y a là une dame *qui demande l'aumône...* »

Il paraît que le pape se met en république ; il veut faire *ses affaires lui-même*, et se dispose à envoyer un ambassadeur à l'empereur de la Chine, fils du Ciel.

A ce propos, on parle beaucoup de l'influence française dans les pays parcourus par les missionnaires.

Il faut savoir comment certains peuples, encore à l'état naïf, comprennent la religion qu'ils embrassent.

Un missionnaire avait baptisé un nègre. Celui-ci revint le lendemain et dit tristement : — Pas chrétien... toujours noir !

*
* *

Le peintre D... est un mécontent. Acerbe, toujours en colère, il déblatère du matin au soir contre la société, contre le jury de peinture, contre les marchands de tableaux, contre la république, contre la royauté.

Cet homme nerveux s'apprête à déménager. Il abandonne le boulevard Clichy et se transporte avenue Berthier.

— J'espère, lui dit quelqu'un, que vous allez inviter vos amis à pendre la crémaillère ?

D..., mordant sa moustache :

— J'inviterais plutôt la crémaillère à pendre mes amis !

XXV

République Française. 16 ans d'arrêt !

21 août 1886.

Le peuple étant souverain, il est difficile de se prononcer quand, dans une république, il y a insurrection ou guerre civile. Le souverain est divisé. M'abstenant dans le doute, je quittai Paris, vers la fin d'avril 1871, pour n'avoir aucun rôle à prendre dans le conflit ; et, trouvant mon Saint-Sébastien à La Rochelle, la ville la moins passionnée de France, j'y attendis les événements, haletant aux dépêches qui nous arrivaient de Seine-et-Oise.

Quand l'ordre fut rétabli et que commença la curée, je revins tristement à Paris qu'entourait encore un cordon de Prussiens, témoins radieux de la lutte qui venait de se terminer. Le deuxième siège ne leur avait rien coûté. Chaque balle qui trouait une poitrine, d'un côté comme de l'autre, c'était un ennemi de moins pour eux. La victoire

ne laissa pas de traces dans les rues; le sang est
vite lavé. La défaite, au contraire, laissa comme
souvenir des ruines encore fumantes, de façon
qu'on put voir l'œuvre de destruction de ceux qui
avaient renversé les pierres, tandis que l'oubli —
ce cousin du pardon — se trouva tout fait pour
ceux qui avaient broyé les hommes.

Après quelques jours d'orientation, je passais
sur le boulevard des Italiens, quand une voix bien
connue me fit retourner vivement. Cette voix était
celle de Villemessant, fondateur du *Figaro*. Ce
diable d'homme avait jadis changé ma destinée et
renversé tous mes projets. La vocation littéraire
qui, au sortir du collège, m'avait poussé vers la
grande ville, fut à la fois servie et enrayée par cet
entrepreneur de journaux. Mon ambition était de
prendre place parmi les romanciers et les auteurs
dramatiques qui se disputaient la faveur du public. Ees grands hommes d'alors étaient Alexandre
Dumas, Eugène Sue, Frédéric Soulié, puis Méry,
Paul Féval, Léon Gozlan, et, au théâtre, Dennery, Anicet Bourgeois, Dumanoir, Barrière, Rosier...

Je ne rêvais que drames, opéras-comiques et
romans-feuilletons. Le sort de l'homme de lettres
me paraissait suffisamment heureux quand il avait
conquis une célébrité, ou même une notoriété suffisante, pour qu'un libraire imprimât ses livres et
qu'un théâtre jouât ses pièces.

Villemessant changea tout cela. L'argent facile
du journal, la joie de vivre dans les milieux fes-
tonnés de Paris, le sourire reconnaissant de la comédienne applaudie sont des arguments irrésistibles. On se dit :

Il sera temps plus tard, vivons d'abord ! — et,
au lieu de partir pour la postérité, on part pour le
bois de Boulogne.

*
* *

— Avez-vous déjeuné ? demanda Villemessant.

— J'y vais.

— Eh bien ! entrons là et causons.

A peine les serviettes dépliées, Villemessant reprit :

— Vous connaissez sans doute la situation du
Figaro après tant de péripéties. Il reste au journal une clientèle qu'il s'agit d'augmenter. Pour le
moment, les affaires ne sont pas brillantes, mais
je crois que tout se remettra. Vous allez rentrer à
la maison ?...

— Hé ! mon cher, c'est impossible.

— Comment cela, impossible ?

— Les hommes qui arrivent au pouvoir sont mes
amis. Vous savez bien que, depuis 1862, j'ai vécu
journellement avec Gambetta et Laurier. Nous
nous tutoyons comme des camarades de la première heure. Sans être aussi lié avec leurs collaborateurs politiques, j'ai dîné vingt fois chez Cré-
mieux et cinquante fois chez Laurier avec Allain
Targé, Henri Brisson, Challemel-Lacour. Ce sont

12

tous des hommes d'une grande valeur et je les
crois foncièrement honnêtes. Entrer aujourd'hui
au journal qui combat Gambetta et qui attaque
ses amis, ce serait de ma part une véritable
trahison.

— Mais vous n'avez pris aucun engagement avec
eux!

— Sans doute, mais j'ai assisté à leurs conver-
sations intimes, j'ai été le confident de leurs es-
pérances, je connais la sincérité de leurs convic-
tions...

— Eh bien! vous en serez quitte pour ne pas
faire de politique au *Figaro*. Des chroniques, des
articles de genre, des fantaisies, tout ce que vous
voudrez. Vous aviez un fixe de deux mille francs
par mois, je ne puis pas vous les offrir dans ce
moment. Contentez-vous de mille francs pour
commencer, je vous porterai à deux mille dès que
les affaires le permettront, et — vous me connaissez — si « ça marche », je ferai encore mieux que
cela. Vous êtes le plus ancien collaborateur du
journal, vous y êtes comme chez vous, votre place
n'est pas ailleurs.

— Je vous remercie... la proposition est ten-
tante, car je suis revenu avec un billet de cinq
cents francs que j'ai emprunté à mon père, et il ne
m'en reste que quinze louis.

— Eh bien?

— Eh bien! si je lisais dans la colonne voisine
de celle que vous me donneriez, un article injurieux pour Gambetta, qui ce matin est traité de
bandit dans le *Figaro*, ou une attaque contre

Laurier, qui y est traité de voleur, il me serait
impossible de retenir ma colère. L'emprunt Mor-
gan, dont parle votre rédacteur, a été fait par M. de
Germiny, de la Banque de France, beaucoup plus
que par Laurier. Cet emprunt a été réalisé dans
d'excellentes conditions, étant donné l'état désas-
treux de la France envahie, et je sais que ni M. de
Germiny, ni Laurier n'en ont tiré aucun profit.

— C'est possible, grommela Villemessant, quoique invraisemblable. Et il ajouta avec animation :
Qu'est-ce que c'est que la république ? Un gouvernement qu'on proclame tous les seize ans et qui
dure six mois !...

***

On servit le café.

— Vous allez la voir, la république ! reprit le directeur du *Figaro*, un gouvernement de voyous,
l'assaut des places, la curée toute l'année. La devise est bien connue : « Ote-toi de là que je m'y
mette ! » Les hommes que nous attaquons seront
autrement maltraités, à bref délai, par les autres
républicains. Ils se mangeront entre eux. Dès
qu'une bande sera arrivée au pouvoir, une autre
la poussera. Je n'ai qu'une crainte, c'est que le
Figaro, avec ses violences, ne paraisse tiède et
mou à côté des violences des journaux de votre
démocratie. Vos hommes d'État ne pèseront pas
lourd, vous verrez !

Et il ajouta brusquement :

— Je ne vous savais pas si républicain !

— Je ne suis pas républicain, répondis-je, dans le sens étroit du mot; mais j'ai un idéal de justice et de liberté que froissent à chaque instant les institutions dont la République a pris la place. Une société dans laquelle un seul homme peut mourir de faim sans être secouru est encore à l'état sauvage. Travailler quarante ans de ses bras, et se voir repousser comme un chien errant, ce n'est pas un sort suffisant. Il serait aussi logique d'envoyer les invalides du travail chez l'équarrisseur.

Villemessant haussa les épaules.

— Qu'est-ce que la République peut faire à cela? Je ne croirai à l'égalité que quand il y aura du vin de Bordeaux pour tout le monde.

Et comme le moment était venu de nous séparer, mon ex-directeur ajouta en me tendant la main :

— Rappelez-vous que, quoi qu'il arrive, vous serez toujours le bienvenu... Au revoir... nous tuerons le veau gras !

*
* *

Gambetta est mort, Laurier est mort, la République et le *Figaro* vivent toujours.

Les gouvernements qui se sont succédé sous les trois présidences semblent avoir pris leur parti de la perte de l'Alsace et de la Lorraine. Les ministres se sont surtout préoccupés d'aligner des chiffres, de façon à produire à la Chambre un budget présentable qui leur laissât une majorité de compassion.

Quelques-uns ont fait fortune. La plupart des députés seraient bien aises d'avoir leur tour. Et ce ne serait que juste. Tant que Paris se croira la nation, la Bourse sera le cœur du pays.

A l'étranger, on paraît toujours surpris quand la France ne cède pas. Il ne se passe pas de jour sans que nous laissions tomber des miettes, que les autres ramassent. C'est ainsi que, sans autre opposition qu'une lettre de protestation des pêcheurs de Marseille, le peuple français (qui ne s'en doute pas) vient d'accorder aux Italiens le droit de pêche dans les eaux françaises. Les pêcheurs italiens peuvent enlever les coraux, les éponges, tout ce que nous ne pouvons aller chercher chez les autres.

Quand un de nos bateaux-pêcheurs de la Manche s'avance par aventure dans les eaux anglaises, on le traîne au port le plus voisin, où l'amende et la prison attendent les délinquants. Quand un pauvre marinier des côtes de Perpignan se laisse entraîner dans les eaux espagnoles, on lui tire des coups de fusil. Mais nous avions sans doute à témoigner à l'Italie notre reconnaissance pour le soin qu'elle prend d'entrer dans toutes les alliances dirigées contre nous.

*
* *

Dans tous les postes *de confiance*, il y a, en France, quelqu'un qui trahit. On peut s'en convaincre en relisant nos traités de commerce.

D'autre part, tant que le Concordat ne sera pas

12.

déchiré, il faudra bien se conformer aux dispositions qu'il comporte. Personne n'ignore le rôle que
joue le haut clergé dans les élections. Eh bien! ce
sont toujours les candidats de la nonciature qui
l'emportent sur les autres. On nous livre là comme
ailleurs, comme en tout, comme partout. Et, quand
il s'agit de conclure un traité, les cabinets étrangers sont tellement habitués à voir la France leur
céder, que la moindre observation, la moindre
velléité de résistance leur cause une véritable stu-
péfaction. La France ne cédant pas, ce serait du
nouveau!

***

La grosse finance française a fait place à des
agioteurs allemands, prussiens, belges, anglais,
suisses, ce qui a produit une foule de fortunes
fugitives dont le gouvernement n'a rien à tirer.

Quand on discute à la Chambre une question
internationale, j'ai remarqué qu'un bon tiers de
l'assistance ne savait même pas de quoi il s'agissait.

Il y a une amélioration qui s'impose dans le jeu
du suffrage universel. Il faut que le peuple, qui a
le droit de nommer ses représentants, ait aussi le
droit de les révoquer.

... En somme, quand je calcule le chemin parcouru depuis seize ans, je songe avec mélancolie à
Villemessant et à ses prédictions!

XXVI

La police et les assassins. — La vache enragée
et la méthode pastorienne.

28 août 1886.

M. Taylor est en butte aux railleries de la presse
boulevardière qui l'accuse d'avoir organisé la sécurité des assassins. Le fait est qu'un grand
nombre de Parisiens se trouvent chaque jour assis,
dans un café ou dans une brasserie, à côté du
meurtrier de M. Barrême, de l'assassin de Marie
Fellerath ou du ciseleur de la dernière femme
coupée en morceaux. L'un de nous a peut-être dit
d'un ton aimable à l'un de ces expérimentateurs :
— Après vous, le *Journal amusant* !
Ces assassins vivent parmi nous, ils nous cou-
doient. Au restaurant, ils se plaignent que le poulet soit trop dur, et déclarent que le couteau est
impuissant à l'entamer. Le patron s'excuse et
propose de remplacer le poulet par un rosbeef *sai-*

gnant. L'assassin sourit et accepte la substitution.

Etant donné le nombre des gredins qui jouissent d'une si douce impunité, il sera prudent de ne faire qu'à bon escient de nouvelles connaissances, de ne se lier qu'avec des gens dûment présentés ; et si la présentation se fait dans un lieu public, comme le Pavillon de l'Horloge ou la Scala, n'hésitez pas à demander à celui qui vous tend la main :
— Où avez-vous passé la nuit du 28 juillet ?

**
* **

Qui sait ? les noctambules qui ont fracturé la directrice des postes de Beauval et violé le secret des lettres chargées, se promenaient peut-être hier au Jardin de Paris. J'ai vu des gens de mauvaise mine tourner autour de la voiture de la belle Fatma, et j'ai frémi en songeant que l'honneur de la famille Bente-Eny était peut-être menacé. La belle Fatma coupée en morceaux, quel événement ! Paris oublierait du coup Sarah-Bernhardt et le prince Battenberg. La spéculation serait, du reste, excellente, car les morceaux de Fatma se vendraient sans doute à haut prix. A la première nouvelle de cette éventualité, Rothschild s'est inscrit pour la chevelure, Gustave Claudin pour une épaule et Bischoffsheim pour le fémur.

**
* **

Le *Gaulois*, qui s'est distingué dans la campagne

contre le chef de la sûreté, a prétendu que M. Taylor, après une longue course, avait fini par arrêter
un cul-de-jatte.

L'auteur de cette aimable plaisanterie n'a certainement pas lu le procès de Seguineau, exécuté en
1829 dans la Vendée. Un grand nombre d'assassinats avaient jeté la terreur dans le pays. Il ne se
passait pas une semaine sans qu'on découvrît un
cadavre dans un bois ou sur un chemin. Un marchand de bestiaux, un fermier un aubergiste,
avaient été trouvés morts dans un bouquet d'arbres,
à quelque distance de Fontenay. Les plus fins
limiers de l'époque, envoyés de Paris, avaient
perdu leurs peines. Toutes leurs recherches avaient
été inutiles. Le seul peut-être qu'on ne soupçonnait
pas était un mendiant qui se traînait de hameau en
hameau, demandant un morceau de pain sur son
passage.

Nicolas Seguineau n'était pas précisément cul-
de-jatte. Il avait d'un côté un rudiment de jambe
de bois, une simple quille qu'il pouvait appuyer par
terre et l'aidait à marcher avec deux béquilles.

Un jour, peu après le coucher du soleil, un petit
paysan étendu dans l'herbe vit arriver Seguineau
qui regardait avec inquiétude autour de lui. Après
avoir interrogé l'horizon de tous côtés, l'infirme
s'assit au pied d'un arbre. Un fermier des environs
apparut bientôt, pressant le pas comme un homme
qui craint de s'attarder.

A ce moment, Seguineau déboucla les courroies
qui retenaient sa jambe de bois ; il épaula, et le
fermier tomba foudroyé. Le petit paysan se préci-

pita sur l'assassin et lui arracha sa quille qui dissimulait un fusil dont le canon avait été racourci.

***

Il y a une justice à rendre à la police actuelle, c'est que, si elle ne découvre pas les assassins, elle découvre au moins les crimes.

Nous savons à peu de chose près à quoi nous en tenir sur les risques que nous courons, soit dans les rues, soit dans les appartements. Ils sont d'un dixième de chances de mort par habitant. Peu de loteries offrent de si belles conditions.

Si l'on veut bien lire l'*Accusateur public* de Richer-Serizy et le Paris de Peltier, on verra quelle fut, de 1794 à 1880, l'existence des bourgeois de Paris.

« C'est un spectacle épouvantable, écrivait Serizy, de voir à quel degré peut se porter la société humaine. Les crimes sont plus effrayants par leur nombre que par le caractère de férocité qui les distingue. Un enfant de onze ans en égorge un de cinq et porte au tribunal le calme et l'adresse d'un scélérat consommé. Un autre enfant appelle ses camarades pour voir son père qu'on conduit au supplice et l'injurie sur la charrette. Une jeune fille va noyer son enfant de ses propres mains et se rend tranquille à l'Opéra.

» Dans les campagnes, les fermes sont assiégées, pillées, les hommes brûlés, les femmes violées et égorgées. Un père, attaché à un poteau, la tête placée sous le sabre, voit sa fille de onze ans subir les excès de la plus féroce brutalité et mourir dans les bras du cinquième bandit qui s'est emparé d'elle.

» Trois hommes se présentent à la porte d'une maison de la rue du Louvre. — Monsieur y est-il? — Non. — Mais madame y est ? Ils entrent et le mari, quand il revient, trouve sa femme, sa servante et son enfant de trois mois égorgés ! La tête de ce pauvre petit être, dans les mouvements convulsifs de la mort, était restée attachée au sein de sa mère !... »

Au règne de la Terreur avait succédé le Directoire, plus occupé de se conserver lui-même que d'administrer. Gouvernement de théoriciens, bavards, impuissants, ne s'entendant même pas entre eux, abandonnant le pays à tous les hasards pour conserver le pouvoir. Il y a, dans l'histoire des sociétés, des recommencements singuliers.

Sans incriminer les braves gens qui tâchent de mener à bien les affaires du pays, il est permis de constater qu'il y a dans l'administration un relâchement déplorable. Le parquet ne se décide à poursuivre les voleurs que lorsqu'ils manquent absolument de relations. On sait d'ailleurs ce que vaut la citation directe, et quel cas peut en faire une magistrature épurée aux croûtons. L'autorité ne se montre vraiment crâne aujourd'hui que contre les cochers et les filles publiques.

C'est quelque chose sans doute, mais ce n'est vraiment pas assez. La république doit être le plus honnête de tous les gouvernements, puisque les membres en sont pris parmi les citoyens que la

nation elle-même a choisis. Or, le gouvernement
le plus honnête a le droit de se montrer le plus
sévère. Eh bien! c'est le contraire qui arrive. On
dirait que les gouvernants n'ont pas la conscience absolument tranquille et qu'ils cherchent à se
faire pardonner.

Qu'on expulse les princes qui affichent leurs prétentions comme Koning affiche le *Bonheur conjugal*, rien de mieux. Qu'après les princes on expulse
M. Drought, un Anglais qui passe son temps à
faire signer des pétitions dans le département de
l'Oise, c'est parfait. Mais, en dehors de la politique,
Paris fourmille de tire-laines et de coupeurs de
bourse de nationalité étrangère. La police les connaît, elle a leurs dossiers dans les mains. Que ne
les reconduit-on à la frontière? La moitié des vols
et le quart des assassinats est commis en France —
et surtout à Paris — par des étrangers. Rendons
les enfants à leurs mères et les filous à leur pays.
Charbonnier est maître chez soi.

Un détail m'a touché dans l'affaire de M. Drought.
Il est retourné en Angleterre avec sa famille par
Dieppe et Niewhaven, ce qui lui fait une économie
de vingt francs par tête sur les prix du trajet par
Boulogne et Folkestone. Comme on reconnaît l'influence des d'Orléans! Mais que diable le duc
d'Aumale faisait-il d'un ministre protestant à Chantilly? Nous apprendrons un de ces jours que le
comte de Paris voyage avec un rabbin? Le clergé
catholique aurait-il augmenté ses prix?

* *

Une fâcheuse nouvelle est venue troubler une partie de la population. De la butte Montmartre à la rue d'Assas, un frisson a passé sur Paris. On affirmait que M. Pasteur était en train de vacciner la vache enragée dont tant de gens ont vécu jusqu'à ce jour. Cette vache si connue avait été, disait-on, conduite au laboratoire de la rue d'Assas, et le grand entrepreneur de souscriptions avait commencé son traitement.

Si dure, si coriace qu'elle fut, la vache enragée a nourri bien des hommes de génie, peintres, poètes, sculpteurs. Elle descendait directement d'Io, fille d'Inachus et d'Argée, changée en vache à la suite de sa liaison avec Jupiter. Beaucoup de femmes tournent à la vache après un premier amour.

On sait que Junon, pour se venger de la maîtresse de son époux, attacha à ses flancs un taon dont les piqûres incessantes ne lui laissaient aucune trève. C'est alors que Io parcourut, dans une course effrénée, la Grèce, l'Illyrie, le Bosphore, la Scythie, et qu'elle arriva enfin à Paris, en passant par la Belgique. Elle est descendue à la brasserie des Martyrs, où Murger, Privat d'Anglemont, et Fernand Desnoyers lui firent le meilleur accueil. Carjat lui offrit aussitôt son portrait que les passants ont pu admirer dans sa vitrine de la rue Notre-Dame-de-Lorette.

La jeunesse artistique sait par expérience que M. Pasteur ne la guérira point; mais il peut la tuer. Et alors?

**
* *

13

M. Léopold Stapleaux est natif de Bruxelles. Or,
le roi Léopold a depuis longtemps octroyé l'ordre
qui porte son nom à Henri Conscience, à Gustave
Frédérics, à plusieurs autres écrivains de la Flan-
dre ou du Brabant, et Stapleaux, dont la nomina-
tion s'impose, attend vainement son tour. On lui en
veut sans doute de ce qu'il est venu habiter Paris.

Hier soir, le prince Lubomirski prenait sa demi-
tasse dans un café de la place Cadet, à côté de l'auteur de la *Capitaine rouge*. Le prince parcourait
machinalement la *France!*

--Tiens! s'écria-t-il, à l'occasion du centenaire
de Chevreul, le roi des Belges vient de lui envoyer
la croix de commandeur de l'ordre de Léopold.

— A cent ans! murmura Stapleaux.

— Eh bien! répliqua Lubomirski, vous voyez
que vous avez des chances.

XXVII

M. Chevreul et le drysphore. — La troupe du concert tunisien : — FATMA, *grand premier gagne-pain*. LE NAIN
ABDURRAMAN. MADEMOISELLE KRAO. Adieux au prince
Karamoko. — Un jeune anti-social. — Efficacité de l'eau
de Lourdes.

4 septembre 1886.

Les entrepreneurs qui avaient transporté à Paris
un chêne nommé drysphore, dans le but évident de
faire pièce à M. Chevreul, en sont pour leur courte
honte. Le drysphore prétend être antédiluvien. Il
serait donc plus âgé que M. Chevreul qui ne saurait
faire ses preuves jusqu'au déluge, mais le drysphore n'a rien inventé. La bougie ne lui doit rien,
le savon non plus, tandis que M. Chevreul a supprimé la chandelle de suif avec son ignoble mou-
cheron et a fourni aux charbonniers un moyen peu
coûteux de reprendre de loin en loin leur place
parmi les blancs. Le drysphore se passera de la
retraite aux flambeaux, de la représentation de
gala et du discours de M. Frémy.

Ce qu'il y a de fâcheux dans l'éclat donné au centenaire de M. Chevreul, c'est que M. Turquet se propose d'avancer le sien. On ne peut nier que si M. Turquet n'a pas le nombre d'années réglementaires pour composer un siècle, il est déjà centenaire par l'intelligence.

***

Les Parisiens qui vont voir la belle Fatma, le nain Abdurraman et Krao, la petite guenon qui parle anglais comme Maggie Claire, ne se doutent pas de la vie qui est faite à ces phénomènes. Fatma fait vivre douze personnes ; elle est tout le spectacle du Concert tunisien. Que quelqu'un arrive à lui plaire, l'enlève et l'épouse — d'une façon ou d'une autre — et c'en est fait de la recette. On doit comprendre que, dans ces conditions, Fatma est soumise à une surveillance rigoureuse. Vainement des spectateurs idolâtres lui adressent des déclarations, des bouquets, des présents ; rien ne lui parvient. Elle est séparée du reste des humains. Une toile, qui est la muraille de la Chine, dérobe même aux passants la voiture où elle repose. Son sommeil est entouré de gardiens vigilants. Un chef sous sa tente n'est pas aussi bien gardé que Fatma. Arrière, Bischoffsheim ! au loin, Damala ! retirez-vous, Besson ! Les tentateurs ne pénètrent pas dans ce sanctuaire de nègres et de poussahs. Ni l'or ni la beauté ne peuvent rien ici.

A une heure et demie de la nuit, quand il ne reste plus âme qui vive au Jardin de Paris, la belle

Fatma fait sa promenade hygiénique, comme un
prisonnier dans le préau. Elle tourne autour de
l'orchestre muet, et, Juliette sans Roméo, Daxara
sans Abencérage, elle s'asseoit devant le café, ca-
verne de bois, pleine d'ombre, ayant à peine con-
servéle parfum des consommations. C'est là seulement qu'elle peut respirer et prêter une oreille
charmée au murmure de l'eau qui court sur les
planches vertes où M. de Germiny gazouillait
naguère son hymne au créateur.

*   *
*

Le nain Abdurraman a été engagé en Perse par
un entrepreneur. Il est fort bien, ce petit homme,
sous son uniforme de général circassien. Rien de
difforme ; il marche, il court comme une personne
naturelle.

Petits pieds, petites mains, grande barbe et grand
nez. Ce nez a fait rêver bien des blondes vaporeu-
ses, parmi celles qui vont cueillir la rastaquouère
dans les gazons de M. Zidler.

Plus d'une aurait sacrifié le souper de rencontre,
les cinq louis espérés, et même une bague ou un
bracelet pour voir le petit pacha à ses genoux.
Mais il se rit des œillades et des soupirs. Dès le
premier jour, le nain s'est amouraché de la Goulue,
et il a fallu toute l'autorité de son cornac pour l'empêcher d'envoyer des témoins à Valentin le dé-
sossé et un grand nombre d'autres gentilshommes.

Quel Parisien ne s'est arrêté au quadrille dans

lequel le pacha servait de cavalier à la joyeuse
transfuge de l'Elysée-Montmartre ?

Abdurraman rayonnait. De temps en temps, la
Goulue le recouvrait entièrement de ses jupons
comme d'un éteignoir.

Le nain en ressortait aussitôt — je dois le dire
— de façon que la Goulue avait l'air de mettre au
monde un enfant à barbe.

Eh bien ! cet exquis Abdurraman, par un traité
en langue persane, va parcourir toutes les villes du
monde avec deux cent cinquante ou trois cents
francs d'appointements mensuels, alors que l'im-
presario n'exige pas moins de sept ou huit mille
francs des directeurs de cirque et autres entrepreneurs de plaisirs publics.

Evidemment, le tribunal de commerce de Téhé-
ran ne jouirait que d'une mince autorité en Europe,
mais il y a traité et Abdurraman serait fort en peine
de trouver un avocat à Paris.

Il rentrera pauvre en Perse et d'autres se seront
enrichis à ses dépens.

*
* *

Krao m'intéresse moins. On l'a capturée, on
l'exhibe ; et quand on n'en voudra plus, il n'y aura
qu'à la lâcher dans une forêt, sous les tropiques.
Elle y trouvera toujours un époux pour les besoins
de son cœur et des cocos-Duval pour les besoins
de son estomac.

Krao est bien l'intermédiaire entre l'homme
et le singe. Elle confirme la découverte que fit

un matin M. Littré en se regardant dans une
glace.

*
* *

Le prince Diaoulé Karamoko fait ses malles. Ce
nègre, gorgé de cirque et de camp de Châlons, va
retourner au Sénégal, après nous avoir carotté deux
cuirasses. Il redeviendra simple nègre, après avoir
été Parisien pendant quatre semaines. On voit que
si la France est isolée en Europe elle a de solides
alliances en Afrique.

Une chose me surprend et m'afflige, c'est que
Karamoko se soit logé au Grand-Hôtel au lieu de
descendre au jardin d'acclimatation — comme les
autres. Le séjour de ce prétendu prince n'aura offert
qu'une particularité. Il a égorgé lui-même un mouton dans une cave et, tandis que le mouton râlait
son Altesse s'est mis à danser avec un entrain et
un brio que lui eût enviés Mlle Mauri.

Je respecte toutes les religions, celle de Karamoko aussi bien que celle du père Loyson. Si j'a-
vais été invité au saint sacrifice du pré salé, mon
attitude n'eût pas cessé d'être respectueuse. Qu'un
prince des Nouvelles-Hébrides s'avise, un de ces
jours, de nous rendre visite, et que, selon les rites
du culte dans lequel il a pu être élevé par les jésui-
tes de son pays, il descende dans une cave du
Grand-Hôtel pour arracher les yeux, le nez et la
langue d'un des esclaves de sa suite, on trouvera
chez moi le même calme et le même recueillement.
Que tous les Français imitent cette sage conduite,

et nous ne tarderons pas à trouver chez les naturels des archipels australiens, aussi bien que chez
les affamés de la terre de Désolation, les alliances
que nous refusent la Russie, l'Autriche et l'Italie.

Bismarck n'a point vu sans jalousie le prince Karamoko prolonger son séjour à Paris. Il a songé un
instant (c'est un correspondant du *Tintamarre* qui
l'affirme) à le nommer colonel de uhlans. Il n'a été
retenu que par la couleur.

Adieu, Karamoko ! retourne aux rives du Sénégal et peut-être de la Gambie ! Emporte le souvenir de Mlle Fillis et de Franconi, et hâte-toi de former un corps de vingt mille nègres pour les envoyer
au camp de Châlons. Nous en aurons bientôt besoin.

*
* *

Un Italien, nommé Succi, est en train de porter
le dernier coup aux grands restaurants, si cruellement éprouvés déjà par la rareté du numéraire.

Il y a quinze jours que Succi n'a rien absorbé,
que quelques gouttes d'un élixir dont il a le secret.
Succi a déjà beaucoup maigri, et sa peau ne sera
bientôt plus que la reliure de ses os.

Le plus singulier de l'affaire, c'est que Succi, qui
ne prend aucun aliment solide, se purge tous les
jours avec une bouteille d'eau de Jean Huniady,
pharmacien à Belgrade. On se demande quel peut
être l'office de ce purgatif. Où il n'y a rien, Huniady-
Janos perd ses droits. Quel bouleversement dans
la société, si le système Succi venait à prévaloir.

Plus de halles dans les villes, plus de bétail dans les prés. Bouchers, maraîchers, boulangers, charcutiers fermés.

Et pourquoi travailler si l'on n'a plus à se nourrir ? On s'aperçoit que le sort de la société repose absolument sur la « gueule ». Si l'humanité cesse de manger, le travail s'arrête aussitôt sur tous les points. L'agriculture a trop de bras, la navigation devient inutile. Odessa garde ses blés, Buffalo ses porcs. Il n'y a plus rien.

Voyez-vous Paris sans restaurants et sans marchands de vins ? les chemins de fer sans buffets ? les appartements sans cuisine ? On apprend un matin que Brébant s'est pendu et que Marguery s'est brûlé la cervelle.

Le gibier devenu inutile, les garde-chasses sont supprimés. Le poisson pullule dans la mer devenue pestilentielle. Les water-closets sont remplacés par un petit verre que M. Richer, désormais sans employés, va seul récurer tous les trois ans à domicile.

C'est la faim qui est le grand moteur de l'humanité, la seule cause de tous les effets. Salut à toi, saint Gigot ! honneur à toi, sainte Miche !

La parisiennerie n'aura jamais dit son dernier mot. D... cherchait un appartement. Rien de plus facile à trouver puisqu'il y a en ce moment soixante mille locaux à louer entre l'Arc-de-Triomphe et la colonne de la Bastille.

13.

Malheureusement D... est possesseur d'un énorme perroquet qui lui ferme toutes les portes.

Très désireux de louer un pavillon précédé d'un petit parterre, D... s'adresse à la propriétaire, une vieille dame très dévote.

— Monsieur, lui répondit celle-ci, je tolérerai un chien, un chat, mais pas de perroquet.

— Mon Dieu ! madame, dit alors D... j'ai un perroquet, c'est vrai, mais il lui est arrivé un malheur, il est devenu muet à la suite d'une frayeur. Il y a sept ans qu'il n'a pas fait entendre un seul son.

— Est-ce possible ?

— Comme je vous le dis.

D...emménage et laisse son perroquet dans la cave. Le lendemain, il va rendre visite à la dévote.

— Eh bien ! avez-vous entendu quelque chose ?

— Absolument rien.

— Figurez-vous, madame, que j'ai essayé de tous les moyens, j'ai consulté tous les vétérinaires, impossible de rendre la voix à ce pauvre Jacquot. On m'a cependant indiqué un moyen, mais je ne crois guère à son efficacité... C'est de lui faire boire quelques gouttes d'eau de Lourdes.

La dévote ouvrit les oreilles et dit gravement :

— Il ne faut jamais douter de la Providence.

— Eh bien ! continua D..., voici une bouteille qui m'est arrivée hier de Lourdes...je vais essayer.

Et le perroquet, tiré de la cave et rendu à la lumière, bavarde et crie du matin au soir. Si les locataires se plaignent, la pieuse propriétaire fait le signe de la croix et répond :

— C'est Dieu qui l'a voulu !

XXVIII

Balivernes. — Un sonnet de Gérard de Nerval.

11 septembre 1886.

J'ai bien lu qu'un sous-officier de gendarmerie a tué d'un coup de revolver un pauvre jeune homme qui parlait d'amour dans un sentier fleuri ; je sais aussi qu'une orpheline de douze ans est allée demander aide et protection à un commissaire de police, et que, celui-ci l'ayant renvoyée chez sa tante qui exerce la profession de charcutière, l'enfant a été trouvée étranglée le lendemain matin, sur son pauvre petit lit de fer.

Pour qu'elle ait préféré la mort à la vie qui lui était faite, il faut croire que la petite fille ne jouissait pas d'un bonheur incontestable au sein de la charcuterie. Le commissaire de police aurait peut-être bien fait de procéder à une enquête avant de livrer la victime à la débitante de boudin.

Les journaux ne m'ont pas davantage laissé ignorer la fin tragique de la fille Léa, dont la tête a été

exposée au volet de la rue Albouy comme sont ex-
posées en Perse — et ailleurs — les têtes des sup-
pliciés sur la muraille du palais des souverains.

Le souteneur Marius Blanc — ne pouvant vivre
de son nom sans passer à l'état d'anonyme — a suivi
le courant qui pousse notre génération. C'est la manie des expositions qui l'a perdu. Il a exposé la
tête de sa maîtresse.

Cet ensemble de crimes et de désespérances four-
nirait à un candidat humanitaire un canevas facile
à recouvrir de lieux communs ; mais, par le temps
qu'il fait, rien n'est lourd comme une thèse philosophique. Un grand penseur a dit :

> En juin, juillet, août,
> Pas de moules, pas de femmes, pas de choux.

Et puisque les grands magasins ne mettent en
vente que des articles d'été, je me demande pourquoi le chroniqueur ne s'en tiendrait pas aussi aux
balivernes, légers propos et autres fraises au champagne.

Je recommande à MM. les décadents un sonnet
que Gérard de Nerval composa lorsqu'il fut devenu
fou. On n'y comprend rien — et c'est un chef-
d'œuvre.

EL DESCHIDADO

Je suis le ténébreux, le veuf, l'inconsolé.
Le prince d'Aquitaine à la tour abolie.

Ma seule étoile est morte, et mon luth constellé
Porte le *soleil noir* de la Mélancolie,

Dans la nuit du tombeau, toi qui m'as consolé,
Rends-moi le Pausilippe et la mer d'Italie,
La *fleur* qui plaisait tant à mon cœur désolé,
Et la treille où le pampre à la rose s'allie.

Suis-je Amour ou Phœbus, Lusignan ou Byron ?
Mon front est rouge encor du baiser de la reine :
J'ai rêvé dans la grotte où nage la sirène...

Et j'ai deux fois vainqueur traversé l'Achéron,
Modulant tour à tour sur la lyre d'Orphée,
Les soupirs de la sainte et les cris de la fée !

*
* *

J'ai lu avec peine dans le *Matin* même, une protestation anti-patriotique contre les fumeurs. Les fumeurs paient à l'État un impôt volontaire et considérable. Les gens qui ne fument pas y échappent et font du tort au budget.

En Angleterre, en Allemagne, en Belgique il y a dans chaque train cinq ou six voitures réservées aux fumeurs. En France, c'est à peine si un compartiment porte l'écriteau autorisant le voyageur à allumer son cigare ou sa pipe. Encore cette autorisation manque-t-elle presque toujours dans les trains omnibus.

Les fumeurs composent la majorité de la population. C'est pour les gens qui ne fument pas qu'il devrait y avoir des compartiments réservés. Dans une voiture complète, l'opposition d'un seul voyageur en empêche sept autres de consommer les produits de la régie. Souffrance pour la majorité, perte pour l'Etat. Que les compagnies, entrant une bonne fois dans le mouvement, prennent donc cette sage mesure de placer sur quatre ou cinq voitures un écriteau ainsi conçu : « Ici on ne fume pas », et les fumeurs ne seront plus exposés à être empestés par la mauvaise haleine des gens acariâtres et affligés d'un mauvais estomac.

Vous figurez-vous un des frères Lebaudy — qui empoisonnent la moitié de Paris par les exhalaisons de leur fabrique d'hydrate de baryte — disant à un voyageur :

— L'odeur du tabac m'incommode, je vous prie d'éteindre votre cigare !

Un peintre de nos amis se rendait dernièrement à Rouen.

Comme il se disposait à allumer une cigarette, un monsieur placé à l'autre bout du compartiment, lui dit sèchement : « Je ne puis supporter la fumée, monsieur. L'odeur du tabac me rend malade. »

Le peintre voulut savoir quel était ce délicat. C'était M. X.., entrepreneur de vidanges.

Le marquis de B... est l'indulgence même. Il a un pardon pour toutes les fautes. Sa nièce, une de nos plus jolies mondaines, est mariée à un de ces gentilshommes qui montent à cheval, chassent et

jouent le bésigue japonais jusqu'à quatre heures
du matin. Cette nièce, qui fait partie du groupe
cher à Violette et à Patte-de-Velours, a fait beaucoup parler d'elle, On la voit à toutes les courses,
et si son canapé écrivait ses mémoires, il en dirait
long sur les fantaisies de sa belle maîtresse.

Le mari, si débonnaire qu'il soit, a fini par se
lasser ; mais avant d'ouvrir une instance en divorce
il est venu déposer ses plaintes chez le marquis.

— Qu'a donc fait ma nièce? demanda celui-ci.

— Demandez-moi plutôt ce qu'elle n'a pas fait ?
s'écria le mari. Dès qu'un homme lui plaît, elle n'y
va pas par quatre chemins...

— Eh bien ! fit le marquis d'un air épanoui, c'est
tout le caractère de la grande Catherine.

*
* *

Après les courses de Trouville-Deauville, Mme
de***, une des grandes dames que Buridan connaissait si bien, s'est trouvée devoir une somme de
30 000 francs à un simple bookmaker, un Robinson ou un Arthur quelconque.

Mme de*** déclara ne pouvoir payer.

L'Anglais alla porter sa réclamation au mari.

Celui-ci répondit simplement :

— Mes dépenses dépassent mes revenus. Les
fermages ne rentrent pas, je dois à tous mes fournisseurs et je ne puis régler une dette de ce genre.

Le bookmaker fit du bruit ; on le mit à la porte.
Mais les Anglais sont tenaces. Celui-ci avait remarqué parmi les cavaliers servants de Mme de *** un

banquier russe, quelque peu parent des Rothschild.

— Monsieur, lui dit-il, Mme de*** me doit 30 000 francs de paris de courses.

— Cela n'a rien d'étonnant, fit observer le financier.

— Eh bien! dans l'enceinte du pesage, à Longchamps, à Auteuil, partout, c'est vous qui portez tantôt son manteau, tantôt son ombrelle... Vous devez me payer.

— Et pourquoi paierais-je une dette de Mme de***?

— Quand on porte le manteau d'une dame, on doit payer pour elle.

— Voici du nouveau, par exemple!

— Et si vous ne me payez pas, partout où je vous rencontrerai avec son manteau sur le bras... je ferai du potin!

Voilà pourquoi on ne voit plus l'aimable Russe attaché au pas de Mme de***. Et quand celle-ci s'adresse à un copurchic de ses relations, en disant : du Moustiers! Valgalant! ou... Meyer!... ayez donc l'obligeance de tenir mon manteau quelques minutes, le gentleman prend un prétexte et se disperse subitement.

*
* *

Les histoires de sourds sont bien usées; il ne faut cependant pas les laisser perdre. Dernièrement, après un dîner chez Alfred Stevens, un peintre anglais raconta une aventure des plus bouffonnes.

Le baron de H..., qui est tellement sourd que son valet de chambre lui répond sur une ardoise,

voyait tout le monde rire, et, pour dissimuler son
infirmité, il se tordait plus que les autres et se-
couait la tête comme pour dire : Elle est bien bonne !

Quand tout fut rentré dans le silence, le baron,
désireux de se distinguer, fit un geste réclamant
le silence et dit : — Je connais aussi une histoire
excessivement drôle...

Et il raconta la même.

*
* *

Dans un *Petit précis d'histoire naturelle* récemment présenté au ministère de l'instruction publique pour les écoles primaires :

« La tortue est une tête de veau recouverte d'é-
caille. »

Informations prises, on sut que l'auteur était un
ancien cuisinier.

*
* *

Il y avait réunion dans le salon d'un hôtel à
Évian. Un des assistants ayant tenu des propos un
peu légers, les dames se levèrent et sortirent.

— Eh bien ! toutes les dames nous quittent ! dit
quelqu'un.

Le narrateur vexé, s'écria :

— On a peut-être joué le ranz dans les environs !

*
* *

On conseillait à la duchesse de C..., dont l'austérité est connue, de prendre pour médecin le jeune docteur Z...

— Il n'est pas assez sérieux, répondit-elle.

— Je vous assure, interrompit la baronne de C..., une blonde fort évaporée, que c'est un excellent médecin.

— Peut-être, riposta la duchesse, mais c'est un de ces médecins qui vous font déshabiller pour vous tâter le pouls...

*
* *

M. L..., habitué d'un des grands restaurants du boulevard, avait donné rendez-vous à sa femme à sept heures et demie.

Celle-ci, en attendant l'heure fixée, faisait une petite promenade en regardant les magasins, et pour éviter le côté pair fréquenté par la catégorie de jeunes personnes qu'on a surnommées les *où dînerais-je?* elle avait pris l'autre côté du boulevard.

Quand le mari arriva, il demanda au maître d'hôtel :

— Vous n'avez pas vu madame?

— Si, monsieur, répondit le fonctionnaire en serviette, elle fait l'autre trottoir.

XXIX

Liberté et Libertés. — Les exploiteurs.

18 septembre 1886.

Donner la liberté aux Français est une mesure équivalant à autoriser la Vénus de Milo à se mettre les doigts dans le nez. Avec la liberté il faudrait fournir le moyen de s'en servir. Sous prétexte d'indépendance personnelle, les particuliers se plaisent à annuler l'œuvre des législateurs. Il y a relâchement du lien social ; chacun prend des libertés et la liberté proprement dite reste lettre morte.

On a longtemps protesté contre les fantaisies des aboyeurs de journaux, mais le procureur de la République et le préfet de police se prétendent désarmés ; si bien que, ces jours-ci, de prétendus colporteurs criaient sur les boulevards : « Demandez les cascades de Mme Boulanger ! cinq centimes ! » Mme Boulanger est une honnête femme qui n'a jamais fait parler d'elle, et on la colporte comme une simple Sarah Bernhardt, uniquement parce que

son mari est ministre de la guerre. Je sais bien que
l'image vendue 5 centimes est inoffensive par elle-
même : il s'agit de trouver dans le dessin le profil
d'une femme, comme il s'agissait naguère de trouver le Bulgare dans le branchage d'un arbre, mais
le cri des vendeurs est la plus abominable des diffamations.

* *
*

C'est aussi au nom de la liberté du colportage
qu'on vend depuis six ans le *premier numéro* du
même journal qui « vient de paraître » ; qu'on débite à 50 centimes au lieu de 6 francs un prétendu
roman dont l'acquéreur ne trouve que la première
partie dans le volume qu'il a payé. S'il veut la
2ᵉ partie, il doit ajouter six francs chez le prochain
libraire.

* *
*

C'est sans doute au nom de la liberté que la moitié des débits de tabac sont fermés le dimanche ; il
faut parcourir cinq ou six rues avant de trouver
des cigares à acheter. C'est au nom de la liberté
qu'il est presque impossible de se procurer des
timbres de quittance ; personne n'en tient.

Chaque gare donne asile à un dépôt de tabac et
à un bureau de librairie, mais les dimanches et fêtes les volets sont fermés. Le voyageur qui comptait
faire des provisions à la gare est obligé d'attendre
le prochain buffet. Il s'introduit dans les mœurs

une indépendance qui est la plus grave atteinte à
la liberté de tous. Le mandat n'existe plus. Le jour
est proche peut-être où les sergents de ville remet-
tront du samedi soir au lundi matin leur interven-
tion dans les rixes, assassinats et bris de clôture.

Pourquoi ne seraient-ils pas libres comme les
autres?

***

Avec cela, on voit surgir tous les jours de nouveaux courants d'idées fausses; le mensonge a des
facettes nouvelles. On a appris avec surprise qu'un
marchand de vins demandait sérieusement au ministre du commerce la fondation d'un nouvel ordre,
le *Mérite falsificateur*. Les restaurateurs, frappés
de la décadence de la cuisine, cherchent à exciter
la curiosité, faute de pouvoir aiguiser l'appétit. Le
consommateur lit sur une carte : « Raie au beurre
du Congo. » (C'est du beurre noir, il n'y a que le
noir de changé.) — « Œufs à la Christophe Colomb. »
(Ce sont des œufs à la coque dont on a cassé le bout
avant de les servir.) Enfin j'ai trouvé hier sur la
carte d'un grand restaurant, un plat décoré d'un
nom bien fait pour épater le client : « Foie de veau
à la Prométhée ! »

Mais Prométhée... et tenir sont deux; le foie était
plus saignant que de coutume, voilà toute la nou-
veauté.

***

Il n'y a pas un Parisien qui n'ait reçu de son

serrurier ou de son tapissier une note de trois pages pour un ouvrage qui a coûté une demi-heure de travail. Exemple : il s'agissait d'enlever une vieille serrure et d'en poser une neuve.

Vous recevez un poème en prose ainsi conçu :

« Note des travaux exécutés pour le compte de M. X... »

	Fr. c.
Enlevé une serrure avariée	1 50
Déposé ladite serrure sur une chaise. .	0 20
Approché la serrure neuve.	0 50
Limé les coins pour adaptation. . . .	1 50
Essayé les vis	0 75
Posé lesdites.	1 50
Fourni la serrure neuve.	6 25
Donné un coup de poli à la clé. . . .	0 50
Esssayé le jeu.	0 30
Avoir dit : C'est fini.	0 25
Un aide.	2 00
	15 25

(L'aide est un gamin qui a porté le marteau.)

Eh bien ! quelques propriétaires commencent à appliquer ce système aux appartements à louer.

Deuxième étage, rue Caumartin, n°...:

Antichambre. . . . . Fr.	100
Un salon.	400
Salle à manger.	300
Grande chambre à coucher.	400
Autre plus petite.	300
Cabinet de toilette.	100
Cabinet noir.	30

Cuisine.	125
Deux chambres de domestiques à 150 francs l'une.	300
Water-closet	50
Une cave au bois.	80
Une cave à vins.	100
Balcon.	150
Placard dans la petite chambre. . . .	20
Placard dans la salle à manger. . . .	50
Jour sur l'escalier.	15
Evier.	10
Plomb à vider les eaux.	10

J'omets certainement quelques détails, mais on peut, par ce simple tableau, se faire une idée des complications que nous promet l'avenir.

*
**

Il faut lutter, lutter par tous les moyens contre les tendances despotiques de la société contemporaine, contre les tyrannies de la liberté.

Un de nos amis a trouvé le moyen d'aller faire un tour en voiture aux Champs-Elysées sans s'exposer aux rebuffades du cocher. Cet ami a pris le numéro de la maison devant laquelle se trouve, avant d'arriver à l'Arc-de-Triomphe, le dernier séminaire en fonte où la sagacité de l'administration a ménagé trois places aux passants. C'est le numéro 146.

Quand l'ami veut prendre l'air avant dîner, il hèle un cocher et lui dit :

— 146, avenue des Champs-Elysées.

Le cocher l'y mène, tout en ayant l'air de trouver que c'est un peu loin.

Arrivé là, le Parisien descend, s'insinue dans la galerie de fonte, y séjourne le temps nécessaire, puis ressortant d'un air satisfait : — Cocher, boulevard des Italiens !

— Volé ! murmure le Collignon qui fouette son cheval et revient au galop.

*
* *

Un malin du même genre, le fameux Ernest, a coupé court aux *tapeurs* de toutes catégories et tire tout son luxe de l'argent qu'il ne prête pas. Comme tous les Parisiens d'un certain monde, Ernest a eu le billet de banque facile pendant les premiers temps, puis le louis pendant quelques années; mais, après vingt ans de boulevard, on s'aperçoit qu'on a distribué pour vingt-cinq mille francs de louis à des gens qui ne vous connaissent même plus — et on ferme le gousset à double tour.

Ernest utilise ses refus et les fait tourner à sa satisfaction personnelle. Il reçoit encore assez souvent de petits billets au crayon apportés par un commissionnaire *qui attend la réponse.*

« Cher monsieur, une tuile me tombe sur la tête. Pourriez-vous disposer de deux louis en ma faveur ? etc. »

Ou encore :

« Vous serez sans doute étonné de mon indiscrétion, mais, par cette saison de déplacements, je ne trouve que vous, monsieur, à qui puisse s'adres-

ser sans crainte de refus un gentleman dans l'embarras. Je suis attendu à Saint-Germain et il me
manque les vingt-cinq francs nécessaires pour
prendre le train et dîner décemment, etc. »

Les formules varient, la conclusion est inoxy-
dable.

Ernest ne répond que par le silence, puis il tire
gravement de son tiroir la somme que son refus a
sauvée d'un désastre certain, et il la consacre à de
petites fêtes. On le voit au Bois en grande remise,
à Saint-Cloud avec une vertu des Menus-Plaisirs.

Il appelle cela « manger l'emprunt ».

* *
*

Tout l'Hippodrome a connu le vicomte de J...,
une sorte de La Palférine, qui s'intitulait lui-
même « un pauvre paysan de la commune du boulevard des Capucines ».

Rasé comme un ponton, pouvant retourner ses
poches sans qu'il en tombât autre chose que quelques bribes de tabac à fumer, le vicomte a fait une
fin de Polonais. Il a trouvé une Anglaise de haute
maturité, mais deux fois millionnaire, qui l'a
épousé à l'autel continental.

— Mon cher, disait le vicomte à un de ses amis,
cette femme est un ange. Elle a vu que je noyais
mes chagrins dans les spiritueux, et, irritée de voir
un gentilhomme accompli se griser du matin au
soir, elle m'a épousé pour me guérir de cette funeste
habitude. Elle me fait de la morale du matin au
soir et diminue peu à peu mes rations.

14

Six mois après, le même ami rencontre le vicomte.

— Eh bien! demande-t-il, es-tu heureux avec ton Anglaise ?

— Complètement heureux, c'est une créature angélique que Dieu a placée sur ma route !

— Et tu es guéri ?

— Non... c'est elle qui boit.

*
* *

Z... est un tout petit homme qui porte dans l'œil gauche un immense monocle.

— Je crains toujours, a dit Gondinet, qu'il passe à travers son lorgnon !

*
* *

Mlle X..., une prima dona d'opérette, a trop aimé, trop soupé, trop traîné. Elle est fatiguée comme le chapeau de M. de Pontmartin.

Encore passable sous le fard et à la lumière de la rampe, elle est fanée, ridée, farineuse sous l'éclat du soleil.

— Elle a eu le premier prix de chant au Conservatoire, disait l'un de ses partisans.

— Et maintenant, fit un autre, elle aurait le premier prix de pellicules !

*
* *

On veut marier le jeune Léon de S...

La demoiselle est jolie, mais, comme l'héroïne

de la chanson, elle a un œil qui dit : Je vais à la campagne...

— Voyons, décidez-vous, disait un parent au jeune homme qui hésitait.

— J'essaie de m'habituer, répondit le futur incertain. Cette jeune personne est distinguée, élégante, mais elle louche horriblement.

— Quelle erreur ! reprit le parent. Vous ne lisez donc pas les journaux ? « Tout le monde a un regard tourné vers l'Orient... »

XXX

Le temple de Thémis. — Dix-neuf mille affaires pendantes.
Un fond de bêtise. — Un chinois interwiewé.

25 septembre 1886.

On s'irrite volontiers quand on songe à beaucoup
de bonnes choses que n'a pas accomplies la République, mais on se calme quand on voit les bonnes
choses qu'elle a faites. Tout en manifestant l'horreur la plus profonde pour les massacres interna-
tionaux connus sous le nom de guerre, elle n'a
pas un instant perdu de vue sa sécurité incessam-
ment menacée ; elle a travaillé sans relâche, elle
s'est fait une nouvelle frontière hérissée de forte-
resses, elle a armé le pays qui est prêt, de façon
qu'elle peut affronter demain avec tranquillité la
guerre — dont elle ne veut pas. Un particulier,
pacifique et doux, va pendant quinze ans à la salle
d'armes pour éviter les affaires, après quoi, si on

14.

l'insulte, il tue son homme. La France en est à ce
point qu'elle peut envisager sans crainte toutes les
éventualités, et, calme dans sa force, attendre en
souriant l'assaut de ses plus redoutables adver-
saires.

*
* *

Il est certain que beaucoup de réformes, sur
lesquelles tous les partis étaient d'accord, sont
restées en suspens. Le premier coup de pioche
devait être donné à l'établissement que M. Dupin
aîné appelait le « temple de Thémis ». Il y a, en
ce moment, *dix-neuf mille* affaires qui attendent
le jour de l'audience. Les écrasés et les mutilés
qui ont réclamé une indemnité sont livrés aux
hommes d'affaires, exploiteurs et usuriers, qui
leur offrent cinq cents francs comptant des dix
mille francs de dommages et intérêts qu'on doit
leur accorder dans cinq ou six ans. Beaucoup tran-
sigent pour ne pas mourir de faim. Des héritages
sont suspendus; les parents mettent leur montre
au mont-de-piété, pendant que l'administrateur
judiciaire s'engraisse de leur fortune. Dix-neuf
mille affaires pendantes ! On n'en sortira jamais.
Et tandis que le palais d'injustice de Paris entasse
les dossiers qu'embellissent les araignées, la province est gratifiée d'une multitude de tribunaux
qui n'ont pas trente affaires à juger par an. Les
magistrats s'y rouillent et les substituts y désap-
prennent à parler. Pourquoi n'établirait-on pas
quelque part, au Trocadéro ou à l'Élysée-Mont-

martre, une succursale du temple de Thémis,
jusqu'à ce que tous les procès accumulés soient
enfin arrivés au dénouement qu'ils comportent?

Ce qui est certain, c'est que les choses ne
peuvent rester en l'état actuel. Cela hurle.

*
* *

Il y a en tout un fond de bêtise qui est comme
un dépôt des contenus précédents. Dans une barrique de vin, cela s'appelle la lie ; dans une rivière
la vase ou le limon. On demande des vidangeurs.

Le fond de bêtise se retrouve dans toutes les
administrations, dans tous les bureaux. Les gref-
fiers la conservent au palais, les tonneliers dans
les caves, M. Turquet aux beaux-arts, les majors
dans les régiments et les tables d'hôte.

Entrez dans un restaurant. Une canette de bière
coûte un franc ; mais si vous voulez la boire en
mangeant, la même est cotée un franc cinquante.
C'est bête.

Les plus mauvais fiacres, ceux que traînent
d'un pas saccadé de vieux chevaux maigres et
ahanants — dont quelques-uns sont déjà morts,
— font spécialement le service des gares. Dernièrement, une de ces voitures a mis deux heures et
quart à se rendre du boulevard Saint-Martin à la
gare de Lyon ; les voyageurs ont manqué le train
— naturellement.

Revenant lundi de la gare d'Orléans, un employé auquel je voudrais bien reprendre les vingt
sous de pourboire que je lui ai octroyés, avait

huché ma malle sur un fiacre à galeries dont les
portières étaient retenues par des cordes. Une car-
casse de cheval, évidemment dépouillée par les
oiseaux de proie, restait attelée par la force de l'habitude. Le cocher donna un coup de fouet à ce
squelette, qui mit péniblement un pied devant
l'autre puis l'autre devant le premier. Il frappait
le pavé avec un mouvement de balancier; ses os
rendaient un bruit d'échalas, et j'arrivai vers la
nuit devant ma porte. Là le squelette tomba pour
ne plus se relever.

— Quel malheur! soupira le cocher, un cheval
que je n'aurais pas donné pour trente francs!

Ces coffres roulants déshonorent une capitale,
on ne voit rien de semblable à Londres ou à
Bruxelles. Enfin, pourquoi les voyageurs, c'est-à-
dire les clients les plus pressés au départ, les plus
fatigués au retour, sont-ils précisément les plus mal
servis? — C'est bête.

*
* *

Ce ne sont là que des détails, mais ces détails,
ces abus, sont à la société ce que la propreté des
ongles est à l'individu. On peut juger du petit au
grand. Ces rosses efflanquées, on les retrouve dans
les ministères, dans les conseils d'État, dans les
douanes, partout. Elles abondent dans le clergé et
pullulent dans la magistrature.

*
* *

Vous êtes-vous arrêté quelquefois à la devanture d'un boulanger pour y contempler une miche? Le pain, ce premier et ce dernier mot de toute société, semble fier de son importance. Il n'a pas cet aspect débonnaire de la miche du paysan. La miche de Paris se donne de grands airs, comme la pièce de cent francs à l'étalage du changeur. Elle attend, elle aussi, le jour où elle sera protégée par un grillage.

Nous avons le Mont-de-Piété, l'Assistance publique, les bureaux de bienfaisance, les hôpitaux, l'outillage administratif et judiciaire, tels que nous les ont légués les régimes renversés. Mais la République a pris des engagements envers le peuple et le moment est venu de les tenir.

Quand on se préoccupe de la situation faite à l'humanité en général, quand on oublie qu'on est Français, Anglais ou Allemand, Russe, Italien ou Belge, et que, étant homme, on pense que rien de ce qui appartient à l'humanité ne doit nous rester indifférent, quand on fait abstraction de sa nationalité pour se déclarer *globiste,* on est frappé de l'impuissance des souverains.

Si les rois, empereurs et autres fabricants de chaînes de sûreté à l'usage des capitalistes, arrivaient à s'entendre, ils pourraient rendre un véritable service à l'humanité par la prise de possession en commun de la planète; mais ces spécialistes, qui ne sont guère qu'une douzaine, se contentent d'échanger tantôt des politesses banales, tantôt des coups de canon, et ne parviennent jamais à se mettre d'accord. Ils s'arrachent les îles, les protectorats et les chevaux, comptent leurs baïonnettes et celles de leurs voisins, après quoi ils rentrent dans leur trône comme des escargots dans leur coquille. Une moitié de la terre attend des habitants. Il y a en Amérique, en Afrique, en Asie, des pays grands comme l'Europe, où il ne pousse que de l'herbe, des ronces et des serpents. Si les douze souverains divisaient la terre par zone que les nations peupleraient en commun et de leur trop-plein, l'homme arriverait à être enfin le maître chez lui. Les animaux nuisibles disparaîtraient de la surface de la planète. « Que les méchants tremblent et que les bons se rassurent ! » deviendrait la devise universelle. La Terre de Feu, la Patagonie, dont le climat est aussi doux que le nôtre, verraient s'élever des fermes et se construire des villes. Cinquante théâtres nouveaux s'offriraient à Sarah Bernhardt et à Coquelin. Zidler lui-même ouvrirait peut-être le *Jardin du centre africain*, — avec miss Ada Blanche et la belle Fatma. On y retrouverait M. Bazin avec le tir oriental et la grosse dame du vestiaire avec ses 140 kilos de chair vivante. — Mais ce n'est là qu'un rêve, les souverains sont impuissants.

*
* *

On a cherché querelle à un rédacteur du *Figaro*, parce qu'il avait publié une conversation qu'il aurait pu avoir avec un ambassadeur de Chine. Je me permettrai de faire observer que dans cette affaire, tous les torts sont du côté de l'ambassadeur.

Le journaliste avait rédigé son article en se réservant d'y faire des modifications qui s'imposeraient après l'entrevue sollicitée. Le marquis Tseng refuse l'entrevue sans aucun motif plausible.

Un nommé Schou trempe une soupe à l'infortuné reporter, et le général Tcheng-Ki-Tong y ajoute le sarcasme et l'ironie. Le *Figaro* avale la soupe au Schou, en se réservant de rattraper la Chine dans une autre occasion.

Le fait n'est pas sans précédent. Quand Alexandre Dumas fit paraître ses *Impressions de voyage*, on l'accusa généralement d'avoir embelli la vérité. Duvert et Lauzane lui empruntèrent le titre de ses récits et en firent l'étiquette d'un vaudeville qu'Arnal a joué deux cents fois. Dans les *Impressions de voyage*, Arnal parcourait la Suisse sous le nom de Gambillard, et tenait un livre — dans le genre du *Journal des Goncourt* — de tous les événements qu'il côtoyait et de toutes les aventures qui auraient pu lui arriver.

Dans la scène IX, Gambillard tire son carnet et écrit : « Aujourd'hui, je me levai de bon matin et j'aperçus le soleil qui en faisait autant de son côté. Cet astre, dont on n'a en France qu'une idée très vague, était entouré de nuages d'opale. Parvenu au sommet le plus élevé de la chaîne des Apennins, je tirai de mon carnier un beefsteackd'ours que j'avais tué la veille... » (*A lui-même.*) Je le tuerai demain parce qu'il faut être exact !

*

J'ai parlé tout à l'heure de miss Ada Blanche, la belle danseuse de corde du jardin de Paris, en ce moment en représentation au grand Cirque international, dirigé par M. Lockhart, à Marseille.

La veille de son départ, miss Ada dînait à la Maison dorée avec quelques amis, parmi lesquels se trouvait un riche seigneur espagnol, M. V..., très connu à Paris.

— Êtes-vous allée à Madrid, Mademoiselle ? demanda l'hidalgo.

— Yes, monsieur.

— Et parlez-vous un peu l'espagnol ?

— Je savais parler quand *je étais* là-bas, mais *j'a oublié*...

— Et parliez-vous couramment ?

— Oh ! yes... *je ai* même joué une pièce en espagnol.

— Et laquelle ?

— Une *pantomime !*

* *
*

X..., peintre médiocre, avait promis 50 0/0 à un petit marchand de tableaux, s'il lui faisait vendre une toile représentant tant bien que mal un paysage normand.

Le marchand lui amena un amateur qui trouva le tableau insignifiant.

Le marchand insista.

— Vous avez tort, dit-il, l'artiste gagne tous les jours, sa réputation grandit et vous pouvez avoir ce paysage pour trois cents francs...

— Cela ne vaut pas trois cents francs, répondit l'amateur.

— Dam ! l'empereur de Russie en a offert deux cent soixante !

XXXI

Amours ancillaires. — La vie à toute vapeur.

2 octobre 1886.

Depuis que le bruit s'est répandu que le duc d'Aumale venait d'épouser sa bonne, il s'est produit dans le parti orléaniste un mouvement qui profite à la morale. Chacun a voulu régulariser sa situation. Le comte Hulot de Lapinval a légitimé deux enfants de sa cuisinière ; M. Beaupertuis, fils du général de ce nom, s'est décidé à conduire à l'autel la fille de son jardinier, Angélique Trouillet. Il y a des départements où les prêtres sont sur les dents. D'autre part, une foule d'ambitions féminines s'est révélée. Institutrices, maîtresses de piano, lingères, femmes de chambre dans les familles ; caissières et demoiselles de magasin, dans le haut commerce, ont hissé la dragée et disent, en boudant, à celui qui leur a planté une épingle dans le cœur : « Il paraît que vous êtes plus fier que le duc d'Aumale. Après l'exemple qu'a donné un prince académicien et général de division, vous devriez faire un petit sacrifice à la conscience de votre pauvre moumoute ! »

Sans s'en douter, et rien que parce qu'il a écouté son cœur, le duc d'Aumale vient de donner un nouveau coup de pioche au vieil édifice. Le plus grand socialiste, c'est le temps.

L'homme s'appartient de moins en moins. L'individu n'est qu'un chiffre dans une fraction, chiffre inutile si le dénominateur lui manque. Chacun cherche son dénominateur.

*
* *

Nous vivons dans des *rapides*. L'excès est devenu une habitude nationale. L'argent est discrédité, l'or soutient son dernier combat. Le *business* des Anglais est dépassé. Le *business* est cette activité du négoce, des affaires et de l'industrie qui nous emporte, nous entraîne, absorbe la vie, la dévore par fraction et nous arrache à nous-mêmes.

Charles Laub affirme qu'il y a dans ce terme une nuance de contrainte, de nécessité, de compulsion; un mélange du devoir à remplir, de l'esclavage à supporter et de l'intérêt personnel à satisfaire. Il faut voir, dès le matin, ce courant et ce contre-courant d'hommes affairés, allant au gain, comme des flèches lancées vers un but, pour savoir quelle machine fait de l'homme pensant notre civilisation si féconde. Il devient rouage, il a un travail mécanique à accomplir. Il est pivot, engrenage, levier, piston. L'heure arrive où il doit jouer, et il joue. Il se fait violence pour accomplir une volonté aveugle, un je ne sais quoi qui est dans l'air et qui remplace la fatalité antique.

Point de contraste. Sur tous les traits, ennui, fatigue et tristesse. Des visages effarés, des poitrines haletantes.

*
* *

Pour les uns, la vie commence à midi, à la Bourse. Pour les autres, à minuit, au cercle. On joue ce qu'on n'a pas; on vit sur les écarts. L'argent acquis de cette façon n'a pas de valeur, on le jette et c'est la prodigalité des dissipateurs qui règle les tarifs. Je me demande comment ceux qui travaillent font pour manger. Avec cela, c'est fête tous les jours. Une société bizarre, composée de descendants des croisés, de souteneurs et de pick-pockets, se transporte journellement sur le turf. Alphonse parie contre Godefroy de Bouillon, Polyte fait une poule avec Renaud de Montauban, et Jack Sheppard est caissier. Paris est rempli de voitures à cinq chevaux qui charrient des gens qui n'ont aucune fortune, qui ne font rien et qui dépensent beaucoup d'argent.

*
* *

Tous les gouvernements de l'Europe favorisent l'agiotage sur les fonds publics.

Du haut en bas de la société, la fraude, l'audace, la malhonnêteté concourent à la victoire. Tous les mensonges, toutes les ruses servent au joueur pour lui assurer la propriété de son gain et en grossir la somme. Le spectacle des richesses qui les entourent et des plaisirs qu'ils envient trouble et enivre ceux qui entrent dans la vie. La société semble organisée pour la propagation des crimes. A voir les heureux du jour, on peut croire à l'impunité. Les fonctionnaires, les juges, les agents n'ont aucun intérêt à ce que la nation soit morale. C'est à qui profitera d'une situation ou d'une influence, pour enrichir ses parents et ses maîtresses. La fin de toute chose sera bientôt la fortune ou le suicide. Non pas la fortune qui est la récompense de longs efforts et d'une louable persévérance dans le travail et dans l'économie, mais la fortune rapide, soudaine. Un gros lot ou un gros coup. C'est cette tendance et ce système qu'ont condamnés les jurés, en acquittant Jules Guesde, Lafargue et Susini.

*
* *

Décachetons une lettre.

« Monsieur, un jeune homme fort perplexe a l'honneur de s'adresser à vous. Agé de trente ans et doué d'un physique agréable, il a, depuis quatre ans, une maîtresse dont il est aimé et qu'il aime comme au premier jour ; mais, peu fortuné, il a beaucoup de peine à tenir la balance égale entre les recettes et les dépenses.

» Dans ces conditions, un excellent mariage lui est offert. La future serait jeune, assez jolie et riche. Le jeune homme doit-il sacrifier son amour à ses

intérêts ou ses intérêts à son amour, ou encore,
conciliant les deux, se marier et garder sa maîtresse?

» X... »

La réponse est facile.

La décision du jeune homme doit être subor-
donnée à ses opinions politiques. S'il est républicain, il sacrifiera sa fortune à son amour. S'il est
bonapartiste, il épousera la demoiselle riche et gar-
dera sa maîtresse en même temps. S'il est orléaniste, il épousera la fille riche, et dès qu'il en aura
eu un enfant qui puisse lui garantir la fortune, il
empoisonnera la mère pour vivre plus tranquillement avec sa maîtresse.

*
* *

Il y a quinze jours, B... a été nommé consul quelque part, au fond de l'Espagne. Il se promenait
hier sur le boulevard. Un journaliste le rencontrant
s'écria : — Comment! vous n'êtes pas à votre
poste?

— Mais... je suis en congé! répondit le nouveau
fonctionnaire.

*
* *

Londres possède un journal qui manque à Paris,
The Ira, moniteur des acrobates. Il s'y trouve des
annonces curieuses :

— Un jeune homm ccomplètement désarticulé

désire contracter un engagement avec une troupe voyageuse.

Cet artiste s'intitule à volonté sur les affiches l'*Homme-Caoutchouc* ou l'*Homme-Serpent*. Il se charge des rôles de singe dans les pantomimes.

— Miss Maggie Violette (barres fixes) est libre de tout engagement jusqu'à Christmas.

— Miss Mohammed et ses chiens savants viennent de rentrer à Londres.

— John Burton et Samuel Perkins, qui ont obtenu un grand succès comme *nègres musicaux*, ont fini leur tournée en Allemagne.

— Un père de famille offre à MM. les directeurs une jeune fille de quatorze ans qui n'a qu'un œil placé au-dessus du nez et une seule oreille placée sur l'épaule.

— Max Kriggs, Ashley place, Buckingham gate, possède une collection de veaux à cinq pattes, un bœuf à trompe et une chèvre à tête humaine. — Prix modérés.

*
* *

Un jeune homme d'une tenue soignée et une jeune femme voilée se promènent dans l'avenue Gabriel. Passe un fiacre ; le couple s'y installe, et le jeune homme dit : Au bois de Boulogne.

Le cocher fait la grimace et se dirige au petit trot vers la place de l'Étoile. A peine arrivé au coin de l'avenue Friedland, le cocher change brusquement d'itinéraire, tourne à droite et revient en ville.

Le jeune homme se penche.

— Ah! ça, cocher, vous ne savez donc pas où est le bois de Boulogne?

— Silence! fait le cocher d'un air mystérieux, et il fouette son cheval à tour de bras.

— Cocher! êtes-vous sourd?

— Taisez-vous, au nom du ciel!

Le cheval prend le galop.

Furieux, le jeune homme crie d'arrêter.

Le cocher arrête au rond-point.

— Faut me pardonner, bourgeois, dit-il en clignant de l'œil. J'ai vu le mari de madame derrière nous... Il avait l'air de nous suivre.

— Comment, mon mari?

— Madame ne me reconnaît pas? Elle a pourtant pris ma voiture plus d'une fois en sortant du théâtre...

— Mais mon mari est à Vichy.

— Alors, c'est quelqu'un qui lui ressemble...

Le jeune homme, profondément ému, donne dix francs au cocher, qui dit à un camarade : — Il me réussit presque toujours, ce coup-là!

*
* *

Un homme est accusé de vol commis, la nuit, avec effraction.

L'avocat. — Oui, messieurs, il a volé, il a volé la nuit, il a volé avec effraction. Avec effraction, parce que telle est la défiance des habitants de cette petite ville qu'ils ont la manie de fermer leurs portes au verrou. Il a volé la nuit, et c'est ce qui

15.

prouve que nous n'avons pas affaire à un de ces criminels endurcis que la société doit tenir à l'écart. Sachant qu'il commettait une action blâmable, il n'a pas voulu la commettre le jour !

*
* *

Un Parisien pur sang, Hector de B... a perdu un oncle à la mode de Bretagne qui lui a laissé un immense château en Sologne (80 chambres à feu). plus 25 000 francs de rente, à la condition qu'il vivrait sur la propriété.

Hector s'ennuyait à vingt francs l'heure, quand il a eu l'heureuse idée de faire de son château un « asile pour les filles séduites et chassées par leurs parents ». Les jeunes pécheresses sont admises ou refusées sur le vu de leur photographie. Il a déjà eu onze admissions. On se promène en bateau, on joue du piano, on danse, Hector ne s'ennuie plus.

*
* *

Un des dompteurs les plus connus des environs de Paris a un grand lion noir qui s'appelle le *Caissier*.

Tous les soirs, le dompteur met sa recette dans un sac, et comme le sac serait fort exposé dans sa voiture ou dans sa baraque, il le dépose au milieu de la cage du lion. Personne ne s'est encore avisé d'y toucher. Il paraît que cette idée a beaucoup fait rire M. Turquet.

XXXII

9 octobre 1886.

Le *Voltaire* a publié un article intitulé: *Nos
gloires militaires*, et qui se déroule chez M. Turquet. Une fois le premier moment d'étonnement
passé, on se rappelle que l'ex-substitut de l'empire,
actuellement sous-secrétaire d'État, s'est fait décerner une médaille de sauvetage sous prétexte que,
pendant la Commune, il aurait sauvé la vie au général Chanzy en le faisant passer pour un vétérinaire attaché à sa personne. Les communards furent
abusés par la vraisemblance, et le général put continuer son voyage et arriver à bon port à Versailles.
Mais ce n'est point de ce brillant fait d'armes qu'a
parlé le *Voltaire*. Il s'agit des tableaux destinés
aux salles d'honneur des régiments. Chaque régi-

ment recevrait un tableau représentant une action d'éclat à rechercher dans sa propre histoire.

M. Berne-Bellecour serait chargé de peindre le 1er régiment du génie à l'attaque de la batterie Gervais, sous Sébastopol;

M. Aimé Morot, le 3e cuirassiers à Reichshoffen;

M. Protais, un épisode des chasseurs à pied en Afrique;

M. Lewis-Brown, le 11e chasseurs à cheval à Hohenlinden, etc.

Il y a, dans cette idée, un encouragement évident à la peinture militaire, mais l'idée de M. Turquet rappelle un peu trop le truc d'Eugéne Chavette qui, ne pouvant obtenir d'une jolie chienne anglaise qu'elle accomplit son devoir de femelle, lui mettait sous les yeux un album de photographies galantes pour lui monter la tête.

N'y a-t-il pas à craindre d'autre part, qu'à notre époque symbolique et décadente, une nouvelle recrue, admirant le fait d'armes exécuté par son régiment, en 1798, ne s'écrie : « Nous ne ferons jamais mieux. Quand un régiment a une si belle page dans son histoire, il est posé pour toujours. Son devoir est de rester tranquille. »

Le *Journal des Goncourts* est montré sévère pour l'ancienne Brasserie des Martyrs qui n'était pas dussi *Mystère de Paris* que le commissaire de police au quartier Saint-Georges a bien voulu le dire. On y trouvait tous les soirs Pierre Dupont, Henri Murger, Gustave Mathieu, Fernand Desnoyers, Laurier, Carjat et beaucoup d'autres braves gens. On y déclamait les vers avec un peu d'emphase peut-être, mais les poètes aiment à faire valoir leur marchandise. La Brasserie des Martyrs servait de déversoir à Dinochau, ce type du marchand de vin de l'ancien régime, pour qui la préparation d'une gibelotte équivalait à une cérémonie du culte.

Il y avait deux frères Dinochau, Edouard et Alfred. La maison faisait un large crédit à la littérature.

Seulement, quand la note arrivait à deux cents francs, Alfred tutoyait le débiteur. A trois cents francs, Edouard le tirait à part et, sous prétexte de le consulter, il prenait son violon et régalait le client de quelques variations sur le *Carnaval de Venise*. C'était un moyen d'intimidation. Tous les huit jours, le débiteur devait écouter un morceau : les *Cloches du Monastère*, la chanson de *Gil Blas* que l'aimable mastroquet râclait avec beaucoup d'énergie. La plupart des clients se saignaient aux quatre veines pour mettre un terme à ce supplice. Edouard, satisfait, remettait le violon dans sa boîte.

Si peu d'auteurs dramatiques s'entendent comme Sardou à mener une intrigue à bonne fin, il n'y en a pas deux qui sachent lancer une pièce comme lui. L'œuvre prochaine de l'auteur des *Pattes de mouche* s'appellera le *Crocodile*, et M. Jules Prével s'est chargé d'apprendre au public que le susdit *Croco-*

dile sera une pièce simple, aimable, gaie, honnête et que *tout le monde* pourra voir. « Mlle Lardinois sans danger y conduira sa fille. »

Ce n'est pas le moment de reprendre une à une les productions de l'aimable auteur du *Caïman;* je me contenterai de relever un détail significatif. Avec le parti pris de ne rien froisser, comptant peut-être même sur l'appui du clergé, Sardou n'admet pas les femmes coupables dans ses pièces. (*Patrie* est une exception.)

Dans *Maison neuve*, Mlle Fargueil va succomber, quand, par malheur ! le séducteur boit un verre de trop, et la marchande de nouveautés reste pure. Même observation pour *Nos intimes :* au moment où Maurice va triompher, Mme Caussade rentre en elle-même, et la faute n'est pas commise. Dans la *Famille Benoiton*, Jeanne n'a eu qu'un tort, celui d'emprunter quelque argent à un voisin de partie. Elle est joueuse, mais non adultère. Sardou en mourrait.

Le théâtre vertueux est certainement pour quelque chose dans la dépopulation de la France. — Et puis, tout est si cher !

*
* *

Au lieu de filer sans bruit, comme le macaroni, son compatriote, le prince Melissano a tiré le canon pour annoncer son départ.

Pour ceux qui rencontraient de loin en loin, au théâtre ou au restaurant, la tête sinistre de cet aventurier, cette fin était depuis longtemps attenduc. Il y a des Italiens qui franchissent les Alpes pour venir gagner en France le pain qui manque chez eux. Les uns creusent nos ports, s'adonnent aux travaux de terrassement ; on les reconnaît sur les remblais de chemins de fer, sur les digues, sur les routes. Les autres travaillent dans les raffineries, dans les carrières. Ils vivent d'un peu de polenta, couchent à dix dans une baraque et envoient tous les dimanches quelque argent au pays. Sans leur trop grande facilité à jouer du couteau, on n ... rait rien à leur dire.

Ce n'est pas du couteau que jouait le prince Melissano. Il avait mieux. Et cette fois comme toujours, les fournisseurs parisiens — ces électeurs de députés républicains ! — ouvrirent le crédit, large et franc au prince lazzarone.

Melissano, qui était arrivé avec six livres dix sous dans sa poche, eut bientôt des voitures, des chevaux, des chanteuses et des réclames dans les *Échos mondains*. Il fut reçu membre de trois grands cercles, dans lesquels son nom fit bientôt enseigne sur la glace.

Il était petit, laid, commun ; ses cheveux de mérinos, plaqués comme des emplâtres, lui donnaient une ressemblance singulière avec le principal personage du groupe en cire qu'expose le pédicure Galipaux. Après quelques mois de bonheur au jeu, le prince commença à vivre sur la confiance des commerçants et sur la défiance des usuriers. Au lieu d'entrer dans une raffinerie et de s'y réhabiliter par le travail, Melissano voulut continuer la haute vie ; mais son voisin de stalle à l'Opéra pouvait suivre

sur son visage tourmenté les angoisses intérieures
qui le dévoraient. J'ai lu, à bord du yacht *Jupiter*,
une lettre dans laquelle Marion de Beauregard
était suppliée de risquer cinquante mille francs
pour sauver l'honneur d'un gentilhomme. Il s'agissait d'une dette de jeu ; l'argent serait rendu à la
fin du mois.

En écrivant ses deux articles sur les *poissons
providentiels* et sur le *grand bas*, Ignotus a donné
lieu de supposer qu'il était au courant de l'aventure.

Hélas ! que j'en ai vu passer des gentilshommes de
cette espèce ! Au temps des grandes noces impé-
riales, quand le café Anglais et la Maison-Dorée
ne fermaient jamais, un maître d'hôtel me disait :
« Une *société* ne dure pas plus de cinq ans. Les vi-
veurs, les *luisants* se succèdent avec une étonnante
rapidité. La dernière bande a fini il y a six mois.

« Le vicomte de Talleyrand est mort après avoir
tout fait pour donner son nom à un enfant qu'on croit
être de Berthelier. La famille s'y est opposée et le
vicomte est mort de chagrin ; il aimait tant cet en-
fant-là ! Le baron d'Auriol n'a pas duré ; on lui a
versé tant de bouteilles de vin dans le cou, qu'il a
fini par attraper une fluxion de poitrine au bordeaux. M. le comte de Z... est sous-chef de gare dans
une petite station du Midi. M. Raoul de M... s'est
engagé ; il est en Afrique. Le marquis de T..., complètement rasé, joue de la trompe de chasse dans

un café-concert à Reims ; il a trois francs par soirée.
Depuis quelques jours la bande de M. de Saint-La-
hire a envahi le grand 16. Ils sont une dizaine qui
vivront deux ou trois ans sur des jeunes gens arrivant de Bretagne et d'Anjou avec leur héritage.
Puis, tout ce monde-là disparaîtra comme ses aî-
nés. Il en viendra d'autres qui feront leurs embarras, jusqu'au jour de la culbute... »

Et le garçon ajoutait : « Sur dix, il y en a deux qui
se tuent, quatre qui meurent d'épuisement, trois qui
vont en prison et un qui se met a travailler et se tire
d'affaire. »

— Et les femmes ? demandai-je.

— Oh ! les femmes, ce sont toujours les mêmes depuis vingt ans !

*
* *

Un homme du monde, qui est en même temps un
homme de talent, le prince Lubomirski, a vu disparaître sans regret son collègue du cercle Impérial. Il pense avec raison que si Paris a perdu un
prince de *Melissano*, il lui reste toujours un prince
en *eau de Mélisse*.

*
* *

Il y a des gens qui plaignent le viveur trahi par
la veine ; m'est avis qu'il vaut mieux plaindre les
fournisseurs auxquels il emporte huit cent mille
francs.

XXXIII

Les déménagements. — Une engeance parisienne. — Le
voyage de Turquet. — L'incident Lajeune-Vilar. — Les
Machabées.

16 octobre 1886.

Heureux temps que celui où deux déménagements équivalaient à un incendie! Il faudrait aujourd'hui deux incendies pour faire l'équivalent
d'un déménagement.

Je suis là au milieu des ruines de ma splendeur
passée, pleurant sur ce qui n'est plus : panneaux
de bibliothèque enfoncés, tableaux troués, cadres
pelés, reliures brisées, boule flétri, serrures sans
clés, pendules sans balanciers. Tel sera désormais
mon triste mobilier! Voltaire en terre cuite n'a
plus que trois doigts, sa plume est réduite à un
manche qui représente à peine le quart d'un cure-
dent; ma jolie dormeuse de Meisen est écornée; la

corniche de ma bibliothèque est posée sur le côté
comme le chapeau d'un pochard. Partout des ruines, des trous béants, des pans de meubles, des
choses qui gîsent. On dirait un coin de l'Herzégo-
vine après le passage d'une bande de Turcs. C'est
pour arriver à ce résultat que j'ai donné cent quatre-vingts francs à une grande Compagnie de déménagements et que j'ai payé 6 fr. 50 par tête les
quatorze envahisseurs, uhlans à pied, qu'elle avait
expédiés chez moi.

*
* *

Je ne sais rien de plus étrange que les soi-disant
sociétés de déménagements à Paris. Leur rôle consiste à vous louer des voitures en vous faisant
payer leurs employés. L'antique pourboire s'est
converti en une somme d'argent généralement fixée
à 5 francs par homme et par jour.

Puis, une fois le pourboire converti en une
somme fixe, les hommes ont démandé à boire tout
de même. Il y a évidemment double emploi, mais
les déménageurs ne se rendent pas à l'évidence.
Le client prend alors un parti désespéré. Aux cinq
francs convenus, il ajoute un franc cinquante de
boisson.

— Parfait, disent les déménageurs, six francs
cinquante sont bons à prendre ; maintenant où est
le vin ?

— Allez le chercher où vous voudrez.

— Pas du tout. Faut donner à boire aux hommes !

Le client déclare qu'après avoir payé deux pour-

boires, il se considère comme libéré. Alors les
hommes s'asseoient sur l'escalier et s'épongent le
front en murmurant : quelle soif !

Des litres ! des litres ! Tel est le cri de guerre du
déménageur. Et il n'y a pas de rançon possible ; et
il veut être payé à la fois en monnaie et en nature.

L'un deux s'était installé dans mon cabinet et
fumait mon tabac dans ma pipe. Un autre avait
mis la main sur une bouteille de cognac avec laquelle il descendait l'escalier quatre à quatre,
comme les ravisseurs de l'institutrice de Lyon.
Pour détourner la surveillance, un d'eux est spécialement chargé des entreprises galantes sur la
bonne ; pendant qu'elle se défend, ses camarades
peuvent se livrer à toutes les familiarités envers
les meubles. Ce cauchemar dure deux ou trois
jours, après lesquels le déménagé, s'il a encore
quelque lueur de raison, peut se rendre compte des
souffrances de Marius dans les marais de Mintur-
nes après la prise de Préneste.

Il y a des menuisiers, des commissionnaires qui
font les déménagements à petites journées avec
une voiture à un cheval ou même une voiture à
bras ; prenez ces braves gens et ne vous adressez
jamais aux entasseurs de bibelots dans les paniers,
aux défonceurs de meubles et de tableaux. Si on
leur donne de l'argent et pas de vin, ils cassent
pour se venger, et si on leur donne du vin, ils cassent parce qu'ils sont ivres.

*
* *

Séchons nos pleurs et cherchons une diversion sur les pas de l'étonnant Turquet, qui fait en ce moment une promenade triomphale dans les départements. En arrivant à Marseille, Turquet a visité la nouvelle cathédrale et s'est longuement arrêté dans le sanctuaire de Notre-Dame-de-la-Garde (la garde impériale sans doute.) Une fois sanctifié, Turquet s'est rendu au lycée où un élève de rhétorique lui a souhaité la bienvenue en lui recommandant la bouille-à-baisse qui est pour rien dans les gargotes qui entourent le vieux port...

> Bouille-à-baisse ! on ressent des extases intimes,
> Quand ce plat n'est coté que quatre-vingts centimes.

Turquet répondit en accordant un jour de congé aux élèves du lycée. Les élèves d'une école laïque ont obtenu la même faveur.

Quel beau sujet de tableau ! On voit déjà la toile dans la vitrine de Haquette : *Turquet distribuant ses faveurs à la jeunesse des départements.*

Dans l'après-midi, Turquet Ier a eu un moment de folie soigneusement dissimulé par son entourage. Il croyait revenir de l'île d'Elbe et voulait marcher sur Paris. « Les troupes m'acclameront »; disait-il en faisant claquer sa langue contre son palais. On parvint enfin à le calmer et dans l'après-midi, après avoir visité la Bourse et le port, il s'embarqua pour le Château d'If. Arrivé là, il eut une nouvelle crise. Il se mit à creuser le mur avec un couteau pour trouver l'abbé Faria.

— Le trésor de l'île ! le trésor de l'île ! hurlait le

sous-secrétaire d'Etat. Il me le faut ! A moi tous
les tableaux de ce monde ! Qu'on les place sur la
cimaise ! A cinquante mille francs le Corot ! A cent
mille francs le Millet ! Portez les sacs chez Turquet Iᵉʳ, le seul et le dernier des Monte-Cristo ! A
moi Mercédès, à moi Haydée !

Et il se roulait sur la grève.

La crise ne dura qu'une trentaine de minutes,
après lesquelles ses compagnons purent le rem-
barquer pour le conduire au musée d'archéologie
du Prado.

On dit l'infortuné Turquet attendu à Lyon et à
Dijon. Pourra-t-il arriver jusque-là !

*
* *

Il y a au château d'If un livre sur lequel les visiteurs peuvent s'inscrire. Turquet y a laissé deux
vers qu'il croit être de lui :

> Me voici donc au château d'If,
> C'est un lieu peu récréatif.
>   Signé : TURQUET,
>   sous-secrétaire d'Etat aux *Bozards*.

*
* *

On connaît l'incident Lajeune-Vilar. Nommé
vice-consul à Fiume, ce personnage s'est vu con-
traint de donner sa démission avant d'avoir pris
possession de son poste. C'était le seul moyen de
couper court aux reproches et aux critiques qu'une

presse déchaînée adressait aux protecteurs du
nouveau fonctionnaire. La *Gazette de France*, l'*Autorité*, *Paris*, avaient pris le vice-consul par les
pieds et s'en servaient pour donner de grands coups
dans le dos à M. le président du conseil. Le président a les reins solides, mais le vice-consul était
brisé. Pourquoi tant de colères ? M. Lajeune-Vilar
a été bonapartiste. Il ne l'est plus, c'est lui qui le
déclare. Ajoutons qu'il n'a aucun intérêt à le rede-
venir.

Ce ne sont pas précisément les républicains qui
l'ont repoussé, ce sont plutôt les bonapartistes qui
l'ont réclamé. M. Lajeune-Vilar a été extradé. Les
bonapartistes marquent leurs hommes comme on
marque le linge. Si l'un d'eux s'égare, ils disent
au blanchisseur : « Cet homme est à nous; voyez
plutôt nos initiales dans le coin. Il ne faut pas
perdre les mouchoirs ! »

*
* *

Ce qu'il y a de véritablement pénible dans la situation de notre démissionnaire, c'est qu'il était
déjà en possession d'un magnifique uniforme,
d'une épée internationale et d'un chapeau à plumes. Déjà il s'était contemplé dans la glace de son
armoire, de face, de profil et de trois-quarts. Et il
s'était plu. Déjà son cœur avait battu à l'idée qu'il
y a de belles filles à Fiume, des Autrichiennes et
des Croates. Résisteraient-elles à ce sourire surmonté d'un tel chapeau à plumes ? Non. Par laquelle commencer ? Toute la question était là.

Et le vice-consul ouvrait un dictionnaire de géographie et savourait la description de Fiume, « L'aspect de la ville, dominée par le château de Tersat, et les îles verdoyantes de l'Adriatique, que l'on découvre dans le lointain à l'horizon, forment le plus riant contraste avec l'horreur des sites sauvages que l'on vient de traverser. Fiume se compose de deux parties, la vieille ville et la nouvelle ville; celle-ci est située près de la mer et présente l'aspect le plus riant..... »

— C'est là que j'irai me fixer, pense le vice-consul en jetant un regard sur son chapeau à plumes.

« Plusieurs édifices remarquables, la belle cathédrale de Saint-Veit, l'hôtel du gouvernement, le couvent des bénédictines. Fiume possède un gymnase (un gymnase sans Koning), et un institut de cadets (toujours ces Coquelin !). L'industrie y est des plus actives; il y existe un moulin à vapeur qui peut moudre trois cents hectolitres d'actionnaires par jour (plus fort que les moulins de Corbeil), des manufactures de cire, des fabriques de produits chimiques. Le port de Fiume en fait la ville maritime la plus importante de la monarchie autrichienne. »

— Vivre là, y représenter la France, et qui sait ? entrer en qualité de gendre dans une vieille famille croate, c'est le bonheur !

Hélas ! il y a loin de la coupe aux lèvres, Les bonapartistes ont réclamé leur linge, et les républicains ne l'ont pas retenu. Lajeune-Vilar est resté sur le carreau. S'il avait retenu le mot de Talleyrand : « Surtout, pas de zèle ! » il ne se fût pas compro-

16

mis naguère pour le parti qui lui barre aujour-
d'hui le chemin. Mais ce n'est là qu'un petit malheur. L'avenir reste ouvert; il n'y a que l'uniforme
qui m'inquiète. Que va devenir cet uniforme ? Nom-
mera-t-on un vice-consul de la même taille que Lajeune-Vilar ? Il serait fou d'y compter. L'épée ? il
faudrait avoir la paire. Je ne vois que le chapeau
à plumes qui soit d'un écoulement facile, surtout
s'il y a beaucoup de bals masqués cet hiver.

*
* *

Les Machabées ont été souvent mis au théâtre.
Otto Ludwig en a fait une tragédie, Lamotte-Hou-
dard en a fait une autre représentée au Théâtre-
Français en 1721, ce qui est une excuse. Deux rivaux de Pixérécourt, Caignez et Boirie, ont fait
jouer à l'Ambigu un mélodrame intitulé les *Machabées*, qui se trouve dans le recueil publié en
1828 chez Mme veuve Dabo, libraire, rue du
Pont-de-Fer. Dans les 24 volumes intitulés *Répertoire des chefs-d'œuvre des mélodrames*, on
remarque *Hariadan Barberousse*, l'*Homme aux
trois visages*, la *Femme à deux maris*, le *Fanal de
Messine*, les *Ruines de Babylone*, *Tékéli* et un grand
nombre de pièces où il est fait abus des brigands,
des contrebandiers et des faux-monnayeurs. Une
pièce qui se passe cent soixante ans avant Jésus-
Christ est peu faite pour remuer les masses. Quoiqu'il y ait de forts beaux passages dans le mélodrame de Mlle Simone Arnaud, cette émanation du
théâtre de 1825 n'a servi en réalité qu'à faire rimer

une vingtaine de fois Antiochus avec vaincus. Encore y a-t-il là une difficulté à trancher. Faut-il
dire *vaincusses* ou prononcer *Antiochu?* Je soumets la question à François Coppée.

Mlle Arnaud, gênée par le trop grand nombre de
Machabées, en a supprimé deux de sa propre autorité. Porel ne nous montre que cinq Machabées.
Dans les entr'actes, Judas louait des lorgnettes,
Ruben prenait des ordres de Bourse, Simon vendait des chaînes de sûreté, Jean offrait un mobilier
d'acajou payable en trois ans à vingt-cinq francs par
mois, et Jonathan offrait un complet haute nou-
veauté à trente-neuf-francs quatre-vingt-quinze
centimes!

XXXIV

Les angoisses du dramaturge. — L'Hamlet de M. Ménard.
Louise Michel et les décadents.

23 octobre 1886.

— Pourquoi les généraux sont-ils si bêtes ?
— Parce qu'on les choisit parmi les colonels.

Cette plaisanterie date de 1869 et serait absolument déplacée aujourd'hui.

La question qui peut se poser carrément à la date où nous écrivons est celle-ci : Pourquoi les auteurs de ballets sont-ils si bêtes ? — Parce qu'on les choisit parmi les employés du gouvernement.

Et non seulement ces messieurs écrivent ou fabriquent des inepties, mais encore ils les imposent par leur situation et par les services qu'ils peuvent rendre aux directeurs subventionnés.

*
* *

Le lecteur s'est-il quelquefois imaginé les angoisses d'un auteur dramatique, le soir d'une première représentation. De la pièce qu'on joue

16.

dépendent sa réputation, sa fortune. Il sera ou ne sera pas. Son sort est livré à l'humeur du public. Un haussement d'épaule, un éclat de rire, un coup de sifflet renverseront tout l'échafaudage du poète, du penseur. Quand le rideau se leva pour la première fois sur *Hernani*, quelle main eût osé se poser sur le cœur de Victor Hugo ? Encore celui-là était-il assez fort pour braver la tempête et survivre au désastre.

Quelle fut l'angoisse de Ponsard inconnu, arrivant avec sa *Lucrèce* pour livrer cette grave bataille du retour à la tragédie de nos pères ? Augier avec l'*Aventurière*, Dumas avec la *Dame aux Camélias*, Feuillet avec *Dalila*, ont envié pendant toute une soirée les moments relativement agréables que saint Laurent à passés sur le gril. Les convaincus, comme Félicien Mallefille naguère, comme Henri Becque aujourd'hui, doivent souffrir plus que les autres. On a vu des auteurs, pâles, tremblants, une sueur froide aux tempes, se labourer la poitrine avec les ongles. Barrière, cet être nerveux, inquiet, presque farouche, coupait avec ses dents le bout de ses moustaches et l'avalait. Cela lui grattait le gosier, c'était une diversion.

Je songeais à ce supplice des auteurs qui affrontent le public en masse, dans une salle de spectacle, en assistant à la première représentation des *Deux Pigeons*, de M. Henri Régnier. Je dis M. Régnier, seulement, parce que M. Mérante n'est évidemment pour rien, ou presque rien, dans le poème ; son rôle s'est borné à imaginer et à régler les pantomimes et les danses. M. Henri Régnier assumait seul la responsabilité de la pièce, dix-huit pages à moitié remplies par les titres des divisions en scène I, scène II, scène III, et ainsi de suite jusqu'à la fin. Il reste à peu près cent cinquante lignes d'un texte facile. M'étant procuré la brochure chez un libraire, je déclare que je suis prêt à faire deux ballets de cette force tous les matins, avant déjeuner, et, comme les temps sont durs, je pourrai les livrer à vingt-cinq francs pièce aux directeurs de l'Opéra.

*
* *

Et cependant l'auteur, appuyé contre un portant, attendait impatiemment le jugement du public. Il ne se labourait peut-être pas la poitrine, parce qu'il sait que l'agriculture manque de bras, mais il suivait avec anxiété le développement de sa pensée dans les gestes de Mlle Montaubry et dans les entrechats de Mlle Rosita Mauri.

*
* *

Le livret est suave. — Je le copie :

ACTE PREMIER. — Le *Parloir* d'une maison des champs.

(Comme c'est nature, le parloir ! Y a-t-il une maison des champs sans un parloir ? Non, n'est-ce pas ?)

« Une large baie, entourée de plantes grimpantes laisse voir un colombier aux tuiles rouges... »

(Rouges, pour flatter M. de Freycinet.)

« De nombreux couples de pigeons se sont abattus sur le toit, et, la tête sous l'aile, dorment au soleil d'un beau jour. »

Délicieux ! adorable ! mais, pour dormir la tête sous l'aile pendant que l'orchestre s'en donne à cœur-joie avec la musique de Messager, il est indispensable que les pigeons soient empaillés. Ils dorment pour toujours, hélas ! et les deux pigeons vivants que le régisseur a mêlés à ces morts ne font que peu d'illusion aux personnes sensibles.

Mais c'est surtout dans le texte que se développe avec éclat le génie de M. Henri Régnier.

« Deux pigeons blancs prennent leur ébats.

» — Vois l'empressement du pigeon, dit Pépio.

» — Et la coquetterie de la tourterelle, riposte Gourouli. »

Eh bien ! Gourouli est une ignorante si elle croit que la tourterelle est la femelle du pigeon. Gourouli eût mieux fait de dire la *femelle*, ou si ce mot de femelle paraissait trop familier au sieur Régnier, il aurait pu, par extension, faire dire à Gourouli : la coquetterie de la colombe ! — mais tourterelle, jamais. Si Pépio s'était écrié dans la basse-cour : Vois l'empressement du coq ! » la nommée Gourouli se serait mise dans son tort en répondant : « Et la coquetterie de la pintade ! »

On a déjà lu le compte-rendu de ce ballet, l'un des plus niais qu'on ait jamais vus, aussi ne soulignerai-je qu'un détail. Pépio, le pigeon voyageur, est guéri de l'esprit d'aventure par un orage accompagné d'une pluie battante. S'il avait eu un parapluie, la pièce de M. Régnier n'existait plus.

Et puis, est-ce sur la première scène de France qu'on doit estropier un écrivain passé à la postérité ? La Fontaine a dit :

> Traînant l'aile et tirant le pié.

Pourquoi M. Henri Régnier écrit-il :

> « Traînant *de* l'aile, tirant le pié... »

fragment qui ne pourrait même pas entrer dans un vers ? Il n'est pourtant pas difficile de consulter ses auteurs !

C'est égal, cela doit être drôle les émotions de *l'écrivain* d'un ballet le soir de la première. On applaudit un pas de Mlle Mauri, l'auteur rayonne et murmure : « Voilà des gens qui savent apprécier la littérature ! »

Peu après, c'est Mlle Sanlaville qui reçoit une salve d'applaudissements. « *Le mot* a porté, pense l'auteur. Le public a bien saisi mon idée ! » Après qu'on eut nommé les auteurs, M. Henri Régnier sortit en se frottant les mains, et M. Pichery l'entendit se dire à demi-voix : Je vais vivre de *Mérante !*

*
* *

Un courriériste théâtral, qui tenait le premier une nouvelle importante, s'est écrié dans son enthousiasme : « Je vais offrir aux lecteurs une primeur de *derrière les fagots !* »

Eh bien ! c'est moi qui l'ai aujourd'hui, la primeur de derrière les fagots. M. Louis Ménard, un lettré solitaire — comme le ténia — un de ces érudits dont la race ne tardera pas à disparaître, celui-là même qui a exhumé et publié le *Livre abominable* dont il est parlé dans *Tartufe*, M. Louis Ménard, l'ami de Paulhiat, est l'auteur d'une traduction aussi littérale que possible de l'*Hamlet* de Shakspeare. *Shaks* et non *Shakes*. Il y a là un *c* contraire à toute vérité historique, un *e* qui change l'état civil du grand auteur tragique. M. Louis Ménard avait remis son manuscrit à Claretie, à Coquelin, à Mounet-Sully. On l'écouta, on le lut, on le berna, et finalement le Théâtre-Français reprit l'*Hamlet* adapté par MM. Alexandre Dumas et Paul Meurice, mais non pas l'*Hamlet* tel que l'a joué Rouvière. mais un *Hamlet* revu, corrigé, arrangé. Or, M. Ménard prétend que les remaniements ont été faits d'après son manuscrit, et il réclame deux cent mille francs de dommages et intérêts à M. Jules Claretie.

L'administrateur du Théâtre-Français est appelé en conciliation devant le juge de paix. MM. Mounet-Sully et Coquelin sont cités comme témoins. Du comptoir du juge de paix, l'affaire passera au tribunal civil... (Il y a encore de beaux jours pour la France !)

***

J'ai reçu avec douze heures de retard l'invitation des Décadents pour la conférence du mercredi 20 octobre. C'est évidemment la faute de la poste. Une conférence des Décadents sur la décadence — avec le concours *assuré* de Louise Michel, c'était une véritable bonne fortune et j'ai manqué cette solennité. Il y a des moments où je comprends le suicide.

Le reproche qu'on adresse généralement aux jeunes gens qui, pour se faire lire, ont inventé une langue que personne ne comprend — pas même eux — c'est qu'ils s'intitulent *Décadents*. Ce qualificatif seul est un aveu d'infériorité. S'ils croient apporter à la littérature un tour nouveau, supérieur au précédent, ils doivent s'appeler *Progressistes* ou *Renaissants*.

Gambetta, raillant ceux qui flétrissaient les opportunistes, me disait un matin en déjeunant : Qu'est-ce que l'opportunité ? l'occasion favorable d'accomplir un acte, d'imposer un progrès. Eh bien ! s'il y a une amélioration sociale à réaliser, faut-il le faire au moment *inopportun ?* au moment où les intérêts seraient lésés ou même les simples préjugés bravés d'une façon dangereuse ? Ce n'est pas mon avis. Il ne faut rien faire qu'au bon moment, *avec opportunité*.

*
**

Les décadents n'apporteraient-ils que deux ou trois verbes, deux ou trois adjectifs dont l'usage faciliterait ou embellirait la langue française, qu'ils rendraient service à la littérature et à ceux qui en usent comme lecteurs ou comme écrivains. Mais on ne prend pas la *décadence* comme devise ni comme but. Qu'aurions-nous comme nouvelle école, après les *décadents ?* Un groupe qui se dirait « des *obscurantistes* », puis une nouvelle école qui s'intitulerait « des *fous furieux ?* — Où cela s'arrêterait-il ? Nul ne le sait, pas même l'auteur des *Deux Pigeons*.

*
* *

Avoir raté Louise Michel est, d'ailleurs, pénible. Son concours était *assuré*. Elle a parlé sur les quatre principales écoles de la littérature : romantique, classique, naturaliste et décadente. J'aurais tant voulu l'entendre ! Je l'aime beaucoup, sans la connaître, cette Louise Michel ; je l'aime parce qu'elle est convaincue, parce qu'elle est dévouée, parce qu'elle est bonne. Parce que, quand elle a quarante francs à midi, il ne lui reste que deux sous à une heure. Elle a tant donné !

On m'a cité d'elle un mot charmant. S'il n'est pas vrai, ce serait fâcheux.

— Je voudrais, disait-elle, avoir un enfant pour le laisser à mon pays, un enfant conçu selon mon cœur, un mâle, un citoyen comme je le comprends... Mais je n'ai pas le temps ! je n'ai pas le temps !

XXXV

La semaine de Schopenhauer. — « Un contre-
facteur de Succi. »

6 novembre 1886.

Pas de chance, cette semaine. J'ai rencontré un
homme en qui j'avais confiance et qui m'a raconté
la bataille de Buzenval. A peine échappé de son
artillerie, je suis tombé sur le dernier disciple de
Schopenhauer.

— J'arrive d'Italie, m'a-t-il dit en poussant un
soupir tiré des profondeurs. Triste voyage. A Marseille, la Méditerranée était boueuse, sale, putride.
C'est un égout que cette mer-là, le Bondy de l'O-
rient. Ciel gris, brouillard pénétrant. A Cannes,
il faisait un froid de loup, et j'ai eu un pied gelé à
Nice. Quelle blague que l'Italie ! Je n'y ai vu que de
faux tableaux; quant aux monuments, tout est
moderne. La basilique de Saint-Pierre n'a pas
cinquante ans; c'est du reconstruit. Les ruines du

17

Colysée ont été établies en carton-pierre sur le
plan d'Alexandre Dumas dans Monte-Cristo. Et
quelle impuissance chez les Italiens! Ils ont le Piémont, et, avec la quantité prodigieuse de fumistes
dont ils disposent, ils ne peuvent même pas arriver à empêcher le Vésuve de fumer!

*
* *

Les décadents ont, au moins, le mérite de faire
oublier les Schopenhauerdants. Etant donné les
deux écoles, il serait difficile de décider à laquelle
on doit décerner le prix ; mais c'est déjà beaucoup
que de changer d'ennui.

Quoi qu'il en soit, le boulevard n'est pas sûr. Au
moment où vous vous disposez à entrer dans un restaurant de l'avenue de l'Opéra, un petit Schopenhauer, ficelé dans sa jaquette, vous retient par un
bouton de votre redingote et se confie à vous dans
les termes suivants :

> La grande machine est usée
> Et les rouages ne vont plus.
> Là-haut, la flammèche embrasée
> Est chétive comme un fœtus.
> La lune semble poitrinaire,
> Un volcan n'est guère qu'un four,
> Et quand résonne le tonnerre,
> C'est comme le bruit d'un tambour.
> J'ai du plomb fondu dans la tête,
> Mes yeux roulent languissamment,
> Et j'entends, comme un air fort bête
> Que le vent joue incessamment!

— Eh bien! dites-vous, en faisant demi-tour à droite, il ne faut pas l'écouter.

Après le café, c'est un décadent qui vous empoigne.

— Où coule votre œil de spectacles usé dans le vide des âmes? Du grand horizon, vastitude prévue, les étonnements ont cessé blafards. Il nous reste les larmoyantes cogitations, inutile secours de l'âpreté des utopies!

— Vous êtes bien bon, monsieur, de me dire tout cela, et je regrette qu'une affaire urgente me force de vous quitter.

— Adieu les esclaffements! De Saint-Simon le casque et le rêve ont réveillé Fulbert dans le tombeau diapré dont les sonorités voltigent, feux follets des harpes éoliennes!

— J'ai bien l'honneur de vous saluer.

A peine arrivé à la rue du Quatre-Septembre, vous tomberez sur un antivaccinateur.

— Je vous rencontre à propos, s'écrie ce savant plus savant que tous les savants. Je vais vous lire un passage de la brochure que je publie demain chez l'éditeur Michel Virus, 32, boulevard des Epidémies. Ecoutez : « Le ciel, dans sa sagesse, avait inventé la petite vérole. L'espèce humaine n'en comprit pas tous les avantages. La petite vérole enlevait chaque année le rebut des populations, toutes ces créatures mal venues chez qui le foie ou les poumons sont en souffrance, et ces enfants anémiques qui ne sauraient engendrer que des béquillards ou des hypocondriaques. La vaccine a donc cela de commun avec les Compagnies d'assurances qu'elle est inutile au plus grand nombre et avantageuse à quelques-uns seulement.

— Je vous demande pardon, mon cher docteur, mais je suis attendu chez M. Renan...

— Encore un passage et vous serez convaincu.

« La petite vérole, au contraire, assurait à la majorité saine et vigoureuse une perfection de formes et un heureux développement qui sont devenus impossibles aujourd'hui. On ne se figure pas tout le mal qu'a fait l'infâme Jenner. Voyez cette triste génération, chétive et rabougrie, ces nabots qui tiennent la place d'un homme au banquet de la vie. Que sont devenus ces fiers Gaulois dont la haute stature effrayait les Romains ! Comparez Turquet à Vercingétorix ! Pour être soldat, il suffit qu'un homme ait la taille d'un enfant. Chaque jour nous voyons la créature plus chétive et plus laide. La santé s'en va, la droguerie hausse ses prix. Et bientôt il en sera de la population terrestre comme des fruits entassés dans un bocal d'alcool. Les hommes ne seront plus hommes que par la force de certains procédés ; la terre sera peuplée de conserves ! »

— Désolé de vous quitter, mais vous savez que Renan n'aime pas à attendre...

*
* *

En attendant une guerre européenne qui mettra
fin à la crise, le commerce français se plaint beaucoup depuis quelque temps, et il n'a pas tort. Un
grand nombre de boutiquiers gagnent tout juste de
quoi payer leur loyer. Nous sommes opprimés par la
production étrangère ; l'article de Vienne fait une
rude concurrence à l'article de Paris, et les grands
prix sont difficiles à maintenir. Quel que soit d'ail
leurs mon chauvinisme, je dois à la vérité cet hom-
mage, que, sauf Bruxelles — où tout est faux —
Paris, est la ville d'Europe où l'on est le plus floué.
Je viens d'en faire l'expérience à mes dépens.

Ayant besoin de cinq cents cartes de visite, je
suis entré dans un magasin dont le volet portait
cette inscription : « Cartes de visite *à la minute.* »
C'était précisément mon affaire. Les cartes *à la
minute* étaient commandées samedi matin, et
jeudi soir je les attendais encore. « Il y a des époques, a dit Michelet, où les minutes sont des siècles. » Des boutons noirs pour devant de chemise,
vendus comme buffle, étaient en cire à cacheter,
et un bout d'ambre, que j'avais acheté de confiance,
a pris feu comme une actrice du Palais-Royal.
L'ambre a été reconnu comme appartenant au
genre celluloïd.

La flouerie est variée comme un parterre de fleurs.
Un magasin vend des montres garanties deux
ans, mais le marchand déménage au bout de trois
mois, déclinant ainsi toute responsabilité. Le ca-
melot qui crie les petits peignes à quinze centimes,
tire de sa poche une vieille arête de turbot, en disant : « Voici l'article à quinze centimes ; le reste

de l'étalage est un franc ! » Je ne parlerai pas des
ventes à 50 pour 100 de rabais, il n'y a plus que les
provinciaux qui s'y laissent prendre. Le dernier
acheteur que j'ai vu sortir d'un de ces bazars no-
mades, y avait payé dix francs une pipe en bois de
sapin que le marchand intitulait « écume de forêt ».

Et même, dans les transactions ordinaires de la
vie, avec des fournisseurs *honnêtes*, y en a-t-il un
seul qui vous livre une marchandise le jour promis,
un seul qui exécute le travail dans le délai convenu ?
Le peintre dépose chez vous cinq ou six pots de
peinture — et s'en va. Deux jours après, il envoie
un gamin porter les pinceaux, puis, quand il a besoin d'argent, quand il est pressé par le percepteur
des contributions, il arrive passer une couche.

Le tapissier vous envoie vos tapis soigneusement roulés et se frappe en disant : « J'ai oublié la
thibaude ! » C'était le lundi. Le dimanche de la semaine suivante, il apporte la thibaude et la cloue.
Après un mois d'attente, le client risque une carte
postale. Le tapissier revient. Sa femme a été malade, il vous avait oublié ; mais on va réparer le
temps perdu. Seulement la thibaude est déchirée
en trois endroits, il enverra son apprenti faire la
reprise. Oui, les agriculteurs seraient trop heureux
s'ils connaissaient leur bonheur. Quatre murs blan-
chis à la chaux, un lit à baldaquin et quatre chaises
de paille, voilà le vrai mobilier. Mais les agriculteurs
connaissent si peu leur bonheur qu'il n'y a plus du
tout d'agriculteurs. Dans quinze ans la France sera
en friche.

Il est vrai que nous aurons alors le métropoli-

tain, où le voyageur ne sera pas distrait par la vue
des monuments. On fumera des cigares en feuilles
de laitue en flânant sur le boulevard de la Décadence, et l'on ira finir sa soirée au théâtre incohé-
rent, où sera donnée une pièce intitulée *Louis XIV
et la Goulue* ou le *Rapprochement de deux siècles.*

*
* *

La Belgique a voulu avoir son jeûneur, elle l'a.
Le « jeûneur de Bruxelles » prétend résister
soixante-cinq jours à la faim. Enfoncé Succi, enfoncé Merlatti. M. Van Eschalotterboom a commencé son jeûne le mardi 2 novembre.

Les docteurs Cannbrughe, Vanbanbecke, Verdoo-
ren-Tydgadt et Schouttelen forment la commission
médicale chargée de suivre l'expérience.

Le 3, au matin, après un jeûne de six heures con-
sécutives, Van Eschalotterboom a demandé une tasse
de café au lait avec deux tartines. Les médecins
lui ont fait observer que cette consommation prê-
terait à des commentaires malveillants. Le jeûneur
a répondu que le café au lait et les tartines n'ont
jamais été considérés en Belgique comme un repas
sérieux. La commission, vaincue par son raison-
nement, a fait servir le café au lait.

A midi, le jeûneur belge a réclamé une tranche de
fromage de Hollande avec un pistolet à l'eau et un
verre de bière.

La commission a encore accédé à ce désir.

A sept heures, le jeûneur a demandé des choux-
rouges et un décilitre de genièvre de Schiedam.

Sur cette nouvelle exigence, la commission a dé-
missionné en masse.

Van Eschalotterboom fait annoncer par les journaux parus hier à Bruxelles qu'il continuera son
jeûne de soixante-cinq jours en l'absence des médecins.

Bruxelles est dans l'anxiété.

XXXVI

Le drame de cape et d'épée. — Félix Belly. Victor Cochinnat. — Un sonnet décadent. — Les vrais jeunes. — Turquet, propriétaire à Puys.

13 novembre 1886.

Le drame de cape et d'épée devait tôt ou tard reprendre sa place au théâtre. Que de gens ne savent de l'histoire que ce qu'ils en ont vu à l'Ambigu, à la Gaîté ou à la Porte-Saint-Martin. Ponson du Terrail prétendait que le dernier courtaud de boutique avait pour huit jours de bravoure sur la planche après une lecture des *Mousquetaires*. Ce qu'il y a d'amusant dans la circonstance, c'est que l'héroïsme reparaît sous les auspices de M. Paul Mahalin, qui a sincèrement l'horreur des combats. Il l'a prouvé en mainte occasion. Notez que je ne lui jette point la pierre à ce propos. En 1866, requis de rendre raison à un particulier, M. Mahalin esquiva la rencontre. Théophile Silvestre, alors ré-

17.

dacteur en chef du journal où écrivait M. Mahalin, inséra la note suivante : « Un de nos rédacteurs, provoqué à l'occasion d'un de ses articles, a refusé d'en rendre raison. C'est affaire à lui. Il n'en reste pas moins attaché à la rédaction de ce journal. Ce sont des écrivains qu'il me faut, et non des spadassins. »

C'était bien dit. Le duel a remplacé dans nos mœurs le Jugement de Dieu. Il coupe court aux polémiques qui dégénéreraient en coups de poing ; il ferme la bouche à la médisance et rend de réels services, mais nul n'est tenu d'y avoir recours. A une époque où tant d'écervelés saisissent l'épée ou le pistolet pour d'inavouables futilités, il est bon, sain et moral que, de temps en temps, un esprit sérieux donne l'exemple d'un véritable attachement à la vie.

M. Paul Mahalin est, d'ailleurs, un homme d'esprit. Un de ses confrères qu'il avait écorché de sa plume acérée lui écrivit un jour « qu'il lui envoyait sa botte... quelque part ». M. Mahalin répondit aussitôt : « Monsieur, j'ai *abouché* votre lettre avec la *partie intéressée.* »

*
* *

La grande balayeuse a enlevé cette semaine deux de nos confrères, Félix Belly, homme de lettres, et Victor Cochinat, homme de couleur.

Quand Belly fut présenté au docteur Véron, celui-ci répondit que les cadres du *Constitutionnel* étaient remplis, que son personnel était au complet.

Roqueplan, qui s'intéressait au postulant, représenta à Louis Véron qu'il perdait une occasion unique d'égayer un peu son journal.

— Comment cela? demanda le docteur.

— En imprimant tous les jours, au bas de la quatrième page : *Belly, gérant.*

C'est à ce calembour que Belly dut son entrée au *Constitutionnel.*

*
* *

Cochinat était un bon camarade, un excellent garçon, d'une intarissable gaieté, le plus parisien de tous les nègres. Il aimait l'encre, ce qui paraissait tout naturel à ses contemporains. Homme de lettres d'à côté, journaliste dans les marges, il vécut en bohème, tout en restant un brave homme.

Noctambule inguérissable, il sortait toujours le dernier de la brasserie du faubourg Montmartre, où tous les secrétaires de rédaction du quartier venaient passer les entr'actes de l'imprimerie. Cochinat ne consentait à s'en aller que quand les garçons posaient le dernier volet. C'est pourquoi on l'avait surnommé : *Toussaint la Fermeture.*

C'est au *Petit Journal* que Cochinat dut les quelques années heureuses de sa vie. Actif et chercheur d'actualités, il sut se concilier la sympathie de Millaud qui lui donna des appointements inaccoutumés. Cochinat se dessina surtout dans les grands procès. Il suivait les audiences en dilettante et savait colorer ses comptes rendus.

Tropmann fut pendant plusieurs mois la provi-

dence des reporters judiciaires. La découverte des
cadavres dans le champ Langlois frappa Paris de
stupeur.

Les journaux consacraient tous les jours trois
colonnes à cet épouvantable mystère. Une fois
Tropmann découvert et arrêté au Havre, on cher-
cha le cadavre du père King. Chaque journal envoya un rédacteur en Alsace. Le procès vint enfin,
et après toutes sortes de péripéties, Tropmann
paya sa dette à la société.

C'était une grande ressource de moins pour les
reporters, dont plusieurs avaient réalisé une petite
fortune avec l'affaire Tropmann. Tous allèrent le
voir mourir ; et, au retour, Cochinat rencontrant
Nazet, reporter du *Gaulois*, il lui prit la main et
la serra en disant d'une voix pleine de larmes :

— Nous l'avons perdu !

*
* *

C'est à peine si j'ai effleuré les décadents, et l'un
d'eux venge tous les autres par l'envoi d'un sonnet
auprès duquel les oracles de Delphes paraîtraient
plus clairs que la lumière électrique.

« Monsieur, m'écrit ce poète, n'avez-vous pas un
peu le remords d'avoir sciemment méconnu ce
qu'il peut y avoir de patient labeur, de recherche
de couleur et de musique dans la moindre des
strophes que vous raillez[1] ?

1. Mon correspondant a écrit « que vous raillez « avec
tant d'esprit », mais ma modestie bien connue me pousse à
supprimer ce « laudatif ».

» Prenez la peine de lire ce *sonnet*, obscur ou lumineux, selon le plus ou moins d'attention que vous y consacrerez, et croyez, Monsieur, en même temps qu'à l'absolue sincérité de l'auteur, à ses sentiments les plus distingués.

» ARMAND MUNDEL. »

Voici le sonnet en question :

COMA

Veules de l'angoisse expectante,
Nous des trémières feu bronzés
Et par l'armoire ankilosés.
Dévalons vers l'encre latente.

Ceints de l'idéal qui nous tente,
Subodorons des alizés
Du glas engluant aux baisers,
Argyraspides sous la tente.

Saouls d'espace et d'aberratif,
En proie, anges sonnant rétif,
Immobilise les pensées.

Nutrition finie. Enfants
Mus des immortels gynécées
Par des entonnoirs d'oliphants !

A. M.

Eh bien ! après avoir tourné et retourné dans tous les sens le sonnet de M. Mundel, après lui avoir consacré toute l'attention dont je dispose, je déclare que ce sonnet me semble obscur.

Que M. Mundel *subodore des alizés*, je n'y vois aucun mal, si cela peut le distraire, mais, au moins, qu'il me fasse connaître le substantif avec lequel s'accorde « *immobilise* ». « Saouls d'espace et d'aberratif » étant un pluriel, ce n'est point là le sujet d' « *immobilise* ». Serait-ce donc « *nutrition finie* » ? Mais il y a un point.

Je dois reconnaître d'ailleurs qu' « enfants » rime avec « oliphants », mais mon angoisse reste la même, — et je déclare en mon âme et conscience, comme un simple juré, que je trouve autant de couleur dans les *Orientales* que dans les *Coma*, et autant de musique dans les *Stances à la Malibran* de cette vieille croûte d'Alfred de Musset.

*
* *

Est-ce à dire que j'aie l'intention de méconnaître et de combattre de parti-pris tout nouvel effort, toute nouvelle tendance dans une autre voie que celles qu'ont ouverte tour à tour les mythologistes du premier empire, les classiques de la Restauration, les romantiques de 1830 et les naturalistes de ces dernières années ? Oh ! que non pas. Personnellement, d'instinct et d'enthousiasme, je suis romantique. Mais Stendhal et Balzac l'étaient aussi ; et Zola, quoi qu'il en dise, et Daudet, quoi qu'il en pense, sont des romantiques, qui, à l'expression des sentiments, à la mêlée des actes, ont ajouté la mélancolique étude des maladies morales. La nouvelle génération a offert à notre sympathie, à notre applaudissement, Paul Bonnetain, ce ciseleur, qui a terminé l'*Opium* par une série de lettres que réclame la *Croix de Berny* ; Octave Mirbeau, le vigoureux pamphlétaire, romancier depuis hier ; la génération qui nous apporte Henri Bauër, ce critique d'au-dessus les préjugés, les conventions et les

complaisances; Albert Dubrujeaud, ce débutant d'il
y a quatre ans, devenu, par la force de l'équité et
du talent, un juge écouté, recherché, cette génération a déjà fait ses preuves.

Et comment la méconnaître ? De quel droit et
sous quel prétexte ? C'est Dubrujeaud — un jeune
— qui réclamait pour Charles Monselet un coin
dans une bibliothèque de l'Etat. Monselet, parmi
de nombreux ouvrages en vers et en prose, a publié deux volumes intitulés *Les Oubliés et les Dédaignés*. Faut-il qu'il ajoute un chapitre à son
œuvre ? Un chapitre sur lui-même ? Hé quoi ! si
cet esprit charmant ne s'était adonné aux lettres,
s'il se fût renfermé dans le bureau d'une administration, il aurait droit à une retraite que notre république athénienne refuserait à un lettré, à un amant
de la Muse, comme dirait Banville ? Mieux vaudrait
donc être conducteur de tramways, garde-cham-
pêtre ou simplement victime de Décembre ? »

*
* *

On sait que Sainte-Beuve était un des fondateurs
du dîner du vendredi-saint, connu sous le nom de
dîner du saucisson, parce que le prince Jérôme
Napoléon en faisait partie.

Sainte-Beuve est mort dans l'impénitence finale.
Comme il n'avait pas de parents à Paris, on avait,
sur ses derniers jours, fait venir de province une
vieille cousine qui le veillait. Chaque matin, elle
lui lisait un passage de l'*Imitation de Jésus-Christ*,
dans l'espérance de le ramener peu à peu à la religion.

— Cette lecture doit horripiler le vieux libre-pen-
seur ? disait alors Texier.

— Oh ! fit Charles Edmond, qui lui racontait le
fait, quand c'est trop moral, *elle gaze !*

XXXVII

Paul Mahalin, foudre de guerre. — Le critique Jouvin.
— Un truc de Thiboust. — Jouvin mystifié par Villemessant.

20 novembre 1886.

Il est pénible quand on vient de terminer un
article sur les orphelinats, d'être obligé de le
remettre à huitaine et de traiter un autre sujet.
L'abbé Roussel, fondateur de l'orphelinat d'Auteuil, se trouve sous le coup d'une accusation
qu'il déclare calomnieuse, et je serais bien aise
qu'il confondît ses accusateurs, parce que, réellement, l'abbé Roussel a recueilli un grand nombre
d'enfants, les a élevés et leur a donné une profession. Ces enfants aiment beaucoup le patron, ce
qui est bon signe. J'attendrai donc, pour en parler,
que la lumière soit faite sur cette vilaine affaire.
La prudence est la mère des clés de sûreté. Avant
d'écrire quoi que ce soit qui puisse porter atteinte
à la dignité d'un particulier, ou seulement froisser

son amour-propre, il est bon de tourner sept fois sa plume dans la bouche de Paul Mahalin. Ce foudre méconnu m'envoie par la poste une suite de certificats prouvant qu'il a droit à une place distinguée dans la galerie des grands batailleurs après Bayard, Turenne, Masséna et le marquis du Hallay.

1° Le 26 novembre 1864, un sieur Vaudin, intimidé, refusait le combat à Mahalin ;

2° Le jour de la mort de Barrière, Paul Mahalin remportait une victoire sérieuse en Belgique, où il s'emparait de la ville de Mons ;

3° Le même héros exhibe le certificat suivant :

ARMÉE DE PARIS   *Corps francs de la Seine.*

—

« Nous, soussignés, officiers composant le conseil d'administration des *Tirailleurs des Ternes,* certifions que le citoyen Mahalin (Paul-Porthos) a fait partie du bataillon pendant toute la durée de la guerre, qu'il y a tenu une bonne conduite, et qu'il y a constamment servi avec courage, honneur et dévouement. »

(Suivent les signatures.)

Courage, honneur et dévouement étaient sans doute trois volontaires de la même famille que les frères Etiam, Manu et Militari.

Là s'arrêtent les documents produits par le fougueux Mahalin, mais, au risque de blesser sa modestie, nous avons voulu compléter l'histoire de cet homme qui, s'il eût vécu trois mille ans plus tôt, aurait certainement été mis au rang des demi-dieux.

Le 11 décembre 1870, à minuit, une patrouille de uhlans faisait une reconnaissance aux environs du Mont-Valérien. Les Prussiens avançaient doucement, prêtant l'oreille au moindre bruit. Une ombre sortit tout à coup du buisson qui entoure la briqueterie de Suresnes; cette ombre rampait derrière les uhlans. Deux détonations retentirent, deux chevaux roulèrent dans la poussière. — Trahison! cria une voix avec un accent allemand très prononcé.

Cinq coups de revolver étendirent cinq cadavres sur la route; c'en était fait des uhlans..... L'ombre eut alors un ricanement féroce. Elle tira cinq cartes de visite et sur la poitrine de chacun des morts, plaça l'une de ces cartes sur lesquelles le général Von Ambigustein put lire à l'aube ce nom terrible et redouté : Paul Mahalin.

***

Quelques jours plus tard, le département du Loiret avait [disparu sous la neige. Un messager vint apprendre au général d'Aurelles de Paladine que les Bavarois marchaient sur Orléans. — Une heure pour réunir mes forces ! s'écria le général, je ne demande qu'une heure, mais il me la faut !

Un homme s'avança. L'énergie était peinte sur tous ses traits. — Général, dit-il, faites-moi donner un cheval et six revolvers à sept coups, je me

charge de retarder d'une heure la marche des Bavarois.

— Qui êtes-vous ? demanda d'Aurelles de Paladine.

— Je suis Paul Mahalin, répondit l'inconnu avec
simplicité. J'ai traversé les lignes prussiennes
pour voir un peu ce qui se passait sur les bords de
la Loire.

— Et vous répondez d'arrêter les Bavarois ?

— J'en réponds.

— Qu'on donne à cet homme ce qu'il demande !
dit le général.

Un gros de Bavarois était signalé sur la route
d'Olivet. Mahalin courut à leur rencontre. Il arracha la hache d'un bûcheron, abattit une douzaine
d'arbres séculaires qu'il plaça en travers du
chemin, puis il s'étendit sur le sol et attendit.

Les Bavarois arrivèrent au petit trot. Mahalin,
tenant un revolver à chaque main, abattit les
dix-huit premiers, car il y eut deux coups dou-
bles.

— L'ennemi est en nombre supérieur ! s'écria
un officier bavarois. Allons chercher du renfort.

Les Bavarois tournèrent bride.

— Mon général, dit Mahalin qui revint couvert
de sueur à l'état-major, je vous ai promis une
heure, vous en avez deux !

— Vous nous quittez ? s'écria d'Aurelle de Paladine.

— Il le faut ! Je me dirige sur le Mans. Chanzy
m'inquiète, je vais voir s'il a besoin de mon épée.

— Allez, dit le général d'Aurelles en maîtrisant

un sanglot. Mais d'abord, laissez-moi vous presser
sur mon cœur !

Ils tombèrent dans les bras l'un de l'autre. Puis,
Mahalin sauta sur son cheval et, piquant des deux,
disparut au galop.

*
* *

Ce qu'il fit, l'histoire le dira. Il nous suffit de
rappeler que ce fut à cette époque qu'on put lire
sur les murs de tous les villages envahis :

« Cinquante mille florins de récompense à celui
qui apportera la tête du Français Paul Mahalin.
Cette récompense sera doublée si, avec la tête, on
rapporte la peau dans un état de conservation suffisant pour qu'on puisse en faire une descente de
lit à notre glorieux souverain le roi Guillaume. »

*
* *

Mercredi, par une pluie battante, on enterrait ce
pauvre Jouvin, qui fut un des fondateurs et l'une
des colonnes du *Figaro* impérial. Et que nous
tenons peu de place en ce monde! Jouvin n'est
point connu de la nouvelle génération, lui presque
oublié de l'autre.

Il y a vingt-cinq ans, on attendait l'article de
Jouvin comme une dépêche à la Bourse. Jouvin
faisait trembler tout Paris. Le Théâtre-Italien,
l'Opéra, l'Opéra-Comique étaient à ses pieds. A
quelque heure de la journée que ce fût, on trouvait deux ou trois actrices pendues à sa porte. Il

faut ajouter qu'il n'abusait pas de sa situation.
— Au contraire.

Lambert Thiboust arriva seul à triompher de la
sévérité de Jouvin. Un jour que celui-ci lui avait
décerné un éreintement des plus salés, Lambert,
passant avec Barrière sur la place de la Bourse,
aperçut Jouvin qui se dirigeait vers la rue Vivienne, le pince-nez au vent. Lambert court vers
lui et s'écrie : « Jouvin! que faut-il pour t'atten-
drir? Veux-tu que je me jette à tes pieds? »

Et Lambert tombe à genoux sur le trottoir, devant la maison Susse. Il saisit Jouvin par les
tibias, en donnant les signes de la plus profonde
douleur. Les passants s'attroupent; les curieux
accourent de tous côtés et Jouvin est plus entouré
que le botaniste Pradier.

— Voyons, Lambert, disait-il moitié fâché,
moitié riant, quelle mauvaise plaisanterie !

Lambert insistait.

— Je ne me relèverai que quand tu m'auras juré
de ne plus m'éreinter.

Jouvin promit tout ce qu'on lui demandait et
parvint avec beaucoup de peine à fendre la
foule.

Le lendemain, Lambert Thiboust lui dit au
café des Variétés :

— Chaque fois que vous m'éreinterez, je vous
ferai la même scène en public!

Villemessant aimait beaucoup à mystifier son

gendre Jouvin. Il faut vous dire que Jouvin était
aussi myope à lui seul que Sarcey et Daudet
réunis. (On appréciera le sentiment de modestie
qui m'empêche de me citer en si brillante compagnie.) Or, Jouvin fut un jour condamné à 500 francs
d'amende comme gérant responsable du journal
de son beau-père.

A sept heures du soir, au moment où l'éminent
critique allait se mettre à table, on sonne violemment à sa porte.

Un individu à longue barbe, suivi de deux aco-
lytes, se précipite dans l'appartement.

C'était Villemessant qui venait de se grimer
chez le coiffeur Lespès et qui s'était fait accompagner par Noriac et Jean Rousseau.

— Monsieur Bénédict Jouvin? demande-t il en
enflant sa voix.

— C'est moi, balbutie Jouvin.

— Vous avez été condamné à cinq cents francs
d'amende... Il y a de plus, trois cents francs pour
les frais et quarante francs pour le président.
Veuillez me verser immédiatement la somme de
huit cent quarante francs !

— Mais, monsieur, la caisse du journal est
fermée et je n'ai pas la somme chez moi.

— Suivez-moi en prison !

— Pardon, mais mon beau-père, M. de Villemessant, va vous payer immédiatement. Si vous
voulez m'accompagner...

— Nous ne connaissons pas les beaux-pères...
En prison !

Se tournant vers Noriac et Jean Rousseau :

— Empoignez-moi cet homme-là !

On saisit Jouvin, on le pousse dans un fiacre et on le conduit au théâtre de la Porte-Saint-Martin. L'entrée des artistes, rue de Lancry, avait tout à fait l'air d'une antichambre de prison !

— Descendez! commande Villemessant.

— Mais, enfin, monsieur...

— Taisez-vous ! vous aggravez votre position !

On entraîne le malheureux Jouvin et on l'installe dans le décor du sixième tableau de la *Tour de Nesle*, qui représente le caveau du grand Châtelet.

Noriac le fait asseoir sur la botte de paille destinée à Buridan et Jean Rousseau approche de lui la cruche d'eau.

— Vous resterez ici, dit Villemessant jusqu'à ce que vous ayez payé la somme de huit cent quarante francs.

— Mais tout de suite, messieurs, reprenait Jouvin avec des larmes dans la voix, laissez-moi seulement écrire à mon beau-père !

— Votre beau-père !

— Certainement. Mon beau-père !

— Eh bien ! fit Villemessant avec un ricanement sinistre, j'y ai envoyé chez votre beau-père, et il a refusé de payer.

— Pas possible ! fit Jouvin consterné.

— Vous en avez pour six mois de contrainte par corps !

— Je veux voir mon beau-père ! reprit Jouvin.

Alors, Villemessant ôtant sa barbe :

— Faut-il que vous soyez bête ! Voilà une heure

qu'il est avec vous, votre beau-père... C'est lui qui
vous a arrêté et qui vous a amené à la Porte-
Saint-Martin, parce que nous allons dîner chez
Marc Fournier.

18

XXXVIII

Les souvenirs de Schaunard. — Le café des Variétés.
— Murger. — Marguerite Bellanger. — Actrices et carto-
manciennes.

27 novembre 1886.

Les jeunes gens ont horreur des *Mémoires et
Souvenirs* et ils ont raison. Pourquoi vouloir les
faire vivre dans le passé quand ils ne songent qu'à
l'avenir ? Charbonnier vivant vaut mieux qu'empereur enterré ; la peau de Busnach est, pour le
moment, préférable à celle de Corneille. Un jeune
écrivain se préoccupe beaucoup plus de ce que va
faire Bourget ou Paul Hervieu que de ce qu'a fait
Méry ou Léon Gozlan. C'est en littérature comme
dans l'armée ; à moins d'actions d'éclat on a de
l'avancement quand les officiers supérieurs prennent leur retraite ou rendent leurs épaulettes au
fossoyeur.

Ce qui manque à tous ces *Souvenirs,* dont la

librairie nous inonde, c'est la gaieté. Les réimpressionnistes ont vieilli, et ils produisent des enfants de vieux. Le passé qu'ils évoquent ne leur apparaît que sous un crêpe, et leurs personnages ont des aspects de momies.

Schanne, qui vient de publier les *Souvenirs de Schaunard*, n'a pas complètement échappé à cette tristesse automnale. Il a été l'historien de la Bohème, il ne lui a rendu ni la vie ni la couleur. Il énumère avec précision les différents domiciles qui ont abrité Henri Mürger; rien n'y manque, ni le nom de la rue, ni le numéro de la maison. Quant à l'inaltérable sérénité de celui qui appelait la pièce de cent sous « une noble étrangère », il en est à peine question.

*
* *

Henri Mürger était un habitué du café des Variétés, où se réunissaient alors Siraudin, Barrière, Lambert Thiboust, Delacour, Léon Battu, et une queue de vaudevillistes sans ouvrage tels que Joachim Duflost, Nérée, Desarbres, Adolphe Dupeuty.

C'est là, sur un coin de table, que s'échangeaient les *idées de pièces* et que se nouaient les associations.

Siraudin, qui, de deux heures à minuit, tenait la queue de billard, ne s'arrêtait de temps en temps que pour crier à deux confrères en train de causer tout bas : « Je suis de la pièce. » La plupart du temps, il entrait en tiers dans la colloboration.

En 1853, époque à laquelle je le rencontrai pour

la première fois, Mürger était *arrivé*. Le succès
de sa pièce aux Variétés l'avait autrement posé
que le volume de la *Vie de Bohème*. A partir de
1856, le *Figaro* hebdomadaire nous fit une vie
commune. Nous dînions ensemble chez Dinochau
et nos soirées s'achevaient dans un café du boulevard, plus riche d'aspect que de rostbeaf.

Mürger avait dès lors adopté l'habit noir et ne
portait jamais d'autre vêtement. A neuf heures du
matin, l'habit noir, à trois heures, l'habit noir ; à
minuit, l'habit noir. L'été, cela pouvait aller, mais
l'hiver, ce vêtement, non accompagné, paraissait
absolument insuffisant. Un jour de décembre,
comme l'auteur du *Bonhomme Jadis* grelottait
sous son habit, quelqu'un lui dit : Vous devriez
vous couvrir davantage ! — Mürger répondit fière-
ment : J'ai un *pardessous !*

*
* *

De tous les hommes dits « d'esprit » que j'ai
connus depuis trente ans, Mürger est celui qui avait
le plus l'esprit des *mots*. On peut dire qu'il était
intarissable. A propos de tout, dans la conversation la plus vulgaire, il lançait un mot ou risquait
une image dont l'exagération vous arrachait le rire.

Au rendez-vous du soir, un groupe de
correspondants de journaux étrangers, le *Nord*,
l'*Indépendance belge*, le *Journal de Saint-
Pétersbourg*, s'asseyaient à une table voisine de la
nôtre.

— Ces gens-là m'assomment, disait Mürger. Tous

18.

les soirs, avant de se coucher, ils remontent leur
montre avec la *clé des Dardanelles*.

**

Après dîner, chez Brébant :
— Prenons-nous le café en dedans ou sur la ter-
rasse ?
— En dedans.
— Cependant il fait un peu chaud...
— C'est possible, mais quand je me mets dehors,
j'ai toujours peur que l'omnibus ne renverse mon
petit verre !

**

Hâtons-nous de jeter quelques cigarettes sur la
tombe de cette pauvre Marguerite Bellanger. Dans
huit jours il serait trop tard pour parler encore
d'elle...
Marguerite était femme de chambre à Boulogne,
quand elle fut enlevée par un commis-voyageur.
Très jolie, elle réussit assez vite à Paris où elle
eut pour amants en vue : un beau jeune homme
blond, devenu depuis lors le gendre du président
d'une République, l'empereur Napoléon III, Joly
de Fernex, créateur du canal Cavour, puis un
comédien de l'Ambigu, nommé Alhaiza, qui
périt dans un naufrage en se rendant à New-
York.
Alhaiza tirait de sa liaison une grande impor-
tance politique. Tous les comédiens qui avaient

quelques petites économies venaient le consulter
dans les coins de la scène.

— Faut-il vendre ?

— Faut-il acheter ?

— Aurons-nous la guerre ?

— Que pense l'empereur ?

Alhaiza donnait gravement des conseils toujours
basés sur une ignorance absolue de ce qui se passait dans les chancelleries.

Margot avait la manie de se faire tirer les cartes.
La mère Valentin allait tous les matins lui faire le
grand jeu. En sortant de chez Margot, la mère Valentin se rendait chez Léonide Leblanc qui aimait
beaucoup aussi à savoir comment se conduirait le
roi de trèfle et ce qu'elle devait penser du valet de
cœur.

Le public ne se figure pas quelle peut être l'influence d'une tireuse de cartes sur la jeunesse
ambitieuse des théâtres ou des boudoirs. Quand
une débutante hésite entre deux ou trois poursui-
vants, c'est toujours la tireuse de cartes qui fixe
son choix.

— Le roi de pique !...

— C'est mon Brésilien, pense la petite.

— Le roi de carreau !...

— C'est l'agent de change avec qui j'ai soupé
jeudi, et qui m'a demandé à venir prendre une
tasse de thé...

— Le valet de trèfle !...

— C'est l'auteur de la pièce, qui m'a promis un joli rôle, si je voulais le répéter avec lui...

— Le valet de cœur !...

— C'est Colbrun, qui est si comique dans *Rotomago*, et qui me poursuit partout !

Et, suivant le plus ou moins de générosité, de constance ou d'amour que promettent les cartes, la petite dame se décide en faveur de l'un ou de l'autre.

Et voyez ce que fait quelquefois le hasard ! Des amants de Marguerite, l'un, le puissant de la terre, repose sous le sol étranger ; elle sous la verdure d'un cimetière de village, et l'autre, le cabotin, l'amant de cœur — dans l'eau de mer !

**
* **

L'Italie continue à *faradasser*.

Le *Popolo romano* nous apprend, en roulant des yeux terribles, que le député Ruspoli ayant interrogé le gouvernement sur l'état de l'armée et de la marine, les ministres ont déclaré que l'Italie est prête à *tous les événements*...

(Même ceux qu'elle ne peut prévoir.)

Voici donc l'Europe avertie. Vingt-cinq mille fumistes, bien équipés, sont casernés dans le Piémont ; dix mille ténors dans la province de Naples, et trois mille sculpteurs dans les états romains. La Lombardie dispose de vingt mille timbales milanaises et Venise a équipé un corps de gondoliers auprès duquel notre infanterie de marine n'est que de la camelotte.

Ce que les ministres n'ont pas dit à M. Ruspoli,

c'est que l'armée italienne tout entière est exercée
à jeûner pendant vingt-cinq jours.

*
* *

L'intérêt avec lequel la presse suit l'expérience
de Merlatti a excité bien des jalousies. Un Marseillais, de passage à Paris, disait hier en haussant
les épaules :

— Nous avons eu bien plus fort que ça à Marseille. Un jeune homme des Aygalades est resté
soixante jours sans manger... Mais cela ne serait
rien, l'étonnant de l'affaire, c'est que, le cinquante-
neuvième jour, il a eu une indigestion !

*
* *

M. Edouard Drumont, dans son nouveau volume,
la *France juive devant l'opinion*, s'est mis à éreinter un bon nombre de chrétiens. Il a bien fait. La
prudence nous commande de laisser reposer les
juifs.

Un bon averti en vaut deux ; or, les juifs sont
avertis, ce qui fait que nos trois cent mille juifs
d'hier en représentent six cent mille aujourd'hui.
Si j'avais rencontré M. Drumont avant la publication de son livre, je lui aurais offert une histoire
que je publie ici parce qu'elle ne peut faire de mal
à personne.

Un juif de Francfort avait pris un billet de loterie. Gros lot : cent mille francs.

Il se rend à la synagogue et supplie Jéhova de

lui faire gagner ce lot. Le tirage a lieu, le juif ne gagne rien. Il prend un billet d'une autre loterie, se rend à l'église et invoque le Dieu des chrétiens, lui proposant de se faire baptiser s'il gagne le gros lot. — Il le gagne.

Le bon Juif retourne à la synagogue et interpelle Jéhova.

— Tu vois, l'autre m'a fait gagner. Me voici presque riche, ou, du moins, ayant les moyens de le devenir. Je t'avais pourtant bien supplié... L'autre m'a cru quand je lui ai juré d'entrer dans sa religion, mais ça ne fait rien, je reste avec toi, parce que tu es le plus malin !

XXXIX

L'orphelinat de l'abbé Roussel.

4 décembre 1886.

Depuis que la photographie a cessé d'être une carrière, les orphelinats et les refuges d'animaux ont fourni des situations assez lucratives aux désespérés qui n'avaient pu réussir à se faire nommer sous-préfets et aux dames qui n'avaient pas assez de relations officielles pour obtenir un bureau de tabac.

Un bon orphelinat donne une moyenne de mille francs par mois à son fondateur. Les refuges d'animaux rapportent moins ; mais, avec beaucoup d'ordre, une femme habile s'y fait encore trois ou quatre mille francs par an.

Depuis quelques années, les orphelinats se multiplient à un tel point qu'on finit par manquer d'orphelins.

Tout le monde a pu lire dernièrement l'annonce suivante dans un journal populaire :

ON DEMANDE DES ORPHELINS

Pour un orphelinat. S'adresser, etc.

Pour faire un civet, il faut un lièvre, et les bienfaiteurs de l'enfance manquaient de lièvres.

**
* **

Avez-vous échoué dans l'administration, dans la littérature, dans le commerce, dans la composition musicale ? Prenez un orphelin et allez quêter pour lui. Cet orphelin se reproduira, soyez-en sûr. Et quand vous en aurez dix, vous ferez une croix. Vous placerez cette croix sur la façade d'une maison d'apparence moderne, précédée ou suivie d'une cour plantée d'un arbre. A partir de ce moment, vous êtes directeur d'un orphelinat ; vous êtes dans vos meubles et dans vos orphelins. Il vous faut une administration, un économe, un cuisinier — dont les marmites sont toutes trouvées — et des percepteurs qui vont quêter à domicile. La prudence vous ordonne d'exiger un cautionnement de tous ces porteurs de sacoches ; vous voici donc capitaliste, banquier ; votre souscription figure dans toutes les émissions, et vous gagnez de l'argent gros comme Dumaine.

**
* **

Le maître à tous, l'abbé Roussel, avait supérieurement organisé son affaire. Il vous envoyait un petit prospectus illustré représentant un pauvre petit misérable affalé sur un banc de pierre. Presque nu, une guenille sur la poitrine, une loque sur les jambes. La tête appuyée sur une main, abattu, terrassé, l'enfant semblait attendre la mort.

L'explication ne vous laissait aucun doute :

« Un des premiers orphelins de l'œuvre, trouvé en cet état sans demeure et sans pain depuis plusieurs jours. »

De chaque côté, une légende biblique : A gauche : « J'avais faim, et vous m'avez donné à manger » : à droite : « J'étais sans asile, et vous m'avez recueilli et habillé. »

Puis, au verso, un enfant en pleine prospérité, bien portant, vêtu d'un élégant complet du coin du quai, l'air modeste, mais digne.

« Le même après six mois ! »

*
* *

L'hésitation n'était pas permise. Vous donniez dix francs, vingt francs ou plus, selon vos moyens, sans vous douter que le percepteur, un monsieur très bien, commençait par s'attribuer 40 0/0 sur votre aumône.

Les remises de l'abbé Roussel variaient entre 20 et 60 0/0, selon les contrées. Dans un département éloigné, infesté de radicalisme, le correspondant avait 50 pour cent ; dans les villes où l'esprit clérical s'est conservé dans toute sa force, 20 pour cent seulement. Il faut bien tenir compte des difficultés à surmonter.

En somme, quand tout le monde avait pris sa

19

commission, il restait encore dix centimes sur un
louis pour les orphelins.

*
* *

C'est pourquoi l'orphelinat d'Auteuil s'était mis
à recevoir des écoliers encore affligés de leurs
père et mère qui payaient trente francs par mois. Il
y avait une couche d'orphelins et, en dessous, plusieurs couches de fils de famille — de familles modestes sans doute, mais enfin de famille tout de
même. C'est le procédé des marchands qui mettent sur le dessus une rangée d'huîtres de Maren-
nes, et en dessous des entassements de portugai-
ses.

L'abbé Roussel, après avoir raconté les débuts
de sa fondation, terminait ainsi son boniment :
« Cette œuvre, si utile, est cependant encore in-
suffisante..... C'est qu'en effet, malgré l'intérêt
qu'elle inspire et les encouragements qu'elle a
reçus, ses charges, toujours croissantes, menacent
à tout instant non seulement de nous arrêter, mais
de nous ruiner de fond en comble. C'est ce qui
explique et doit nous faire pardonner nos incessantes et si pressantes demandes. »

Eh bien ! on les pardonnerait volontiers, ces
incessantes demandes, si réellement les sommes
que l'on donne, les sacrifices qu'on s'impose profi-
taient directement aux malheureux ; mais quand
on songe que l'intermédiaire commence par s'appliquer une grosse part de l'aumône, que le directeur prélève ensuite sur la masse pour ses besoins

personnels et pour ses passions concentriques et
excentriques, on arrive à penser qu'il vaudrait
autant envoyer son louis à Turquet comme encouragement pour les beaux-arts.

*
* *

La religion est comme la calomnie, il en reste
toujours quelque chose. L'auteur de ces lignes
a suivi, dans son enfance, la filière courante.
A sept ans, sa bonne mère l'a envoyé à con-
fesse, et jusqu'au lendemain de sa première communion (qui a été aussi la dernière) il est resté
aux soins d'un directeur. Ce directeur, mort depuis bien des années, je le vois encore. Il s'appelait l'abbé Dudouble et il était curé de la cathédrale
de St-André, à Bordeaux. Or, je le déclare haute-
ment, je n'ai jamais rencontré de plus honnête
homme. Je me rappelle parfois ses conseils, quand
il s'asseyait dans un coin de la sacristie où il écou-
tait ma confession, et il me vient des regrets de ne
les avoir pas suivis à la lettre. Oh ! le jour où
j'avouai que j'avais lu les *Contes de Voltaire*, quel
pli sur son front, quelle douleur dans son regard !
« Mon enfant, me dit-il, ne salissez pas si tôt votre
mémoire. Quand l'obscénité s'établit dans un jeune
cerveau frêle, impressionnable, elle n'en sort plus.
Il est hanté de visions impures ; elles l'obsèdent
et il ne peut plus les chasser. L'esprit s'abaisse,
s'avilit. A l'âge où l'enfant doit être un homme, il
n'est devenu qu'une bête brute. »

Donc, ayant connu et aimé un bon prêtre, je ne

saurais les haïr tous en masse. Et puis, que voulez-vous ? j'ai encore des illusions, je crois souvent
au bien. — C'est pourquoi je remettais chaque
année ma petite souscription au percepteur de
l'abbé Roussel. A partir du premier versement, les
quêteurs pour orphelinats affluèrent chez moi. Il
est évident que ces messieurs se communiquent les
adresses comme les mendiants à domicile. Enfin,
par une belle matinée de mai, une dame de fort
belle apparence fut introduite dans mon cabinet et
me dit : « Je viens de la part *de la sœur* de M. l'abbé Roussel. Encouragée par l'exemple de son
frère, elle vient de fonder un orphelinat pour les
jeunes filles. » — Je pensai : il paraît que le métier
est bon !...

Et m'étant débarrassé de la dame par un versement des plus modestes, je consignai tout ce monde-là à la porte. Il est évident maintenant que la
dame touchait une commission.

*
* *

Les refuges pour les animaux ont été jusqu'à
présent une spécialité du beau sexe. Cinq ou six
bonnes âmes ont recueilli à leurs frais des chiens
errants qu'elles voulaient sauver de la vivisection.
Puis, quelques amis les ayant aidées, quand leurs
ressources personnelles étaient devenues insuffi-
santes, l'idée est venue à d'autres personnes, fort
avisées, de tirer parti de la compassion publique.
Une dame quelconque louait un terrain plus ou
moins vague, entouré d'une palissade. Elle y fai-

sait placer un auvent vermoulu, y poussait deux
ou trois chiens galeux — et allait quêter en ville
pour le refuge de la Villette ou de Charonne.

J'ai visité un jour un de ces établissements. Il
s'y trouvait une quinzaine de chiens et de chiennes
pitoyables à voir. Les malades avaient communi-
qué leur mal aux autres ; c'était un fouillis de lèpre
et d'ulcères. Tout cela hurlait la faim, c'était horrible. Mieux eût valu cent fois la mort pour ces
malheureux animaux que ce bagne d'une fausse
charité. Mais la fondatrice en vivait tant bien que
mal. Elle accrochait par ci, par là, une pièce de
cent sous, et quand il ne faisait pas trop mauvais
temps, elle prenait l'omnibus et allait jeter à ses
prisonniers quelques vieilles croûtes de pain et de
vieux os dépouillés, secs comme des manches de
couteau.

*
**

Charité bien ordonnée commence par soi-même.
Le directeur de l'orphelinat doit commencer par
vivre de sa fondation, sans quoi les orphelins n'auraient plus de protecteur et retourneraient au pavé.
Ce n'est pas tout à fait Ugolin dévorant ses enfants
pour leur conserver un père, mais c'est un père qui
se fait la bonne part et ne jette les miettes à ses
enfants que lorsque lui-même est bien repu. Il y a
aussi dans le faubourg Saint-Germain une vieille
duchesse sans fortune qui quête beaucoup pour les
pauvres. Elle reçoit certainement cent mille francs ;

elle en garde soixante mille et fait beaucoup de bien avec le reste.

— Elle sait placer ses aumônes, me disait une indulgente mondaine, et si elle prélève sur nos dons de quoi soutenir son rang, elle nous évite bien des maladresses. Connaissant la misère, elle fait plus pour les vrais pauvres avec quarante mille francs que nous ne ferions avec cent mille.

Il ne faudrait cependant pas que les petits orphelins subissent le contre-coup des aventures de M. Roussel. La compassion ne peut s'éteindre. Seulement, évitons autant que possible les intermédiaires. Donnons aux orphelins et non aux orphelinats.

XL

M. de Cyon et la Nouvelle Revue. — Trop de
journaux ! — Anecdotes.

10 décembre 1886.

« Le journaliste français n'a pas d'opinion
politique : il est vénal; moyennant de l'argent, il
sera aujourd'hui anarchiste et demain républicain. »

Après avoir émis cette assertion dans un journal
russe, M. de Cyon a voulu en faire la preuve, et il
s'est fait journaliste français.

Débuter dans les bottes d'Arthur Meyer et finir
dans la jupe de Mme Adam, c'est un travestisse-
ment des plus audacieux. Déjazet, Céline Chau-
mont et Jeanne Granier eussent hésité, M. de Cyon
a pensé que rien n'était plus simple. Remercié
par le financier Werbrouck, le docteur russe s'est
retourné vivement d'un autre côté. Précisément,
Mme Juliette Lambert cherchait à vendre ses actions de la *Nouvelle Revue*, et il a pris la place de
cette femme charmante, mais schismatique, pour
qui Adam n'a pas été le premier homme.

Et cette fois encore M. de Cyon a prouvé la vérité de ce qu'il avançait dans le *Messager russe* : « Les journaux se sont transformés en honteuses spéculations financières. »

Il est doux de voir un galant homme mettre ses actes d'accord avec ses écrits.

*
* *

« Trop de journaux ! disait hier un député naguère radical. Ce n'est plus la manifestation de la pensée, c'est la lutte des marchands de papier. »

Trop de journaux ? Mais si l'on compare le temps où nous vivons aux époques les plus vantées de l'antiquité, on sera frappé d'étonnement à la vue d'une différence si prodigieuse qu'elle échappe certainement à ceux qui se désespèrent. Le résultat le plus visible est une égalité intellectuelle sans laquelle Ollendorff et Dentu seraient obligés de fermer boutique. Il n'y a plus de colosses. Les plus grands génies de notre temps ne s'élèvent plus au-dessus de la masse dans des proportions démesurées. Les hommes éminents sont moins qu'autrefois au-dessus de leurs contemporains.

Autrefois, les connaissances, les lumières, si on veut, renfermées dans un petit nombre de têtes ou déposées dans quelques manuscrits, étaient à la merci d'une invasion de barbares, d'un incendie ou de quelque autre agent destructeur; et la civilisation était à recommencer.

Qui peut savoir si, en détruisant la bibliothèque d'Alexandrie, Omar n'a pas changé la face du

monde? Tous les trésors de la savante antiquité
livrés aux flammes! Ces manuscrits précieux suffirent à chauffer pendant six mois les bains publics.

Le secret des constructions prodigieuses des palais et des temples de l'Inde se trouvait peut-être
là. Et nous nous demandons aujourd'hui par quel
procédé on pouvait, il y a cinq ou six mille ans,
élever à des hauteurs inimaginables des blocs de
marbre ou de pierre que la vapeur déplacerait à
peine aujourd'hui !

*
* *

Lorsque le peuple ne savait que ce que chaque
individu peut apprendre seul, il n'y avait pas d'opinion publique. Un royaume, une province pouvaient subir un joug atroce sans que personne en
fût informé. Les despotes et leurs agents étaient
en sûreté; les drames de Bouchardy en sont la
preuve. Le poison, le fer, les supplices suppri-
maient les témoins, si la terreur ne suffisait pas à
leur imposer silence. Mais depuis que la presse, si
calomniée, existe, le nombre des observateurs est
devenu si grand qu'il n'est plus possible de voiler
le crime. Tout ce qui exige du temps, des apprêts,
des coopérateurs est bientôt remarqué, dénoncé,
reconnu. Les gouvernements n'ont plus l'impunité.

*
* *

Si les opinions particulières les plus exagérées,
les plus monstrueuses, les plus absurdes, arrivent

19.

à se créer des organes, il n'en est pas moins vrai que, dans son ensemble, la presse représente le bon sens et répand la lumière. Les hommes de droiture et de loyauté n'ont rien à redouter des excès même de la presse déchaînée. L'insulte ne les atteint pas, elle tombe à leurs pieds.

L'imprimerie brave les ennemis du progrès et de la liberté. Elle franchit les temps et les lieux. Sans sortir de chez soi, on est instruit de ce qui se passe sur la terre entière et de ce qui s'y est passé dans les temps dont il reste quelques monuments. L'imprimerie, c'est l'immortalité de l'âme humaine.

*
* *

L'avidité des Parisiens à lire les journaux doit surtout frapper les étrangers et leur donner une haute idée de l'esprit public de cette immense population. Tout le monde lit : le cocher sur son siège en attendant son voyageur, la fruitière au marché, le concierge dans sa loge. Voyez le boulevard à de certaines heures ; mille personnes ont des journaux à la main et se montrent dans les attitudes les plus diverses. L'un est assis, l'autre debout ; un troisième marche d'un pas tantôt plus lent, tantôt plus pressé. Voilà qu'une nouvelle attire plus fortement son attention, et, oubliant de poser le second pied, il s'arrête, immobile comme Simon le stylite. Le garçon boucher essuie sa main sanglante pour ne pas salir la feuille qu'il vient d'acheter, et le pâtissier laisse refroidir ses gâteaux pour lire la gazette. Si jamais Paris venait à périr comme Herculanum, et que les archéologues futurs trouvassent les hommes dans ces attitudes, ils se rompraient la tête pour deviner ce qu'ils pouvaient bien faire au moment où la lave est venue les surprendre.

*
* *

M. Charles Floquet, universellement discuté pendant des pourparlers ministériels, a pu constater qu'il jouit de la plus grande sympathie. Cet honnête homme recueille aujourd'hui le fruit d'une carrière politique nette et loyale. M. Charles Laurent a fait observer avec raison que ce n'était point un crime d'avoir aimé la Pologne.

Si l'empereur actuel a gardé le souvenir d'une protestation formulée il y a vingt ans sur le passage de son prédécesseur, il fait preuve d'une injuste rancune. En effet, si M. Floquet a quelque peu manqué à l'étiquette, les sujets du czar ont été bien plus durs pour leur souverain — puisqu'ils l'ont assassiné.

*
* *

Une jeune actrice, qui avait d'abord rêvé des joies tranquilles du foyer, s'est lassée d'attendre vainement un mari. Elle s'est lancée dans la vie champagnisée, et comme il n'y a que le premier pas qui coûte, elle a tout de suite couru à perdre haleine.

— Eh bien ! lui disait une camarade de théâtre, tu as fini par faire comme les autres.

— Ma foi, oui, répondit-elle, et je t'assure que j'ai rattrapé le temps perdu... Je suis comme l'empire en 69..., il ne me reste plus une faute à commettre!

*
* *

Parmi les députés dont le nom a été prononcé dans les conjectures du nouveau cabinet, il en est un dont la vanité a pris les proportions d'une tour Eiffel.

— Dernièrement, me disait le sculpteur Aimé Millet, je lui montrai une statue de Jupiter. Il regarda tout de suite à la cuisse pour voir si on avait marqué l'endroit d'où il est sorti.

*
* *

Les certificats sont le *vade mecum* des mendiants à domicile. L'un de ces industriels a trouvé un moyen bien simple de se procurer un dossier sympathique. Je l'ai vu opérer hier dans la Chaussée d'Antin.

Il ouvre la porte d'un magasin et demande au comptoir si on n'aurait pas un emploi à lui donner.

— Pas pour le moment.

— Comptable, vendeur, garçon de recettes, ce que vous voudrez!

— Nous n'avons besoin d'aucun employé.

— Eh bien! voulez-vous avoir l'obligeance de me signer un certificat comme quoi je vous ai demandé du travail et que vous n'avez pas pu m'en donner!

Les gens complaisants délivrent ce certificat, et notre homme, armé de ses pièces, va sonner à tous les étages des maisons de belle apparence ; il exhibe ses certificats et recueille quelque monnaie.

*
* *

M. X... est un vieil académicien, tout imbu des préceptes de Fontenelle et de Vauvenargues.

Quand on lui annonça le ministère Goblet, il fit la grimace.

On lui fit observer que M. Goblet est un homme énergique, sachant et voulant bien ce qu'il veut.

— Sans doute, murmura l'académicien, mais Goblet... Goblet !... Il m'était déjà bien pénible de voir à l'instruction publique un ministre dont le nom est une faute d'orthographe !

*
* *

Rien n'est plus amusant à observer, tant qu'a duré la crise, que les jeux de physionomie de certains députés allant de l'un à l'autre des candidats qui sortaient de l'Élysée.

L'attitude de ces ambitieux inquiets m'a rappelé un joli tour de Léopold Stapleaux en 1870.

Le futur auteur des *Cocottes du grand monde* avait loué une petite maison à Asnières. Nos désastres commencent et, tout à coup, on apprend que les Prussiens marchent sur Paris.

Stapleaux, à qui sa maigreur interdisait déjà de porter les armes, se décide à partir pour sa ville natale, Bruxelles en Brabant. Mais comment emporter ses livres, ses tableaux? Sa maison serait mise au pillage. Dans ce cas, à qui se recommander? Aux Français ou aux Prussiens?

Après avoir longuement hésité, Stapleaux saisit un pinceau et un pot de peinture, et il écrit sur sa porte :

Au rendez-vous des vainqueurs.

On sait que M. Turquet est membre de la Société des sauveteurs pour avoir sauvé la vie au général Chanzy en le faisant passer pour son domestique, dans les premiers jours de la Commune.

M. Turquet n'est pas aimé des peintres, qu'il décourage, ni des sculpteurs, qu'il engage à se faire tapissiers. Il n'est pas aimé davantage des habitants de Puys où ses terrains s'agrandissent tous les jours. Il a cependant un ami qui souffre plus ou moins des critiques méritées que soulève le sous-secrétaire dont le vrai titre devrait être directeur des *bazars*.

A l'un des derniers banquets auxquels Turquet a assisté (avec sa loupe), l'ami se leva pour porter un toast, et, au milieu d'un silence général, élevant son verre, il dit d'une voix émue :

— A Edmond Turquet... qu'on a bien tort de traîner dans la boue !

XLI

Le jeu parlementaire. — La Ligue des redresseurs.
— La mer à Paris. — Une explication.

18 décembre 1886.

Un ministère se forme à peu près comme une
société de commerce. Chacun fait sa mise, non en
argent, mais en voix de l'une et de l'autre Chambre. — J'ai cent ou cent vingt-cinq membres qui
votent avec moi, dit l'un; j'en ai deux cents, dit
l'autre. Le calcul peut se faire avec d'autant plus
de facilité que les déterminations des Chambres
ne sont que bien rarement le produit des débats et
que, presque toujours, chacun avait son opinion
réglée à l'avance. Il en résulte que, très souvent,
c'est moins à cause de son talent que de son influence individuelle qu'un ministre est choisi. Il
est, en quelque sorte, le représentant et le fondé
de pouvoirs, dans le cabinet, du parti auquel il
appartient.

Une fois fixés sur le nombre de votes qu'ils auront à leur disposition, les nouveaux ministres se font des concessions réciproques, et ils ajournent à des époques plus ou moins éloignées, ou même d'une manière indéfinie, les points sur lesquels ils n'ont pu parvenir à s'entendre. C'est pourquoi les ministères se suivent, se ressemblent et tombent de la même façon. Il n'y a de différence que dans la durée, qui n'est qu'une affaire de chance et de hasard.

*
**

Parmi les nombreuses associations de bienfaisance, il y en a une destinée à ramener et à maintenir dans la bonne voie les jeunes condamnés repentants, auxquels on donne quelques secours et qu'on s'occupe de placer. Un pauvre honteux s'était adressé à cette œuvre ; c'était la probité malheureuse.

Un des administrateurs lui dit en l'éconduisant :

— Tant que vous n'aurez pas volé, nous ne pouvons rien faire pour vous. Nous protégeons les voleurs repentants ; or, vous ne pouvez pas vous repentir, n'ayant rien fait de mal. Allez voler quelque chose, et nous pourrons alors nous intéresser à vous !

*
**

Depuis que le sculpteur Baffier a tenté de sculpter les côtes de M. Germain Casse, les députés ne peuvent dissimuler leur inquiétude. Les mécon-

tents et les révolutionnaires sont logiques. Puisqu'on ne peut plus tirer sur les rois, on tirera sur
les députés. Et même, si je connaissais un assassin sérieux, je lui désignerais quelques sénateurs
dont la suppression serait un véritable bienfait.

On affirme qu'il s'est formé dans Paris une société qui s'intitule « Ligue des redresseurs ». Les
statuts sont les mêmes que ceux des nihilistes.
Les membres doivent frapper impitoyablement
les députés qui auront manqué aux promesses de
leur profession de foi, c'est-à-dire tous les députés.

La *Ligue* ne compte encore que trente adhérents;
c'est peu pour tant de besogne, mais une propa-
gande active se fait en ce moment et on peut espé-
rer que les redresseurs seront bientôt en nombre
suffisant pour rendre la dissolution inutile. Il n'y a
qu'un homme auquel les redresseurs puissent rendre un véritable service, c'est M. Naquet.

Quelqu'un m'a montré hier une lettre d'un officier d'infanterie de marine d'où il ressort que le
thermomètre a des consolations imprévues : « Mon
cher ami, écrit-il, j'ai enfin quitté la Cochinchine,
où je mourais littéralement de chaleur. Me voici au
Sénégal... *je respire.* »

J'attends la brochure de *Michel Pauper* pour
parler de la pièce et de l'auteur.

En attendant, je crois devoir déclarer que le conseiller municipal, si bien interprété par l'excellent Fréville, n'a rien d'exagéré.

Tout le monde a connu, dans le département de la Charente-Inférieure, un ex-maire de la Couarde qui eût rendu des points au personnage d'Henri Becque.

Ce magistrat parlait, dans un rapport, d'une voiture *chargée de néant* pour exprimer qu'elle était vide. Dépeignant une plaine nue, il appuyait sur son *aridité d'ombrage*. Et, dans un autre rapport sur un incendie, il déclarait que plusieurs maisons avaient été victimes de la *proie des flammes*.

*
* *

Le géant des Folies-Bergère, qui ressemble étonnamment à Abraham Dreyfus, est huché sur deux longues jambes qui paraissent assez grêles.

Meilhac, devenu très pratique depuis quelque temps, s'est écrié : Quelle imprudence de s'aventurer là-dessus!

*
* *

M. Z..., notaire à Dampierre, s'intéresse beaucoup aux choses de l'art. Il questionnait un de ses amis, *retour de la capitale*, sur plusieurs points qui s'étaient obscurcis dans son esprit.

— Est-il vrai que les chanteurs avalent des œufs crus pour conserver la pureté du timbre de leur voix ?

— Tous ne les avalent pas, dit l'ami. Sellier cache les œufs dans ses bottes; Lassalle les porte dans son paletot, Mme Bosmann les glisse dans son corset.

— Et l'Odéon? est-il toujours aussi loin de la place de la Bourse?

— L'Odéon a maintenant une porte sur le boulevard.

— Pensez-vous qu'on réalise bientôt l'idée d'amener la mer à Paris?

— Ce sera fait avant deux ans. La plaine de Grenelle est déjà creusée, *les marins sont nommés...*

— Et avez-vous une idée de l'exécution?

— Un large canal ira chercher la mer au-dessous de Dieppe; des pêcheries seront construites sur chaque rive. C'est beaucoup plus simple que le percement de l'isthme de Suez, qui a cependant réussi.

— Vous croyez?

— Certes! le sol égyptien (c'est M. de Lesseps qui me l'a dit lui-même) rappelle les sabliers qui servaient à compter les heures avant la naissance de M. Bréguet. A peine avait-on fait un trou que le sable s'y déversait tout doucement, comme pour dire aux ouvriers : Il est trois heures dix. La nouvelle de cette grande entreprise, la mer à Paris, s'est rapidement répandue, car les requins affluent vers la Manche. Il leur tarde qu'on leur ouvre, parce qu'ils veulent voir l'Exposition.

— Ce sera un singulier mollusque qu'une huître de Paris!

— Mais non. Vous verrez. L'huître y fera son éducation. Elle sera bête comme mollusque, mais très piquante comme parisienne.

*
* *

Un marchand de curiosités de la rue Lafayette a exposé devant son magasin un galet, un simple galet d'aspect fort ordinaire. Seulement il est surmonté de cette mention : « Galet provenant de la succession de Robinson Crusoé. Certificat d'authenticité. Ne sachant pas signer, Vendredi a fait sa croix. »

Et, pour tenter les Anglais, le marchand a ajouté entre parenthèses : (*Authentic*).

*
* *

Décidément les décadents m'en veulent. L'un d'eux, qui ne craint pas de signer « Boireau », m'envoie les vers suivants qu'il prétend être du Racine le plus pur :

Oui, je viens. Dansons. Temps. Plat doré. Les Ternes. Elle
Je viens seul. On l'use. Agent. Ticket solennel.
C'est laid, braire. Avec vous la femme, Meuse. Jour. Nez.
Quel étançon. Champs. Geai si toc. Queue deux. Ce jour
La trompette, ça crée. Ah ! non, c'est l'Heureux. Tour.
Du Temple. Or né partout. Deux fez, tons magnifiques.

Assez ! la folie est contagieuse.

Cet exemple suffit, d'ailleurs, pour prouver qu'il ne suffirait que d'une certaine dose de patience pour traduire Racine et Corneille en « décadent ».

*
* *

Deux mots avant de terminer. Une amphibologie, qui ne voulait offenser personne, a, m'a-t-on dit, été mal interprétée par quelques mauvais esprits. Que voulez-vous? les gens qui ont passé la quarantaine (et je l'ai défrisée) s'imaginent que tout le monde connaît l'histoire d'il y a vingt ans. J'apprends donc à ceux qui l'ignorent que l'auteur de *Grecque*, la fondatrice de la *Nouvelle Revue*, avait épousé en premières noces M. La Messine, avocat. M. Edmond Adam a épousé une veuve, et, par conséquent, il ne pouvait y avoir aucune intention blessante dans une simple plaisanterie dont l'exposé des faits suffit à démontrer l'innocuité. Adam n'était pas le premier homme pour Mme Juliette Lambert, puisqu'elle était veuve quand il l'a épousée.

*
* *

On connaît la définition de Monselet dans son *Dictionnaire à l'usage des enfants*.

SARDINE. — Petit poisson sans tête qui vit dans l'huile.

Le *Manuel de conversation* en belge et en flamand, publié à Bruxelles chez Rystobeeck, éditeur, impasse de la Moutarde, se montre aussi profond au mot : PERROQUET. — Oiseau de la famille des gros becs. Généralement vert, quand il n'est pas rouge, jaune ou bleu. A l'état ordinaire, le perroquet peut vivre cent ans. Quand il est empaillé, il n'y a pas de limite.

*
* *

X... exerce depuis vingt ans le métier peu lucratif de professeur de piano dans les pensionnats. Il se trouvait dernièrement dans une petite brasserie, où quelques hommes d'état de gêne agitaient les grosses questions pendantes.

L'éventualité d'une guerre vint sur le tapis.

— Tout le monde ferait son devoir! s'écria le musicien. Chacun servirait sa patrie selon ses moyens... Moi, le premier!

— Que feriez-vous? demanda quelqu'un.

— Je redoublerais d'énergie dans mes leçons de piano!

Le baron Gustave de Rothschild avait remarqué, en passant, une aquarelle à l'étalage d'un marchand de tableaux.

Il l'envoya chercher par un domestique afin de l'examiner à loisir, et, en même temps, fit demander le prix.

Le marchand de tableau, qui appartient, comme le baron, à la religion de Moïse, répondit : — C'est cinq cents francs.

Le domestique revint en disant : — M. le baron en offre quatre cent cinquante.

Le marchand, ahuri, s'écria :

— Le baron marchande pour cinquante francs? Il s'est donc converti au catholicisme?

XLII

La fête du Bain à Tananarive. — Les baraques
du jour de l'an.

21 décembre 1886.

On croyait rire quand on parlait à Théodore Pel-
loquet de son bain *annuel*. Eh bien ! le bain annuel
n'est point une invention des rapins du boulevard
des Batignolles, le bain annuel est une coutume
royale.

« La fête du Bain, disent les feuilles publiques,
a eu lieu à Tananarive avec un grand éclat.

(Eclat de rire ?)

» M. Le Myre de Vilers avait la place d'honneur,
sur un tabouret, en face de la reine.

(Elle lui a donc montré toute sa majesté !)

» Les consuls et agents étrangers assistaient également au bain, en avant de la foule des fonctionnaires hovas. Selon l'usage, ils étaient assis par
terre.

(Usage que blâmeront tous les tapissiers de
Paris.)

» La reine, après le bain, a mis la parure or et corail que lui a envoyée le président de la République.

(Le corail sur la peau de la reine, c'était comme une nouvelle édition de *Rouge et noir*, de Stendhal.)

» Après le bain, on a aspergé les assistants, selon l'usage malgache, de l'eau dans laquelle la reine venait de prendre son bain annuel. »

Il paraît que M. Le Myre de Vilers a reçu un vrai paquet d'eau en plein visage, et comme, à ce moment, il ouvrait la bouche pour respirer, il en a avalé une gorgée. Notre résident a déclaré à sa maison militaire que cette eau a un goût prononcé d'anchois de Norwège. Elle pourrait être débitée, soit comme apéritif, soit comme hors d'œuvre sous le nom de *caviar liquide*.

Le consul anglais n'a pas eu de chance, il a reçu une goutte d'eau dans l'œil, et depuis ce jour, il voit tout en noir.

A part ces petits inconvénients, avouons que l'usage hova ne manque pas d'un certain charme.

Oublions la couleur de la reine de Madagascar, cette Diane d'ébène qui convoque les Actéons. Supposons une jeune et jolie souveraine se montrant sans voile une fois par an à toute sa cour — et aux représentants des puissances étrangères. Quelle émulation dans le peuple tout entier pour arriver à une simple stalle de pourtour! Et si la coutume se généralisait en Europe, on entendrait dans les cafés : «.La reine d'Angleterre a un signe dans le dos. La

reine de Portugal est admirablement faite ; il n'y a
que la reine de Hollande qui puisse lutter avec
elle ; malheureusement, elle a les genoux un peu
en dedans...

Quand la reine Victoria ressuscita l'ordre du Bain,
tombé en désuétude, elle avait sans doute l'idée de
conquérir les sympathies de sa petite camarade de
Madagascar. Il n'y a pas de petits moyens pour
s'attirer les sympathies d'un peuple et s'insinuer
dans ses affaires. Peu de Français ont reçu l'ordre
du Bain, le maréchal Mac-Mahon, M. Thiers, je ne
sais qui encore. Mais le gouvernement anglais, par
un esprit de sordide économie, envoyait au titu-
laire le brevet et la médaille du Bain, sans y joindre
le moindre sac de son.

La dernière cérémonie de Tananarive a piqué
vivement l'attention publique. Le président du
conseil a télégraphié à M. Le Myre de Vilers pour
lui demander si le bain de la reine était aroma-
tisé. Sur la réponse négative de notre résident, il a
été décidé en conseil des ministres que l'année
prochaine M. Grévy ferait parvenir à Sa Majesté
hova un flacon national de vinaigre de Bully.

Et voici le premier jour de l'an avec ses baraques,
ses cris, ses musiques, ses flageolets, sa neige et sa
boue. Quelle singulière idée on a eue de célébrer
la nouvelle année au moment où tous les désagré-
ments de l'hiver font de cette solennité la plus
cruelle des épreuves !

20

Courir les magasins avec les pieds gelés, trim-
baller des paquets sur la glace et embrasser les
gens au moment où ils ont le nez rouge ! La tempête soulève les océans, engloutit les bateaux et les
hommes ; les trains de chemins de fer sont bloqués ;
on crève de froid et de faim de tous les côtés ; la
campagne est couverte d'une croûte impitoyable,
les arbres ont des aspects de croque-morts, les petits
oiseaux, tout transis, cherchent vainement un grain,
une semence, et vont tomber les pattes en l'air aux
abords des granges. Et tous les philistins de se sou-
haiter « une bonne année ».

Mais regardez autour de vous. Rien ne la présage
cette bonne année, ni le pavé glissant, ni le ciel
noir, ni la campagne stérile. Une « bonne année »
pour les marchands de bois, pour les inventeurs de
poeles, pour les fabricants de couvertures de laine !

On ne peut évidemment pas s'opposer à ce que
le 1er janvier soit le premier jour de l'année ; mais
pourquoi ne pas remettre la fête, la kermesse, au
1er mars ou au 1er mai ?

Ce serait alors un plaisir de courir les magasins ;
chaque achat constituerait une promenade. Les
petits marchands, heureux de respirer les premières
bouffées de printemps, redoubleraient de verve et
d'amabilité. Au lieu de ces fleurs de serre, molles et
maladives, sans couleur et sans parfum, dont les
feuilles se détachent en chemins, on verrait circuler
de gros bouquets de lilas, des bottes de roses, des
fleurs de plein air, robustes et odorantes, riches
de ton et presque aussi fraîches le troisième jour
que le premier. Les femmes, enveloppées dans cette

rigoureuse saison de lourds manteaux et de lainages épais, marcheraient, au contraire, d'un pas léger, inaugurant les étoffes claires, les corsages de couleurs voyantes, s'épanouissant sous la tiédeur printanière.

L'année mathématique, l'année brutale peut commencer le 1er janvier, mais l'année nouvelle, le vrai premier de l'an, c'est le rayon du soleil de mars qui l'inscrit à l'encre rose sur le vélin bleu du ciel.

*
* *

Une gentille petite bourgeoise, blonde, pâle et rêveuse, de celles qui disent en soupirant :

« Nous autres, femmes honnêtes... » passait dernièrement la soirée dans une maison amie. Survint un jeune homme, un cousin qui est dans le commerce et arrivait de Bruxelles.

— Qu'avez-vous rapporté de là-bas?

— Oh! pas grand'chose, quelques cigares et un jeu de cartes que voici.

— Faites voir! s'écria vivement la petite blonde.

Et, prenant deux ou trois cartes, elle les passa curieusement devant la lampe.

*
* *

Opinion d'un bourgeois de la rue Vivienne sur les grandes compagnies.

— Il y a du gaspillage, beaucoup de gaspillage. Je revenais hier d'Orléans...

Eh bien ! dans le compartiment des dames seules, il n'y en avait que deux... Dans le compartiment des fumeurs, ils étaient trois seulement.

— Eh bien ?

— Eh bien ! une bonne administration eût réuni les fumeurs et les dames seules !

***

A la cour d'assises :

Le président. — Après avoir assassiné ce malheureux vieillard, vous vous êtes acharné sur le cadavre.... vous lui avez même défoncé une côte.

L'accusé. — J'en avais besoin, de cette côte-là.

Le président. — Dans quel but ?

L'accusé. — Je m'embêtais de vivre seul... Je voulais me faire une femme !

***

Les verres à liqueur qu'on sert dans les restaurants deviennent de plus en plus petits.

X... disait :

— On finira par servir la fine champagne dans des trous de petite vérole.

***

Monselet devait faire un feuilleton dans un nouveau journal.

— Venez dîner demain chez moi, dit le fondateur, nous causerons de notre affaire entre la poire et le fromage.

Monselet se rend à l'invitation.

Le dîner est fort gai, mais, au dessert, le front de l'écrivain se rembrunit.

On lui adresse la parole, il ne répond pas.

— Ah! ça, qu'avez-vous? demanda le *manager*.

— Vous n'êtes pas dans le programme, répond sévèrement Monselet. Nous devions causer entre la poire et le fromage. Or, je vois bien le fromage, mais je ne vois pas la poire.

*
* *

Le vicomte de B... ruiné, mais toujours correct, est un de nos pique-assiettes les plus résolus.

— Que faites-vous toute la journée? lui demandait quelqu'un.

— J'attends les invitations.

*
* *

On sait de quel style écrit le fameux Rogognot, surnommé le romancier des portières. Doué de la désastreuse fécondité du hareng, cet ennemi de Noël et Chapsal empoisonne de sa prose la plupart des journaux à cinq centimes.

A la dernière assemblée des gens de lettres, Rogognot, toujours plein de suffisance, répondait à un de ses confrères :

— On a beau blaguer... Je sais mon français!

— Ton français, oui, répondit Daudet: c'est celui des autres que tu ne sais pas !

20.

Un journaliste, dont l'existence a toujours été fort louche, est mort ces jours derniers.

Le rédacteur en chef du *Moustique* dit à l'un de ses reporters : Faites quelques lignes de nécrologie sur ce pauvre diable.

— Mais... je manque de notions.

— Cherchez dans Larousse.

— Laquelle ?

*
* *

Quelqu'un parlait d'un directeur de journal qui remplace les abonnés par de larges saignées aux fonds secrets.

Il n'a fait, dit M. Clémenceau, qu'une légère variante à la devise de la ville de Paris, « Il fluctue... et il émarge. »

*
* *

La campagne anti-sémitique entreprise par M. Edouard Drumont se continue dans les faubourgs. Chez un marchand de vins de Pantin, un ennemi du capital attaquait vivement les agissements des Rothschild.

— Rothschild, s'écriait-il, mange tous les matins à son déjeuner une côtelette de veau d'or !

Et comme les compagnons du devoir ouvraient de grands yeux, l'orateur ajouta :

— Après son café, il déchire un billet de mille en quatre morceaux pour se faire des cigarettes !

*
* *

On demandait à M. Charles Floquet ce qu'il pensait du procès Campbell.

— C'est bien simple, répondit le président de la Chambre, lady Campbell est une véritable Anglaise ; elle a voulu profiter dans une large mesure de l'*Habeas corpus*.

*
* *

Terminons cette causerie à bâtons rompus, en rompant un dernier bâton.

Il y a deux ou trois jours, dans un petit cercle de noctambules, on avait parlé sévèrement d'un aventurier de la politique, qui n'est ni intelligent, ni honnête, ni brave.

Un de ses amis... (Tout le monde en a donc?) lui rapporta la conversation en ajoutant : Il faut vous battre !

— Baste ! fit l'autre, je n'attache aucune importance à ces propos.

— Mais un tel vous a traité de *filou*.

— Il faut connaître l'homme pour juger le propos... Il a dit « filou » dans le sens de *malin*.

XLIII

Le Crocodile. — Critique de Sarcey. — Diplo-
matie de Sardou.

30 décembre 1886.

Sardou, qui a brûlé toutes les planches et rôti
tous les balais, ne se préoccupe de la critique qu'autant qu'elle peut nuire aux recettes du théâtre où il
est joué. Peu lui importe d'être éreinté dans les journaux qui n'ont d'abonnés qu'en province ou en ex-
pectative. Sa gloire est acquise, deux millions sont
à lui, mais le troisième est encore dans les poches
des passants ; il s'agit de l'en faire sortir. L'auteur
du *Crocodile* avait inscrit 300 000 francs au *doit et
avoir* de la Porte-Saint-Martin, et voilà que le public qui avait déjà sifflé — sans raison — le *Voyage
de M. Godet*, s'est imaginé que MM. Blum et To-
ché avaient pris le pseudonyme de Sardou pour lui
faire avaler une ancienne pièce des Variétés, rendue méconnaissable par la suppression des Hanlon-
Lee. Il a sifflé vertement. Hé quoi ! la fructueuse

quinzaine de janvier allait être perdue pour l'auteur, et Duquesnel en serait pour ses folles dépenses! Ce dénouement parut inacceptable à Sardou, qui s'occupa d'abord de parer les coups de la critique. On verrait ensuite à secouer l'indifférence des Parisiens, à stimuler la curiosité par des réclames fréquentes, émanées de la direction avec la note : *Prière d'insérer*.

L'amitié de Vitu est dès longtemps acquise à M. Duquesnel. L'un des deux a sauvé la vie à l'autre dans la grande bataille de l'Odéon ; c'est entre eux à la vie et à la mort. Vitu, d'ailleurs, avait déjà rendu compte de l'ennuyeux *Crocodile*, en terminant son article par ces mots : « Nous verrons bientôt M. Duquesnel compter ses écus. »

**
**

Mais Sarcey ? le terrible Sarcey ? le tombeur Sarcey n'allait-il pas couler le *Crocodile* à fond ? Il était prudent, habile, nécessaire d'aller au-devant du péril. C'est pourquoi, au moment même où Sarcey, tisonnant son feu, se demandait par quel bout il allait prendre la pièce, on sonna doucereusement à sa porte. La carte de l'auteur fut remise au critique. « J'eus un moment d'embarras, dit Sarcey. » Cela se conçoit. Il est difficile, pénible même de dire ses vérités à un homme aimable dont on vient de serrer la main. Je mets en fait qu'un auteur dramatique qui ferait tous les quinze jours, en toute saison et malgré les plus mauvais temps, une visite aux critiques dramatiques et aux petits nouvel-

listes de théâtre, serait toujours mieux traité que
ses confrères moins polis.

Sardou, qui, avant de faire sa pièce, s'était longuement préoccupé des mœurs du reptile dont elle
porte le nom, se rendait chez le critique du *Temps*
dans le but de l'émouvoir en imitant les pleurs
d'un enfant.

— Faites entrer, dit Sarcey.

Et il entendit derrière sa porte des gémisse-
ments et des plaintes.

Sarcey, qui est bon dans le fond, se sentit ému.

— Eh bien! lui dit l'adroit Sardou en passant son
mouchoir sur ses yeux, vous n'avez pas été content,
je le sais.

(*Je le sais* fut dit avec sévérité. Il ne fallait pas
chercher à nier. Sarcey n'avait pas su dissimuler
son mécontentement, et Sardou *le savait*.)

Sarcey, pris à la cravate, fait une petite recu-
lade.

— En effet, l'impression n'a pas été bonne...,
mais c'était une *impression générale.*

(Voyez-vous Sarcey déclinant la responsabilité?)

Il continue : « Et je l'ai partagée avec tout le
monde »

(Atténuation dont la portée est incalculable. Il
y avait quinze cents spectateurs; Sarcey n'a donc
éprouvé que la quinze-centième partie d'un mécontentement sérieux. Il ne s'est embêté que pour
une fraction presque infinitésimale.)

— L'affaire du *Crocodile*, dit alors Sardou d'une
voix ferme, est un simple *malentendu.*

— Ah! fit Sarcey, si le public a entendu le *Cro-*

codile pendant que les acteurs jouaient *Patrie*, il est absolument dans son tort... Malentendu est exact.

— Ce n'est pas cela du tout, reprit le malin visiteur. Savez-vous ce que s'était imaginé le public?

— Dites-le.

— Eh bien! il s'était imaginé que j'allais donner un pendant comique à *Théodora*.

— Et où avez-vous pris cela?

— C'est une idée qui m'est venue cette nuit. Or, rien n'autorisait le public à se rendre au théâtre avec cette conviction absurde.

— Mais je ne suis pas du tout sûr qu'il l'eût !

— Vous doutez donc de ma parole ?

— De votre parole, non.

— Alors, croyez ce que je vous dis et taisez-vous. J'ai voulu faire une pièce pour les enfants de douze à quinze ans, garçons et filles...

(Remarquez que Sardou commence à faire sa salle : *Garçons et filles;* il songe aux fauteuils, mais il n'oublie point les loges.)

— Il est permis, continue l'astucieux académicien, à Daudet, à Theuriet de composer des livres d'étrennes. Pourquoi interdirait-on à un auteur dramatique d'écrire une pièce approuvée par l'évêque de Tours et reliée en papier doré?

— Mais, interrompit Sarcey, de plus en plus ébranlé, qui est-ce qui nous dit que vous destiniez cette pièce aux petits enfants?

— La preuve est faite, affirma Sardou, puisque Duquesnel a fait ouvrir un guichet annexe de location au bureau des nourrices, rue Sainte-Appoline.

— Mais, dites-moi, si le public spécial pour lequel vous avez écrit le *Crocodile*, c'est-à-dire les enfants, garçons et filles, de douze ans et demi à treize ans et trois quarts, partageaient l'avis du public de la première, de la seconde et de la troisième représentation, qu'auriez-vous à dire ?

— Qu'avec des petits remaniements et de légères retouches, le *Crocodile* conviendrait parfaitement aux vieillards, hommes et femmes, de soixante-quinze à quatre-vingt-dix ans.

*
* *

— Le public s'est écrié, c'est du Berquin tout pur !

— Tout pur, interrompit Sardou, vous l'avez dit, tout pur. Eh bien ! à une époque où tout est falsifié, où le commerce se déshonore en vendant du buis pour du houblon, de l'huile minérale pour du beurre, du laiton pour de l'or, ne trouvez-vous pas moral qu'un homme en vue, un écrivain célèbre livre au public quelque chose de pur, fût-ce du Berquin ?

Sarcey, de plus en plus décontenancé, murmura :

— Vous désirez sans doute que je publie notre conversation dans mon feuilleton ?

— Je ne suis venu que pour cela.

— Mais alors il ne me restera pas de place pour dire ce que je pense de votre pièce !

— C'est précisément ce qu'il faut. Je ne suis pas journaliste, je ne puis pas plaider ma cause devant le public ; c'est vous qui exposerez mes raisons.

21

Vous direz ensuite de la pièce tout ce qu'il vous plaira, vous la déclarerez exécrable, si c'est votre avis, je ne vous en voudrai aucunement.

— Mais puisque je n'aurai plus de place !

— Cela, c'est votre affaire.

(Sardou se change en scabieuse et disparaît.)

Je demandais à Barbey d'Aurevilly, ce vieux maître qui est devenu le fétiche des jeunes, son opinion sur le style d'un romancier dont la fécondité aggrave les inondations.

— Cet homme, s'écria l'auteur d'*Une vieille maîtresse*, devrait inscrire cette devise en tête de tous ses livres : *Auvergnat spoken here.*

Le lecteur a dû s'étonner quelquefois de la variété des formules de MM. les secrétaires des administrations théâtrales. Ils pincent de la réclame comme les Espagnols de la guitare.

« La salle est comble tous les soirs... »

« Le théâtre refuse deux cents personnes par jour... »

« Le caissier se frotte les mains!.. »

« La recette d'hier a été de 13 000 francs... »

« Hier, dimanche, les boulevards étaient déserts. La foule s'était portée à la matinée du théâtre Beaumarchais... » Etc., etc.

Dernièrement, un directeur de ma connaissance fait demander son secrétaire.

— Mon cher monsieur, lui dit-il, il faudrait varier un peu plus vos réclames. Vous dites tous les jours la même chose : « La salle est pleine ! »

—Eh bien?

— Cela finit par être monotone.

— Bien, monsieur, je dirai : La salle était pleine... elle a mis bas !

*
* *

Le comte d'Estourmel parle dans ses *Souvenirs* d'un socialiste qui s'était réfugié à Genève après les journées de juin.

Pour tuer le temps en gagnant sa vie, cet énergumène publiait une feuille hebdomadaire intitulée *le Partage*. Il divisait la terre en morceaux et la richesse en portions égales.

« Tous les biens doivent être partagés », c'était le fond de ses articles.

Là-dessus un sien parent mourut, lui laissant quinze mille francs.

Dans le numéro de son journal qui suivit cette bonne fortune, notre homme continua sans se déconcerter :

« Tous les biens doivent être partagés, au-dessus de *quinze mille francs.* »

*
* *

Mlle de G..., dont la famille est ruinée, refuse obstinément d'épouser un gros financier, le baron Saragosse, qui s'offre à redorer le blason.

Le marquis de G..., père de la demoiselle, en est réduit, depuis plusieurs années, au rôle de major de table d'hôte. C'est lui qui, après le café, se lève en disant : « Eh bien ! messieurs, faisons-nous une petite partie ? »

Aussi tient-il beaucoup à ce que le mariage se fasse.

— Quelle raison, demandait-il à sa fille, peux-tu avoir pour refuser un si beau parti ?

— Le baron a cinquante ans.

— Eh bien ! c'est l'âge que tu auras toi-même un jour.

— Si je dois me marier, je veux choisir un homme qui puisse me plaire.

— Quelle hérésie, ma fille ! Ce sont les parents qui choisissent le mari de leur fille. Remonte à la fondation de l'espèce humaine.

Eve n'a pas eu le choix.

— Alors, il ne fallait pas me mener chez Bidel... les serpents sont trop laids !

Dernier mot de la question sémitique.

« Les Juifs ont reconnu à Jésus-Christ une si grande valeur qu'ils l'ont *mis au clou !* »

TABLE

DES NOMS CITÉS DANS LE VOLUME

22

TABLE

CHAPITRE I

CHAPITRE II

CHAPITRE III

CHAPITRE IV

CHAPITRE V

22.

CHAPITRE VI

CHAPITRE VII

CHAPITRE VIII

CHAPITRE IX

CHAPITRE X

CHAPITRE XI

CHAPITRE XII

CHAPITRE XXVII

CHAPITRE XXVIII

CHAPITRE XXIX

CHAPITRE XXX

CHAPITRE XXXI

CHAPITRE XXXII

CHAPITRE XXXIII

FIN DE LA TABLE DES MATIÈRES

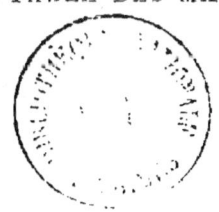

ASNIÈRES. — IMPRIMERIE LOUIS BOYER